图书在版编目（CIP）数据

背包十年：图文增修版 / 小鹏著 . --2 版 . -- 北京：中信出版社，2020.9（2024.1重印）

ISBN 978-7-5217-2075-4

Ⅰ. ①背… Ⅱ. ①小… Ⅲ . ①游记 – 作品集 – 中国 – 当代 Ⅳ . ① I267.4

中国版本图书馆 CIP 数据核字（2020）第 137556 号

背包十年：图文增修版

著　　者：小　鹏
出版发行：中信出版集团股份有限公司
（北京市朝阳区东三环北路 27 号嘉铭中心　邮编　100020）
承 印 者：三河市中晟雅豪印务有限公司

开　　本：880mm×1230mm　1/32　　印　　张：9.75　　字　　数：270 千字　　插　　页：8
版　　次：2020 年 9 月第 2 版　　印　　次：2024 年 1 月第 3 次印刷
书　　号：ISBN 978-7-5217-2075-4
定　　价：48.00 元

献给自己

我漫步在爱丽丝梦游过的仙境

也流连于与世无争的桃花源

我喜欢日出时的光芒万丈

也喜欢日落时的渔舟唱晚

我攀登过巍峨的高山

也跋涉过宁静的长河

我听见她留在哭墙前的祈祷

也看到铁轨边自由玩耍的少年

我思考着撒哈拉男人的思考

也专注于爱尔兰女孩的专注

我见证他们在泰姬陵前的誓言

也羡慕他们可以一起笑看风轻云淡

我明白信仰是一种嘴角上扬的人生态度

也是一种长头问路的坚持

我迷恋天空的表情

也为雨过天晴后的彩虹而感动

二十年旅行记录

2001 年

6 月：中国（桂林、阳朔、龙脊梯田、武汉）；9 月：中国（太原、五台山）

2002 年

6 月：中国（广州、深圳）；9 月：荷兰（格罗宁根）—德国（杜伊斯堡、杜塞尔多夫、科隆）；12 月：英国（伦敦、剑桥、伯明翰、爱丁堡）

2003 年

1—2 月：法国（巴黎）—西班牙（巴塞罗那）—安道尔—意大利（米兰）—瑞士（日内瓦）—比利时（布鲁塞尔）—卢森堡；5 月：荷兰（库肯霍夫、海牙、鹿特丹）；6—7 月：丹麦（哥本哈根、欧登赛）—德国（汉堡、柏林、慕尼黑、新天鹅堡）—奥地利（萨尔茨堡、维也纳）—意大利（威尼斯、佛罗伦萨、罗马、庞贝、维苏威火山、那不勒斯）—梵蒂冈—希腊（雅典、圣托里尼）—意大利（布林迪西、佛罗伦萨、比萨）—摩纳哥（蒙特卡洛）—法国（尼斯、戛纳、马赛、里昂）—瑞士（因特拉肯、洛桑、伯尔尼）—德国（黑森林、杜伊斯堡）；8—9 月：荷兰（阿姆斯特丹、马斯特里赫特）—比利时（布鲁塞尔、布鲁日）—法国（巴黎、尼斯、戛纳）—摩纳哥（蒙特卡洛）；11—12 月：中国（上海、丽江）

2005 年

1 月：法国（戛纳）；3 月：中国（南阳）；6 月：德国（纽伦堡）；11 月：越南（河内、会安、芽庄、胡志明市）

2006 年

2 月：泰国（曼谷、芭提雅）；6—7 月：中国（敦煌、格尔木、拉萨、山南、加查、拉姆拉错、纳木错、日喀则、樟木）—尼泊尔（加德满都、巴德冈、博卡拉）—中国（香港）

2007 年

1—2 月：印度（新德里、斋浦尔、布什格尔、焦特布尔、詹斯米尔、比卡内尔、阿格拉、克久拉霍、瓦拉纳西、加尔各答、阿旃陀、埃洛拉、孟买、果阿、韩皮、班加罗尔、迈索尔、金奈、庞迪切瑞、马杜赖、库米里、科钦、椰林水乡、科摩林角）—斯里兰卡（科伦坡、康提、雅拉、蓝宝石城）—马尔代夫（天堂岛）；6 月：法国（巴黎、阿维尼翁、雷堡、阿尔勒、圣雷米、艾克斯、戛纳、尼斯、昂蒂布、圣保罗·德旺斯）—摩纳哥（蒙特卡洛）；11 月：塞班（天宁岛、军舰岛）—菲律宾（薄荷岛、宿务、忘忧岛、马尼拉）；12 月：中国（凤凰、张家界）

Life is a journey, Live like a traveler

2008年

1月：突尼斯（突尼斯市、西迪布赛、苏斯、多加、艾尔杰姆、凯鲁万、柏柏尔人、马特马塔、度兹、托泽尔）；5—7月：中国（成都、昆明）—老挝（琅勃拉邦、廊多、孟威村）—泰国（清莱、清迈、曼谷）—中国（澳门）；9月：加拿大（尼亚加拉、多伦多、金斯顿、渥太华、卡尔加里、班夫、落基山、露易丝湖、梦莲湖、冰原大道、阿萨巴斯卡河、加斯帕、埃德蒙顿）；10月：法国（戛纳）；12月：塔希提（帕皮提、茉莉雅岛、波拉波拉岛）—突尼斯（突尼斯市、哈马马特、苏斯、杰尔巴岛、艾尔杰姆、凯鲁万、度兹、托泽尔、西迪布赛）

2009年

3月：美国（纽约、费城）；4月：中国（洛阳）；6—8月：法国（巴黎、勒芒、拉瓦拉、蒙彼利埃、卡尔卡松、乐考比利、东比利牛斯、孔弗朗自由城、高利乌尔、提涅、安纳西、霞穆尼、里昂、尼斯、戛纳）—摩纳哥（蒙特卡洛）—意大利（比萨、佛罗伦萨、圣吉米亚诺、锡耶纳、威尼斯）—斯洛文尼亚（卢布尔雅那）—奥地利（萨尔茨堡）—捷克（克鲁姆洛夫、布拉格、昆塔霍拉）—匈牙利（布达佩斯、山丹丹）—斯洛伐克（布拉迪斯拉发）—波兰（克拉霍夫、奥斯威辛、华沙）—立陶宛（维尔纽斯）—拉脱维亚（里加）—爱沙尼亚（塔林）—芬兰（赫尔辛基、拉普兰）—俄罗斯（圣彼得堡、莫斯科、克拉斯诺戈尔斯克、贝加尔湖、伊尔库茨克、乌兰乌德、赤塔、后贝加尔）—中国（满洲里）；9月：阿联酋（迪拜）—爱尔兰（都柏林、考夫镇、齐拉尼、莫赫悬崖、金赛尔、本拉提、阿黛尔村、比尔城堡）；12月：泰国（曼谷）—柬埔寨（暹粒、金边）—泰国（曼谷、普吉）

2010年

1月：南非（约翰内斯堡、茨瓦内、非洲之傲、德班、开普敦）—中国（香港、武夷山）；4—6月：荷兰（阿姆斯特丹、沃伦丹、阿克马、丽门、荷恩、羊角村、库肯霍夫、海牙）—法国（巴黎、圣米歇尔山、戛纳）—西班牙（巴塞罗那、里奥哈、马德里、托雷多、堂吉诃德之路、马拉加、隆达、格拉纳达、塞维利亚、科尔多瓦）；6月：中国（峨眉山）；7月：中国（丽江）；8月：土耳其（博德鲁姆、棉花堡、塞尔柱、乌岛库夏达斯、伊兹密尔、贝尔加马、伊斯坦布尔）；10月：加拿大（布鲁斯小路、枫叶大道、蒙特利尔、魁北克城）—突尼斯（西迪布赛、撒哈拉）；11月：澳大利亚（墨尔本、塔斯马尼亚）

2011年

1月：菲律宾（马尼拉）；2—3月：中国（重庆、丽江、昆明、香港）—马尔代夫（新月岛）；5月：新西兰（奥克兰）；6月：中国（香港）；7月：日本（大阪、神户、京都、东京）；8月：中国（丽江）；9月：法国（南特、卢瓦尔河谷）—西班牙（加纳利群岛）；10月：中国（喀什、塔县、红旗拉普）；11月：中国（丽江、大理）

2012 年

1 月：中国（三亚、神州半岛）；2 月：菲律宾（马尼拉）—印度尼西亚（巴厘岛）—新加坡—马来西亚（吉隆坡、槟城、马六甲）；3 月：美国（费尔班克斯、安克雷奇）；4 月：中国（大理、丽江）—美国（夏威夷、洛杉矶、拉斯维加斯、旧金山、休斯敦、纽约）；5 月：中国（四川马边）；8 月：中国（拉萨）—以色列（特拉维夫、海法、耶路撒冷、死海、戈兰高地）；11 月：中国（丽江、香格里拉）

2013 年

1 月：泰国（清迈、曼谷）—老挝（四千美岛）—泰国（清迈）；2 月：日本（长崎）；3 月：泰国（清迈）；4 月：中国（澳门）；5—7 月：智利（圣地亚哥）—阿根廷（布宜诺斯艾利斯、科尔多瓦、上格拉西亚、马德普拉塔、布兰卡斯、圣马丁－德洛斯安第斯、巴里洛切）—智利（巴拉斯港、圣地亚哥、瓦尔帕莱索、圣克鲁斯、齐洛埃岛、阿塔卡马、卡拉马、阿里卡）—秘鲁（塔克纳、库斯科、马丘比丘、普诺、的的喀喀湖、阿雷基帕、齐瓦伊、科尔卡峡谷、纳斯卡、伊卡、利马、普卡尔帕、依基托斯）—古巴（哈瓦那、比尼亚莱斯、圣克拉拉、巴拉德罗）；9 月：韩国（首尔）—肯尼亚（内罗毕—马赛马拉—安博塞利）；10 月：中国（台北、基隆、宜兰、九份）；12 月：马来西亚（兰卡威、吉隆坡）—中国（海拉尔）

2014 年

2 月：中国（澳门）；3 月：法国（里昂、勒皮、克莱蒙费朗、巴黎）；10 月：美国（波多黎各、纽约）；11 月：中国（拉萨、羊湖、日喀则）

2015 年

1 月：泰国（芭提雅）；4 月：中国（香格里拉）—马尔代夫；6 月：土耳其（恰纳卡莱、安塔利亚、卡帕多奇亚、伊斯坦布尔）；7 月：美国（夏威夷）—日本（东京）—中国（拉萨）

2016 年

1 月：美国（纽约）—西班牙（马德里）；4 月：缅甸（仰光、蒲甘）；5 月：韩国（首尔、束草、大邱、庆州）、马来西亚（吉隆坡）；6 月：泰国（曼谷、罗勇、沙美岛、尖竹汶、象岛）；7 月：法国（兰斯、香槟、特鲁瓦、斯特拉斯堡、巴黎）；8 月：中国（西宁、黄河源、玛多、年宝玉则、色达）；9 月：中国（遵义）、瑞典（马尔默）—丹麦（哥本哈根）—英国（格拉斯哥、天空岛、尼斯湖、爱丁堡）；10 月：德国（慕尼黑）—泰国（清迈）；11 月：中国（普洱）；12 月：印度尼西亚（巴厘岛）—柬埔寨（暹粒）—中国（通辽、赤峰）

Life is a journey, Live like a traveler

2017年

1月：中国（大理、六库、贡山）；2月：印度（加尔各答、大吉岭、噶伦堡）；3月：美国（休斯敦、圣安东尼奥、弗雷德里克斯堡）；4月：新加坡—中国（青藏线）；5月：法国（巴黎、圣马洛）；6月：中国（大理、瑞丽）；7月：泰国（曼谷）—老挝（琅勃拉邦、孟威村）；8月：中国（拉萨、库拉冈日）；9月：加拿大（维多利亚、惠斯勒、落基山、奥索尤斯、温哥华）；10月：法国（欧什、图卢兹、巴黎）；11月：突尼斯（西迪布赛、突尼斯市、托泽尔、撒哈拉、苏斯）；12月：奥地利（米特希尔、滨湖采尔、玛丽亚阿尔姆、萨尔茨堡）—荷兰（阿姆斯特丹、马斯特里赫特、乌特勒支、鹿特丹）—奥地利（维也纳）

2018年

1月：智利（蓬塔阿雷纳斯、百内、圣地亚哥）；2月：马来西亚（吉隆坡）；3月：俄罗斯（伊尔库茨克、贝加尔斯克、贝加尔湖）—约旦（安曼、佩特拉、月亮峡谷、死海）；4月：日本（京都、东京、熊野古道、大阪）；6月：泰国（曼谷）；7月：挪威（朗伊尔城、斯瓦尔巴群岛）；8月：中国（香格里拉、稻城、亚丁、康定）；9月：卢森堡（卢森堡、申根）—比利时（瓦隆、布鲁塞尔）；10月：马来西亚（吉隆坡）—泰国（曼谷）—中国（云丘山）；11月：澳大利亚（悉尼）；12月：瑞士（苏黎世、卢塞恩、因特拉肯、贝林佐纳、卢加诺）—印度尼西亚（西巴布亚）

2019年

1月：印度尼西亚（西巴布亚）—坦桑尼亚（阿鲁沙、乞力马扎罗）；2月：中国（澳门）；3月：澳大利亚（悉尼、蓝山）；4月：不丹（廷布、普那卡、帕罗）；6月：马来西亚（吉隆坡）—中国（澳门）；7月：中国（阿坝、甘南、青海湖）；8月：中国（台北）；8—9月：意大利（科尔托纳、五渔村）—法国（马赛、梅纳村）—瑞士（日内瓦）—法国（霞慕尼）—瑞士（马尔蒂尼）—法国（霞慕尼）—意大利（科莫）—法国（霞慕尼）—意大利（威尼斯、那不勒斯、波西塔诺、阿马尔菲、罗马）；10—11月：墨西哥（墨西哥城、瓜纳华托、辛祖坦村）；11月：西班牙（马德里、圣地亚哥之路）；12月：中国（宝山石头城）—美国（纽约）

2020年

3—5月：中国（丽江）

旅途还在继续……

目录

第二章［2005—2007］

艰难的旅行路

2005

2006

2007

第三章［2007—2010］

看到自己的彩虹

2007

2008

序一

背包十年

By 小鹏

从 2001 年到 2010 年
已整整十年
旅行
用自己的眼睛欣赏这个世界
用自己的味蕾品尝这个世界
用自己的肌肤感受这个世界
应该是我这十年中唯一庄严以对的事情

十年里
打过不同的工，睡过不同的床，遇见不同的人
开心过，孤独过，骄傲过，沮丧过
热血沸腾过，黯然泪下过，怦然心动过，心灰意冷过
如果青春是一首壮阔诗篇
我用了整整十年光阴让这首诗中的每个字都笔触饱满
虽然我的很多梦想仍未实现
却从来没有任何时候比此时此刻更让我心意坚定

想着十年所得
我越发不羞愧也不后悔
因为有梦才有明天
用力就会实现

2010 年 2 月

序

二

奔跑的小孩

By 季磊

《背包十年》终于要出版了。看小鹏的十年旅程，发现他和十年前并没有太多变化，还是像以前一样心无城府，天马行空。对这个世界充满好奇、疑惑和感动。

从一个经济专业的海归，到今天的职业旅行者，每次在他怀疑自己的选择时，都会跑来问我："我是不是错了？"如果我回答："你应该过一种更负责任的生活，对自己，对父母。"他的眼神马上就黯淡下去，然后默不作声。如果我说："你已经坚持到了现在，任何后悔对你来说机会成本都太大。"他就会马上振奋起来，一个劲儿地点头，嘴也咧得很大很大，好像这就是他想听到的。

从这本书初稿完成时起，他就开始一遍一遍地修改。我心里曾想过，如此认真有必要吗？有用吗？后来才发现，他的执着，与书无关，谁不希望自己的孩子生得完美无缺呢？

小鹏告诉我，他要写一个旅游系列，七大洲，四大洋。如果可能的话，结集成专辑，二十年后，自是一片海阔天空。我笑笑，因为我知道，即使是梦呓般的想象，在小鹏这样的人身上都可能变成现实。

在一个博客上看到这样一句话，觉得很适合写在这里："我只是一直觉得自己还是一个孩子，身边都是一些装成大人的小孩。可是会不会有一天大家都长大了，只剩下一个孤零零的小朋友在长安街上无尽地奔跑？"我想应该不会的，因为我知道，小鹏永远会在我身边，陪我在这个成人的世界里努力奔跑。

楔　子

1985年。那年我七岁。一天为了去公园玩儿，把院子里的废品卖了七分钱，花五分钱坐公交车到公园玩儿了一个下午。春天的阳光很淡，池塘中有蝌蚪，许多细节到现在仍清楚地记得。

晚上回家时，口袋中只剩下一个两分的钢板儿，被售票员阿姨发现。我低着头红着脸，不敢看她严肃的表情。

父亲信奉不打不成才的道理，幼时的我没少挨打。刚到家门口就有小伙伴通风报信说全家人都在找我，找疯了。这应该已算大事件，我心中做好了被暴打的准备。

可那一次，父亲没有打我，只说，你已经长大了，以后不要总让父母操心。

我不知道，如果那天父亲做出相反的举动，我今天是否还能成为一名职业旅行者。

1988年。小学四年级期末考试结束，暑假近在眼前。

姑姑问，小鹏，夏天去哪儿玩儿呀？

巴黎、伦敦、纽约……一长串地名脱口而出，就像报菜名一样。姑姑笑了。

之后几年，我一想起这个牛皮就会觉得脸上发烫。

说一声再见，因为明天我就要离开；

说一声再见，因为飞翔是我的梦想；

说一声再见，可能今夜我会感到难过；

说一声再见，即使我真的不愿说再见。

第一章

[2001—2004]

背包行天下

2001 年 6 月［中国，阳朔］

借个背包就出发

几年前看过一篇关于阳朔西街的游记，其中这样写道：“在西街一个酒吧里，一个台湾来的胖哥，拉得一手美妙的小提琴。还有一个吹笛子的本地人，笛音空灵悦耳，当小提琴遇到笛子，那声音竟是不可思议地动听。音乐的确是超越时间与空间的，从梁祝到邓丽君，从罗大佑到甲壳虫……每一首旋律开始，大家都跟着唱起来，不会唱的跟着打起节拍，早就忘了自己的国籍、年龄、身份。一曲唱罢，纷纷举杯，高呼 Cheers（干杯）！”

正是这段描述，让我对西街心生向往，并把这里当成毕业旅行的首选目的地。

在论文答辩和毕业典礼之间正好有十几天空闲时间。答辩结束后回宿舍收拾好背包，当天就坐上南下的火车。从天津到桂林，二十四小时硬座，身体虽然辛苦，心中却已隐隐兴奋。下火车后没有在桂林停留，而是直接跳上开往阳朔的中巴车。俗话说“桂林山水甲天下，阳朔山水甲桂林”，要去就去最好的地方。

在阳朔西街找到那家在网上十分著名的四海客栈，讨价还价后以十五元钱入住。三楼的一间四人房，临街，便宜干净。

坐了一天一夜火车，胃开始抗议了，去了那家同样著名的“没有”餐厅。看到门口的广告牌上写着“没有不好喝的啤酒，没有不好吃的食物”，名字起得很聪明。点了一杯啤酒和一份牛排，面朝西街，一边吃一边看来来往往的各国游客。

西街首先是老外背包客发现的，某位仁兄在被背包旅行者奉为圣经的《孤独星球》（*Lonely Planet*）里介绍了阳朔西街和周边的田园风光，西街就成了许多背包客的集散地。有人说中国人开始背包旅行就是从阳朔西街开始的，这话有点儿道理。以前中国人想要离开自己生活的地方远行，简直是一种奢望。曾经有一首流行歌曲唱出了这种无奈："我想去桂林呀我想去桂林，可是有时间的时候我却没有钱。我想去桂林呀我想去桂林，可是有了钱的时候我却没时间。"等社会开放了，大家终于有钱有时间可以去旅游了，可跟着旅游团又不舒服，于是那些不想被束缚的旅行者成了背包客：拿起背包就走，喜欢哪里就待在哪里。

其实到了西街，哪儿都可以不用去了，坐在街心的露天酒吧里，一杯咖啡、一本书、一盘 CD。要我做神仙，我就会反问，那我现在是什么？

阳朔就是这样一个地方，很容易让人放下戒备去结识陌生的朋友。抛下烦恼，让自己放纵于酒吧音乐中，午后阳光下，寂静老街里。很多游客经过时，经不起这份诱惑，留下来，数月数年，成了这儿的隐士。大隐隐于市，他们中很多人在西街有一家店，但他们又和普通生意人不同，他们坐在一起谈论的是丽江、香格里拉、喀纳斯与西藏。或者消失一段时间，再回来，又带回一段美丽传说。

2001 年上半年，大四的第二个学期，我在天津一家知名外企实习。同去实习的许多同学毕业后都留在那家公司工作，而我却在实习三个月后给老板和同事发了一封辞职信。在信的最后我写道：

Just say goodbye，tomorrow I will leave.

Just say goodbye，my dream is to fly.

Just say goodbye，maybe I will feel badly tonight.

Just say goodbye，even if I really don't want to say goodbye.

（说一声再见，因为明天我就要离开；说一声再见，因为飞翔是我的梦想。说一声再见，可能今夜我会感到难过；说一声再见，即使我真的不愿说再见。）

随后我就用自己赚到的第一份工资开始了人生中的第一次背包旅行。记得那个硕大的背包是找韩国同学萨姆借的，还借了一把瑞士军刀，除了增加一点儿心中的安全感，并没有太大用处。

现在看当时写的文章，背包走天下的思想已经在心中安家落户了。就是一个人，一个背包，四海为家。

2002年9月［荷兰，格罗宁根］

船长夫妇的自在生活

粗大的缆绳被缓缓解开。虽然缆绳表面已被磨得绽裂，却丝毫不妨碍它的结实。生了锈的铁锚被同时拉起，发出“哐啷哐啷”的声音。这是一艘大号帆船，除了船身覆盖了一层铁皮，其余用料都是结实耐用的棕褐色木头。帆船驶出码头，把岸上的风景抛在身后。

船上载着船长夫妇，还有两条黑白纹路相间的大狗，一条叫Hello，一条叫Goodbye，还有十来个和我一样临时客串海员角色的游客。我们要和船长夫妇生活两天，一起扬帆出海，一起看日出日落，一起感受海洋的浩瀚。

帆船一路向西驶去，目的地是荷兰与英国之间的一片广阔海域，今晚要在那里过夜。天气晴朗，只是风向不定。每个海员都有自己的分工，谁负责解帆布，谁负责拽桅杆，大家按照船长的指令在顺风时扯起风帆，逆风时又赶紧拉下。来来回回七八次，人人头上都沁着汗水。

▲ 船长和船长夫人

船行三个小时，已是黄昏时分，前后左右再也看不到一块陆地。西边的天空像一块烧红的炭，灿烂的火苗要将世界吞没一般。

船长说，已经抵达今晚过夜的地方，大家可以休息了。一些人到船舱做饭，剩下的擦干额头上的汗水，裹紧衣服，坐在甲板上看日落。我也挤在他们中间，虽然可以相互取暖，可傍晚的海风仍让人瑟瑟发抖。

一直忙碌，还没看清船长的模样。他坐在船头，四十岁上下的年纪，灰白的头发和胡子，红褐色面庞。他仍穿着短袖，露在外面的胳膊上随处可见疤痕和刺青。船长老婆站在他旁边，脸上的皱纹竟然多过她的丈夫，也和丈夫一样把上衣扎进牛仔裤，显得十分干练。

船长和船长老婆并不互相对视，都把目光投射向幽深的海洋。他们的神态让我想起海盗，那豪气冲天的北欧海盗。

拜伦有一篇著名的诗体游记，叫作《海盗生涯》，诗篇的开头这样写道：

> 暗蓝色的海上，海水在欢快泼溅。我们的心是自由的，我们的思想无边。
>
> 量一量我们的版图，看一看我们的家乡。这全是我们的帝国，它的权力到处通行。
>
> 我们过着粗犷的生活，在风暴动荡里。从劳作到休息，什么样的日子都有乐趣。

船长夫妇的生活也是这样的吧。日日辛苦劳作，与海浪搏斗，与海鸥嬉戏，有时也会像现在这样，在风平浪静的时候，把笃定的目光投向深海，就像骄傲的君主，无边的大海就是他们的疆域版图。

莫非他们就是海盗的后裔，遗传或者宿命让他们选择了这样的生活。

我崇拜这样的人，向往这样的生活。

大学时代结束了，那人生最华彩的篇章。为了把四年中最宝贵的记忆定格，我用2001年暑假的两个月时间做了一个个人网站。网站内容分成三个部分：大学、家人、天下。其中大学板块分量最重，记录了大学生活的点点滴滴，而天下部分只有大学时代的几次旅行和沿途所拍的一些风光照片。没想到正是这个网站，成了我职业旅行生涯的起点。感谢那个暑假，那个天天宅在家中学习Flash、Photoshop、Dreamweaver等网页设计软件的暑假，那个把我的想法画成草图，然后在电脑屏幕上实现的暑假。

暑假结束后我没有马上找工作，而是先用之前打工剩下的钱去了趟五台山。记得在庙宇中吃素斋，吃坏了肚子找不到厕所，就在五台山山顶拉了一泡，正所谓来于此地还于此地。还记得在网吧上网，看到一条新闻占据了所有网站头条，那画面如同恐怖大片：纽约世贸大厦正轰然倒塌。

回到天津后，我找了一份与海运相关的工作，这是我的第二份工作。工作内容就是每天给客户打电话询问舱位情况，再制作成Excel表格交给网管更新。两个月后辞职，不是不能胜任，只是觉得无聊。

2002年的春天我一个人来到北京，找了第三份工作，在一个咨询公司做物流分析师。每天从网上搜集各种与物流相关的信息，从网站配送流程到仓库分布是否合理，然后制作成简报，公司再通过销售卖给客户。

当时租住在北京工业大学附近的一个高楼地下室里，每月房租一百五十元，公用浴室每次五元。后来发现，那个浴室几乎只有我在使用。三个月后，我再次辞职，背起行囊去了南中国的广州和深圳旅行。记得交接工作的那一个星期，想着马上就可以重获自由，我的心已经提前飞了起来。

2002 年的那个暑假我又宅在家中，把网站升级到 2.0 版本。增加了“电影”板块，又在“旅行”板块增添了许多页面。旅行和电影，一直是我仅有的两个爱好。旅行，让我可以真切地感受世界；电影，告诉我世界有无限可能。

暑假过后，我来到荷兰攻读研究生。上面那篇文章写的就是和同学们一起出游时发生的故事。

2002 年 12 月［英国，爱丁堡］

第一次入住青年旅舍

抵达爱丁堡时天色已近黄昏，街边的路灯犹如被哈利·波特的魔杖一扫而过，闪耀出温暖的淡黄色星辉。

时值圣诞前夕，纬度位置比哈尔滨更靠近北极的爱丁堡都可以用出口成冰来形容了。我把黑色大衣的领口往上拉到鼻尖，帽子下檐盖过眉梢，只有眼睛不情不愿地被冷空气包围，还得不停眨着，因为担心视网膜上那层薄薄的润滑液也会结冰。其实我这时的造型颇像一个冷血杀手，只是头上那顶特别喜庆的帽子出卖了我。那是一顶蓝色圣诞帽，后面还挂着一个白色绒球，是买了两罐促销的百事可乐送的。

我在长途汽车站旁边找到一间电话亭，它的橘红色外衣在夜色下非常醒目。我钻进电话亭，从背包里翻出电话本，抄起听筒，按下一连串号码。

这次来英国旅行，一路都有同学照应。心想不一会儿又能看到老朋友的亲切笑容了，不一会儿又能坐在温暖如夏的暖气房子里了，不一会儿又能吃上已经准备好的美味晚餐了。应该还会有甜点吧，我有点不知足了。

“Hello！”听筒那头传来熟悉的声音。“是我，小鹏！已经到了爱丁堡，在长途汽车站，好冷。”“你的具体位置？”就在我从电话亭探出头来想要找个路人打听街道名称的时候，电话突然断了。再打过去，是占线的嘟嘟忙音，像是一串省略号，紧凑却含义不明。

显然他也正在打给我。于是放下听筒，安静等待。十分钟过去了，电话仍然很安静。我多么盼望它能冷不丁地叫起来，给我一个惊喜。十五分钟过去了，还是没有动静。我再拨回去，仍旧是占线的忙音。省略号的点点点开始无限循环起来。这时天色已经完全黑了，哈在电话亭玻璃上的热气马上结成冰晶。我不得不把已经卸在脚边的巨大背包重新扛在肩上，然后绕着电话亭来回走动增添热能。

又等了大约二十分钟，我最后一次按下电话号码。

我实在琢磨不出他不接电话不想见面的理由。他应该知道外面的温度，也应该知道我心里的温度。

找到的青年旅舍在爱丁堡最繁华的皇家麦尔士大街，相隔不远就是这座城市的标志性城堡。淡黄色的灯光把城堡映照得像是舞台上的模糊背景，百态众生就在它的注视下上演着一幕幕离合悲欢。

旅舍不大但便宜干净。我住在男女混住的三十人大间，十五张上下铺铁床，床上嵌着柔软的床垫，床垫上铺着干净的床单。房间里的木地板擦得又滑又亮，房客都穿着棉袜子在地板上走来走去。打了一轮招呼，知道大家都是来自世界各地的背包客。

▲ 贴在布告栏上的广告和剪报

这是我第一次住在青年旅舍，因而有兴趣研究每一个房间的功能，甚至会仔细看墙面上贴着的每一张纸条。房间的木门上贴着住宿须知，告知客人如果夜间晚归不要影响他人休息、不准在房间内吸烟、饭后记得刷碗之类。

客房左边是厨房，厨房里有冰箱、电水壶、燃气炉等，可以自己开火，这样就能节省一笔旅途开支。厨房的左边是工作人员休息室，门上贴着一块公告牌，“外星人活体解剖实验室！危险！勿进！”写的人和看的人都很年轻。

▼ 公共活动区，也是青旅里人气最高的地方

客房右边是公共娱乐室，角落处的老式壁炉里燃烧着熊熊炭火。圣诞节已近在咫尺，装饰一新的圣诞树上挂满彩带、铃铛、人造雪花。可这份融融暖意却无法让我感到暖和。

娱乐室一角有一台苹果电脑一体机，住客可以免费上网十五分钟。上网，登陆 MSN，那个朋友没在线。我给他写了一封电子邮件：你究竟在哪儿？我在 Brodies 青年旅舍，一个人。

我蜷在娱乐室的沙发上。身边有人看杂志，有人读小说，有人对弈国际象棋，有人玩益智游戏，有人弹吉他，有人在旁边唱和。有人问我，你是中国人吗？扬子鳄生长在长江还是黄河？

突然想去看看爱丁堡的夜色，那黑暗、冰冷却华丽的哥特式建筑群落。反正已经凉透了，再冷点儿又何妨？可还是不死心地在出门前拨了最后一通电话。

清冷夜色中，建筑物失去了过渡和层次，与黑暗混为一体，只剩下嶙峋的尖顶在月光、星光的映照下呈现出诡异的轮廓。

任何事都有两面，若不是这次意外，我可能还不知道青年旅舍的种种美妙，它不仅让我获得各种旅途信息，还能交到许多新朋友，这也是我和青旅结缘的开始。不过是一次旅行，能够知道冷暖，就已经很好。

2003年1月［法国，巴黎］

一定要去巴黎

从阿姆斯特丹开往巴黎的夜车。夜行巴士前一天晚上十点出发，行驶八个小时，经过鹿特丹、海牙、根特、布鲁塞尔。每一站都会有形形色色的人上车，共同的目的地是巴黎。

我坐在靠窗的位置，旁边是个黑人，高且壮，目测体重约有一百五十公斤。他死死地嵌在座位里，像一块完整的炭，而我则像一颗脆弱的蛋，对比分外鲜明。

车里的大灯一直黑着。每个人头顶都有一盏读书灯，发出微弱的黄色光线。隐约看到坐在周围的人，有衣衫褴褛的流浪汉，一个人占了两个座位，脸朝下趴着，一动不动，不知是不是醉了。最后一排是两个朋克打扮的年轻人，皮衣皮裤，头发像孔雀开屏，浓重的彩妆搭配鼻环、唇环，似人似鬼。

我的读书灯一直开着，看《孤独星球》中关于巴黎的章节，研究到哪里找最便宜的青年旅舍，哪里有最好的爵士乐酒吧，去卢浮宫和凡尔赛宫的交通路线等，然后再把巴黎的诸多景点在地图上连成一条可以不走回头路的路线图。

对巴黎的好感从很小的时候就已萌发，记得初中毕业时班里流行写同学录，我在每本同学录“你的梦想”一栏里都写下“我要去巴黎！”。由于马上就要中考，班主任查抄了所有同学录。我是班里的学习委员，她把我单独叫到办公室，说：“知不知道快中考了?! 知不知道快中考了?! 去巴黎?! 能耐大了?! 去巴黎?! 好啊，有本事现在就去啊?! 明天叫你父亲来一趟。”

可以明显感到空气中由六个反问加感叹句发散出的一股怒气在我的脸上液化，普通的孩子会被腐蚀，天生反骨的孩子会分泌出一层保护膜。本来写那留言时我甚至不知道巴黎在哪儿，可此时年幼的我却横下一条心：我一定要去巴黎！一定要！

就这样看一会儿《孤独星球》，再回忆一段年少时光。看书，回忆。看书，让我因为想到巴黎马上就会活生生出现在眼前而兴奋。回忆，又把我的兴奋催眠。

半梦半醒之间，眼皮像扇没有关严的门，一束明亮光线像强盗一样登堂入室——车内大灯突然亮起来——于是我彻底醒了。时间是早晨六点。司机的声音通过麦克风刺激着我的耳膜，“巴士已经抵达巴黎汽车西站，请不要离开座位，法国警察要进行抽检。”

车门打开，一条警犬一蹿而入，后面跟着两个法国警察。警犬直接扑向那两个朋克打扮的青年。警犬显然训练有素，就像某些人打架，只是一个劲

▲ 巴黎圣母院，中央的塔尖在2019年的一场大火中被烧毁

▼ 来看她，也算大多数人来巴黎的目的之一了

儿狂吠，并不采取实际行动。法国警察说，请跟我们走一趟。朋克青年也听话得很，说走就走，远不如外表桀骜不驯。

这时身边的黑人第一次开口说话：“他俩抽大麻。”在荷兰软毒品合法，而在法国是被禁止的。

收拾好背包下车，巴士站和地铁三号线是一体化封闭设计。黑大个儿带我找到地铁站入口。转乘时和他告别，我用刚跟他学会的法语说“袄呵袜呵”（Au revoir，法语“再见”的意思），他则张开大嘴露出雪白牙齿说“栽尖”（中文“再见”）。

出站口的台阶仿佛通往梦想的道路，就在看到巴黎的第一缕曙光时，我知道，梦想成真了。

那一年的留学时光，我有三分之一的时间都在欧洲各地旅行，用游学来形容可能更加恰当。但由于囊中羞涩，我只能以各种省钱的方式旅行。比如坐一宿夜车就可以节省一天的住宿费用；比如能走路抵达的地方就不会乘坐公交；比如在巴黎的第一天我只吃了从荷兰带过去的几块鸡翅和几片面包。当时还是冬天，矿泉水一直暴露在冷风中，竟然被冻成了冰块。但是心中是快乐的，巴黎就在我的脚下，梦想其实并不遥远。现在想来，那些小小的艰苦与磨难已经变成了宝贵的人生财富。

2003年2月［西班牙，巴塞罗那］

活着的废墟

在从巴黎开往巴塞罗那的长途汽车上，我花了六个多小时写完关于巴黎的游记。时间化成文字，文字铺展成厚厚一沓稿纸。坐在旁边的西班牙老先生不时冲我点头微笑，虽然他完全看不懂我写的是什么，但是却一定看得出我在写很好玩的事情，因为他看我写着写着就会自顾自笑起来。后来我主动找老先生学西班牙语，也不贪多，学会四句话就已足够：你好，谢谢，对不起，再见。

当我用生涩的西班牙语跟老先生说再见的时候，刚早晨六点多。巴塞罗那还没睡醒，懒洋洋，黑乎乎，冷嗖嗖，迎接着我这个异乡来客。

我要找的青年旅舍在市中心，得坐几站地铁。巴塞罗那地铁站给我的感觉并不好，没有人气，偌大的地铁站连一张广告海报都没有。眼前几个人影晃过，长相雷同，似曾相识，一时想不起在哪里见过。这时又有一个长相雷同的人钻进地铁，此人矮矮胖胖，软软的头发趴在头皮上，腮帮上的胡茬儿泛着青光，与脑海中的形象完全吻合。一拍脑门儿，桑丘是也。出了地铁，晨光中的巴塞罗那让我方向感顿失，在三个当地人肯定的指引下，我拖着大包小包绕了半个小时又回到了刚刚上来的地铁口，再次看到那个熟悉的地铁站牌，饥寒交迫的我几乎晕倒。

找到青年旅舍，却被告知已经客满，需要等有人退房后才能安排房间。好在我在等待名单中排第一个。坐在公共休息室里看电视，一个日本女孩主动跟我打招呼。问一些“从哪儿来、哪儿的人、去哪儿”之类的问题。疲惫的我不走大脑地应付着，答案也是简约得不能再简约：巴黎、中国、米兰。她又问我是不是第一次来巴塞罗那，我说是。于是她递给我一本装帧精美的小册子，封面上写着“巴塞罗那——高迪的城市”。

在巴塞罗那的随后几天几乎成了寻访高迪的旅行。贴着“Made by Gaudi”（高迪制造）标签的建筑物像一块块骨骼，支撑起整个巴塞罗那。

比如米拉公寓，外形像一个巨大蜂巢；奎尔公园，在雕塑中可以看到山川的起伏变化；当然还有圣家堂，高迪把对宗教的信仰化为对自然的皈依。

▲ 米拉公寓的楼顶

究竟是怎样一个高迪，有着怎样的大魄力，才能在芸芸众生中脱颖而出，成为后世建筑界顶礼膜拜的“上帝”？

高迪出生在一个手工艺世家，上代和上上代都是铜匠。追溯更古远的祖先，甚至还能找到铁匠、木匠。遗传基因让高迪天生具有良好的空间结构能力和雕塑感觉。我甚至相信高迪作为雕塑家是先于他作为建筑师存在的，因为那些铁片、马赛克、毛石、镜面，甚至碎瓦残陶在高迪看来都可雕可塑。我还相信高迪同样是一个出色的音乐家，因为我听到那一块块砖瓦是凝固的音乐，那波浪的建筑曲线是流动的音乐，那绚烂的色彩是绽放的音乐，一切都是美的旋律。

圣家堂是高迪最伟大的作品。他把生命中最后的四十六年都奉献在这里。1926 年 6 月 7 日的黄昏，像往常一样，高迪完成当天的工作从圣家堂到市中心的圣菲利普教堂做礼拜。他没有留意繁华的街道，脑海中仍在构建圣家堂的壮丽——这里应该用到什么结构，那里该用什么颜色，尖顶的线条是否太突兀……就在一刹那，一辆电车驶过，所有结构、颜色、线条都被封印在他的头脑中。

五天后，西班牙举行国葬，七十二年后，高迪被宗教界追封为圣人。巴塞罗那成为这起交通意外的最大受益者，高迪的若干建筑作品每年为这座城市带来超过五亿美元的旅游收入。但是悲剧毕竟是悲剧，他死了，圣家堂也死了——人们相信真正的圣家堂只存在于高迪的头脑中。虽然直到今天它仍在被续建，每天还有大量游客在这里穿梭往来。但这只是一座活着的废墟，没有人可以将封印重启。

1926 年，就在高迪去世后不久，一个日本年轻建筑师到巴塞罗那考察地铁项目。当看到没有完工的圣家堂时，他惊呆了："我看到东北正面与西北面的半圆形墙面已经建好，但圆顶还没有完成，抬头可见灰蒙蒙的天空。鹰架被搭到了钟楼顶端，巨大石块上的浮雕环绕着钟楼。雨中，我怀着沉痛的心情离开了圣家堂。"这个年轻的建筑师名叫今井建治，回到日本后仍久久无法忘记圣家堂带给他的巨大震撼，从此放弃了对地铁设计的研究，成了高迪的狂热追随者。

后来年轻人变成了老教授。老教授走上讲台，讲的仍是高迪，讲着讲着，老教授竟盈着泪，说不出话来。他那些自命不凡的学生们听不下去了，对教授由尊敬变成不屑，一辈子跟在别人后边，能有什么出息？有个学生偷偷溜出教室，买了张机票，来

▲ 仍未完工的圣家堂

到巴塞罗那，要看看高迪到底有什么了不起。这个学生叫石山修武，当他看到未完工的圣家堂时，感受到的震惊并不比老师少。他把圣家堂阐释为被现代主义封印了的神话世界，神话世界通过废墟与现代连接，而圣家堂就是这样一座活着的废墟。日本人讲话总是这么玄乎。

时间一晃到了 21 世纪。当我站到圣家堂前，生不出只有建筑师才有的心灵感应。但是，八十多年前的今井建治先生，四十多年前的石山修武先生，和今天的我看到的竟是同样的景象——巨大的鹰架和吊臂。这种相同空间不同时间的巧合让我感到迷失，前世，今生，时间仿佛在这里停滞。这是只有废墟才具有的伟力。这让我相信说话玄乎的日本人有一点说对了，即圣家堂是一座活着的废墟。

既然活着，那就总有完工的一天。我甚至可以想象，这座规模上仅次于意大利圣保罗大教堂的世界第二大教堂一旦完工，将会凌驾于世间的一切。第一场礼拜仪式定将响彻云霄，还有那可容纳两千二百人的唱诗席，一千五百个成人，七百个小孩，还有七架管风琴伴奏……我甚至已经等不及，只不过前路漫漫，这一切还都遥不可期。

我觉得游记的写法可以分成两种。第一种写自己的故事，就像本文前半段，交代时间、地点、人物，吃了什么，干了什么。这种游记应该在旅途中完成，除非你有超强的记忆力，否则许多细节很快就会模糊。另一种游记是写别人的故事，就像本文的后半段，当然别人的故事还可以演变成艺术的故事、文化的故事、历史的故事。

对于自己的故事，我通常会在从 A 城到 B 城的交通工具上把在 A 城发生的故事写出来。对于别人的故事，则需要旅行回来翻阅大量资料后才能写出来，其实这也延伸了我的旅行。而且我发现自己非常享受这种查资料写游记再反复修改的过程，我在每篇游记中投入的热情要远远大于写任何一篇经济学论文。有时为了查找一个典故的出处会耗费掉一下午时间。

但无论在车上写还是回来写，其实都是在事后去写。我从来不会在旅行过程中掏出一个小本子记录。旅行者的认真不在于记录枯燥无聊的数字和年代，而在于相识相知的那份感动。

在这本书中我会写到许多人的故事。他们或者是伟大的艺术家，或者只是心怀梦想的小人物。我写他们的探索、他们的思考、他们的喜怒哀乐。他们一辈子可能只做了一件事情，但是做得轰轰烈烈。在他们的身上，我看到理想主义者散发出的耀眼光芒，那光芒也将我前方的路途照亮。

在这里还想说一下如何打通自助旅行的语言关，对此我有三点经验：

首先英语一定要好，因为这是通行世界的语言。许多国家在机场、车站、酒店等外国游客云集的地方除了标明本国语言之外，还会用英语做出注释。另外还要有变通能力，就是通过肢体语言来猜测各种夹杂着浓重地方口音的英语。不过一般来说，跟外国人打交道无非就是问路、住宿，只要能把事情办妥，能不能每句都听懂倒也问题不大。另外许多人觉得法国人傲慢，不喜欢讲英语，无法沟通。我有个窍门儿，就是你先用几句最简单的法语和他搭上话，然后再用英语继续交流，那他就会很乐意帮你忙了，反正我百试不爽。

不过英语纯熟只是基本条件，要想玩得更好，更舒服，最好再浅尝辄止地学几句当地语言。那浅到什么程度呢？我觉得每种语言只要能听明白说出口四句话就足够。这四句话是：你好，谢谢，对不起，再见。可千万别小看这简单的四句话，它们占了我们日常生活对话量的一半。

当你问路时，如果首先用对方的语言说一句你好，人家就会觉得亲切，愿意停下来耐心指引；当别人帮你的时候，说一句谢谢，人家就会很高兴；当你不小心妨碍了别人时，说一句对不起，误会就会迎刃而解；当你办完事跟人家道别时，如果大声地说声再见，也一定会在对方心中留下一个很好的印象。

那怎么学，去哪里学呢？其实根本不用提前很久学习，只要在去那个国家的交通工具上，比如火车、汽车、飞机上，脸皮厚一点儿，主动向坐在你身边的人请教，他们多半会乐意帮助你。因为对于你来说，通过向当地人学习，可以学到比较纯正的语言；对于人家来说，也可以通过帮助一个外国人了解本国语言来打发无聊的乘车时间。一举两得，何乐不为？

如果把英语比作基本武器，把浅尝辄止地突击学习其他语言比作秘密武器，那自助旅行者的终极武器就是微笑了。千万别小看一张笑脸，它可以让人们从陌生到熟悉，从而拉近人与人之间的距离。即使两个人完全听不懂对方的语言，但只要看到对方的笑脸，两个人就会同时想，嗯，他应该能帮上我。好，我乐意帮助他。所以出门在外，如果你的脸上一直挂着真诚的微笑，旅行一定会畅通无阻。后来我在希腊认识了一个韩国朋友，这哥们儿已经一个人走遍了整个欧洲。但让我吃惊的是他竟然一句英语都不会讲，当然更不用说其他语言了。我想他已经掌握了我所谓的终极武器，因为我看到他的脸上始终洋溢着微笑。

2003年2月［安道尔］

融入当地才是真正的旅行

▲ 安道尔街头最有现代感的建筑

在比利牛斯山顶的露天酒吧中，我遇到一位阿根廷青年。他身材挺拔，相貌俊朗，正懒洋洋地晒太阳。我以为他也是游客，闲聊后才得知原来他不是游客，就在安道尔工作。他的工作是在一家餐馆当厨师，现在是午后休息时间。

他说要在这里工作三个月，然后换另一个地方，再工作三个月。他已经换过五份工作，算来已经在外面一年多了。他知道中国有一个大沙漠叫塔克拉玛干，他说总有一天要去徒步穿越。

我问他下一站去哪儿，他说还不知道，可能是比尔堡，可能是瓦伦西亚，但绝不是巴黎或者巴塞罗那，他说他不喜欢大城市。

我说给他拍张照片，他同意了。姿势很帅，像他的人一样，逆光但是坚定。

这个偶遇的年轻人让我对旅行有了新的看法。之前，我认为旅行只是吃喝玩乐，之后，我认为旅行是一种融入当地人的常态过程。只是当时我没有那么长时间像他一样慢慢享受融入的过程。但是我知道，早晚有一天，我也会那样做。

▲ 逆光但是坚定

2003年2月［意大利，米兰］

旅行中的不期而遇

清晨的米兰火车站显得异常空旷，几只鸽子无精打采地站着，不飞也不动，如同无人围观的街头艺人，丧失了表演的激情。

火车一路向北开，驶出米兰市区不久，城市的繁华和紧张就被意大利北部森林的寂静和辽阔迅速吞没。窗外持续着自我复制的单调风景，赶火车时的剧烈心跳慢慢恢复到了平稳的节奏。

坐在对面的是一对母子，男孩拿着画笔在空白本子上画画，母亲在旁边微笑看着。我从背包里拿出一个苹果当早餐，男孩看了一眼苹果，看了一眼我，又看了一眼他妈妈。小孩子是极聪明的，几个简单的眼神，就把他的需求交代得清清楚楚。

我只有一个苹果，显然把吃剩下的苹果给他是不合适的，只能尴尬地一笑。好在他的妈妈从包里拿出一块巧克力化解了我的尴尬，男孩立刻乐不可支。

和男孩的妈妈聊起来。知道她的丈夫在日内瓦工作，这次是带孩子去瑞士度假。又问瑞士人说什么语言，她说瑞士分德语区、法语区和意大利语区。日内瓦是法语区，又说瑞士人都能讲流利的英语，让我不必担心。

此时火车已经进入阿尔卑斯山南麓腹地，远方的峰峦轮廓清晰可见，都戴着一顶白色的雪冠。

男孩突然兴奋起来。我顺着他的视线望去，看到山脚下出现一片镜面似的湖泊。湖中有几个小岛，岛上的房子像城堡一样，灰白色墙壁，暗红色屋檐，还有高耸的尖塔。飞升的炊烟与四周隆起的烟雾混在一起，氤氲不散，应该有人在岛上居住。

我想生活在这样的地方，幸福也应该是简单而纯粹的吧，世间再多纷争，心中再多不快，也一定会随着那缕炊烟灰飞烟灭。可这想法刚一成形，车窗外的湖泊和小岛就已经消失不见，如同旅途中的一场奇遇。

旅行中总会有许多不期而遇，或者是人，或者是事。那种对未知的向往和期待让我在旅行生涯里无法自拔。

2003 年 5 月［荷兰，阿姆斯特丹］

听从内心声音而活

阿姆斯特丹中央车站永远充斥着各种噪声。有从其他城市赶到这里上班或上学的人，他们已经完全丧失对性都的任何好奇，只是麻木赶路。他们就像洄游产卵的鱼群，只凭本能，而不需要意识指引。也有自助旅行的人，摊开地图或者《孤独星球》，仔细搜寻探索这座城市的路线。

清晨的阳光明媚耀眼，我不得不腾出一只手遮挡阳光，手的轮廓在《孤独星球》的书页上留下阴影。

《孤独星球》上说红灯区是性都的标志。紧挨着红灯区介绍的就是凡·高美术馆。初中时就已知道凡·高，美术课上老师提到他和他的《向日葵》。后来在伦敦的大英美术馆里看到《向日葵》的真迹。朋友说，这幅画价值连城，在苏富比拍卖行，曾经被拍到四千万美元。于是当时简单地想，凡·高一定是个有钱人。

▲《向日葵》中的一幅

从中央车站步行大约二十分钟可以走到凡·高美术馆。那是一座白色建筑，有透明玻璃幕墙，馆藏凡·高二百五十多幅油画作品和四百多幅素描作品。

在介绍凡·高生平的展室里我读到：

凡·高1853年生于荷兰；

凡·高年轻时从事多种职业，如画店店员、教师、传教士等，均被解职；

凡·高在生命中最后十年开始美术创作，大部分作品完成于最后五年；

凡·高与法国画家高更曾是好友，后因艺术见解分歧不欢而散；

凡·高曾用剃刀割下自己的一只耳朵送给一个妓女；

凡·高生前只卖出过一幅油画，还是他弟弟买的；

凡·高在麦田中开枪自杀，死时年仅三十七岁。

展室内柔和的光线安静地照耀着凡·高悲剧性的一生。先前对凡·高是个有钱人的判断被彻底推翻。他竟然穷困潦倒，似乎还有轻微精神病。那到底是什么原因让凡·高在死后成了大师？

我在展室间穿行，这简直是一次畅快的郊游体验。我看到鸢尾花、橄榄树、向日葵、葡萄园、老磨坊、麦田、星空……我看到大块大块色彩的自由涂抹，辉煌的、未经调和的色彩，没人相信这是一个悲伤的人在创作。画画时的凡·高应该是快乐的。

他说，一个农夫的形象，一片寂静的大海，一块耕地上的犁沟，都是不容易画的，都是活的，都是美的。他看到了隐藏在平庸下的诗意。他只是要画！要画！要画！于是他画，画布上全是生命的颜色。

凡·高从未接受过正规美术训练，他也得益于此，就像中文系可能无法培养出伟大的作家，而艺术家的营养来源只能凭借对生命的深刻体验。他的画风漠视正统、常识或者规范。他只在乎自由意志的表达，表达对世界、对生命的看法。他认为夜空比白天明亮，他认为红色与绿色的冲突可以表现可怕的激情。然后在画布上把这些想法呈现，仅此而已。

我甚至认为，凡·高成为画家纯属偶然。只是某年某月的某一天他碰巧拿起画笔。他完全有可能成为文学家、雕塑家、音乐家，如果是在今天，他甚至能成为出色的摄影师、设计师或者电影导演。所有艺术门类只是表现形式不同，最终殊途同归，百川入海。对生命的透彻感知让他得以自在游弋。

只是，凡·高的快乐只在作画瞬间才短暂拥有，所以他甘愿沉迷，物我两忘。一旦回到生之现实，一事无成的他又会被嘲笑、被歧视、被排挤，生命充满矛盾与绝望。

▲ 凡·高美术馆

只有两种方式可以彻底摆脱——疯狂或者死亡。前者无法自我控制，虽然他曾试图逼近。

终于，上帝从天堂看到一颗飞驰而过的子弹，同时，他也看到那块金色的麦田成了画布，一个正在倒下的人成了风景。

几年后我去了法国的圣雷米和阿尔勒。圣雷米有一条以凡·高名字命名的小路。小路通往一间教堂医院，凡·高生命中的最后一年在这里度过。这也是凡·高创作力最饱满丰盛的一年，那些看似平淡无奇的橄榄树、教堂、医院，都成了他的创作主题和背景。

而在去圣雷米之前，凡·高一直居住在阿尔勒。现在的阿尔勒，许多地方都留下了凡·高的足迹和色彩。比如那间黄色咖啡馆，现在已经改名为凡·高咖啡馆。正是在这里，他涂抹下《星夜》；比如那间他曾入住的军队医院，现在已经完全按照凡·高在这里居住时的样子重建；还有那一座座他作画时眺望风景的石桥，还依稀可以辨别他绘画时的前景和远景。

我一直追随着凡·高的脚步，因为我把他看成自己的一位隔代老师。他告诉我世俗的眼光不重要，自己内心的声音才重要。他教会我要去细致观察这个世界，每个人都有自己独一无二的视角。

谢谢你，文森特·凡·高。

2003 年 6 月［丹麦，欧登赛］

生在养鸭场也没有关系

世界，从不同角度望去，会有远近高低的不同。在他眼中，世界的主角是为爱牺牲的人鱼公主，是不穿衣服到处溜达的国王，是圣诞夜晚划亮火柴等待奇迹发生的女孩……

因为没赶上从哥本哈根开往德国汉堡的直达特快，不得不在一个叫作欧登赛的小城中转。小城延续了哥本哈根的建筑风格，紫红外墙搭配绿色尖顶，就像童话发生的场景。教堂是老城里的最高建筑。街道干净宽阔，市民喜欢骑着自行车来来往往。

翻开《孤独星球》，与这座小城相关的文字不足半页，但仍毫不吝惜地用去半页的一半告诉旅行者这里是安徒生的故乡。

▲ 欧登赛剧院

安徒生出生在一个并不富裕的鞋匠家庭。由于小城闭塞，安徒生的童年在神鬼传奇的故事中度过。这些故事可能会让普通人变得愚昧，可对安徒生来

▼ 小美人鱼雕塑

说，这正是栽培想象力的富饶土壤。

安徒生的才华很快得到戏剧评论家的欣赏，虽然他写的剧本韵律不齐，甚至还有语法错误，但闪现其中的情感冲突却让评论家们一致认为，他会成为戏剧界的新曙光。安徒生在贵族资助下进入正规学校读书，但是因为地位、身份与那些上流子弟过分悬殊，青年安徒生成为被他们戏谑的可怜虫。不过这却刺激了他的创作激情，他的诗作率先在国家级刊物上发表；他写的游记被出版社多次印刷；他的戏剧作品也终于在国家剧院首演，观众如潮的掌声告诉安徒生他已经获得成功。

这段青年时期的成长经历，成了那部著名童话《丑小鸭》的创作素材。养鸭场的一只鸭子因为生得大且难看而被其他鸭子咬、被鸡群啄、被女佣踢来踢去。丑小鸭决定到大世界去，在那里，它发现，原来自己是一只洁白的天鹅。

至今对《丑小鸭》中的一句话感触很深：只要你曾在天鹅蛋里待过，就算生在养鸭场也没有关系。

《丑小鸭》其实是安徒生的自传，说的是一个简单的道理——是金子，早晚都会发光的。所以，我们要相信，自己在某个领域是块真金。这是我们战胜生活磨难的底牌。

2003 年 6 月［德国，柏林］

围墙内的世界太小了

萨碧娜蓝目深陷，金发高鼻，她的长相与她的名字都在告诉我，这是一个典型得不能再典型的德国人。

我在问路时认识了她。当时我正要从柏林墙去电视塔，她正巧同路，要去离柏林电视塔不远的洪堡大学。后来知道她是大学老师，在那所学校教英语。

她带我穿地道、过天桥、坐地铁，一边走一边聊，聊天的话题自然离不开刚刚经过的柏林墙。

我：柏林墙就剩下这么一小段了吗？

她：保留下来的就这一段，因为那里有各国艺术家的喷画作品。其实柏林墙的水泥部分也不是很长，其他地方用铁丝网连在一起，那些铁丝网早就拆除了。

我：记得有一段柏林墙在博拉登堡门那边，可是这和我刚才看到的那段一个东、一个西，连在一起只能分开南北，怎么能成为东西柏林的分界呢？

她：其实柏林墙并不是一条隔开东西的直线，而是一个椭圆形的圈。

说着她要过地图，用手指轻画出一个窄窄的椭圆，然后说，这就是原来西柏林的统治区域。

后来翻阅资料，果然如萨碧娜所说，柏林墙最初是由十二公里长的水泥墙和一百三十七公里的铁丝网围成的封闭圆环。边界上的河流、湖泊也被禁止通航，并加以监管。这样，西柏林就变成了一个孤岛，若想在西柏林和东柏林之间通行，必须通过严格的边境检查。

我：柏林墙倒塌之前你住在哪边呢？

她：我和妈妈住在东柏林。

我：后来柏林墙倒了，东西柏林可以自由往来，你觉得哪个柏林更好呢？

她：要说繁华，西柏林那边更好一些吧，毕竟人家经济实力强，而东柏林这边还保留着民主德国的痕迹。

我：柏林墙被推倒那天，你是不是很激动？

她：那当然了，现在还清楚地记得那天的情景。那天白天（1989 年 11 月 9 日）其实也没什么不同，可是到了晚上八点，几乎所有东德电视台都在转播我们市委书记的电视讲话。他宣布，民主德国政府将废除对东德人旅行自由的限制，决定即时生效。我发现本来已经安静下来的街道突然热闹起来，不对不对，是沸腾起来，像开水汩汩地冒泡。我也坐不住了，跑到大街上，加入同样兴奋的人流。

开始我还不知道去哪里，后来大家不约而同地朝柏林墙聚集。我们走到一个边检站，那里已经聚集了几千人。所有人都在高喊：自由！自由！自由！边检站的长官不敢放我们通过，因为一切来得太突然。我们看他表情十分尴尬，一会儿打电话，估计是在跟上级请示，一会儿又过来安抚我们。后来，就像大家知道的那样，柏林墙在那夜倒塌了，无数东柏林人涌入西柏林，去和他们失散多年的亲人团聚。后来我和妈妈也去过西柏林，可是没有找到我父亲。

说到这里时我看到她的神色黯了下去。这时我们乘坐的 S 线地铁已经到了亚历山大广场站，柏林电视塔就在广场中心，我们互道再见。虽然再次见面的可能性几乎为零，不过我倒是衷心希望萨碧娜可以再次见到她的父亲。

关于柏林墙的故事还有很多，萨碧娜的故事是我亲耳听到的，还有更多的故事被各国艺术家用灵感和创意涂抹在现存的墙上。故事的构成元素并不复杂，无非就是铁丝网、围墙，还有一群人，在试图翻越这些铁丝网和围墙。

一面墙上画着被放大的手和脚，手拽住脚，脚要努力往上爬，手在使劲向下拉。从静止的画面看不出谁的力道更强，可是暗灰的色调告诉我们，手胜利了。

1961 年，十八岁的彼得试图翻越柏林墙。他已经爬到墙顶，只要再加一把劲儿，他就可以看到西柏林的土地。可就在这时，枪声响了，小彼得滑回东柏林一侧。悲剧并没有就此完结，身中数弹的小彼得倒在柏林墙下，竟没有一个人过来救他。小彼得终于流尽最后一滴血，停止了呼吸，在他蓝色的眼睛里映出的，依然是东柏林的天空。

▲ 柏林墙上的涂鸦

还有一面墙上画了一辆破墙而出的汽车，坚固的车身将柏林墙撞出一个大洞。开这辆车逃亡的是个大情圣。因为柏林墙并不是铁板一块，总有几个门，几个交通站。于是情人被困东柏林的情圣就打起了交通站的主意。经过调查研究，交通站是靠栏杆来封锁交通的，虽然栏杆结实，不易撞断，但却较高。如果汽车足够矮，可以从栏杆底下直接钻过去。于是计划诞生，他租来一辆很矮的汽车，捎上情人，趁警察不注意，开足马力，一下子就从栏杆下面钻到了西柏林。

除了各种写意的故事，柏林墙上还有许多发人深省的警句，比如这句：围墙内的世界太小了（The World’s Too Small for Walls）！又比如这句：别再有战争，别再有围墙（No More Wars，No More Walls）！正是这两句话让柏林墙的意义完整。

的确，目前我们生活的世界仍不太平，还有比冷战更残酷的战争，还有比柏林墙更加不可逾越的高墙。什么时候这个世界不再有战争，不再有围墙，才算实现真正的和平。

2003年6月［德国，柏林］

双脚放在地狱，眼睛搁在天堂

我爬上柏林国会大厦的玻璃穹顶，仰望蔚蓝色苍穹，想起一部很久之前看过的德国电影《柏林苍穹下》。

影片讲述的是两个守护柏林的天使——丹尼尔和卡西尔，他们没有竖琴和翅膀，天天穿着大衣长袍穿行在这座城市里。他们默默观察人们的举动，研究人们的生活。在天使眼中，柏林是一座绚烂的黑白城市，线条流畅，美丽而不真实。后来丹尼尔来到一个马戏团，见到正在练习走钢丝的女演员玛瑞安，竟对她一见钟情。对玛瑞安的爱怜让丹尼尔做出一个决定，他要变成一个凡人，永远和心爱的人在一起。当天使变成

▲ 柏林国会大厦穹顶

凡人，影片的画面突然变成彩色，而原本的精致却变得粗糙。

影片用色彩和线条把天使和凡人的世界分开，天使的世界黑白而精致，凡人的世界多彩而粗糙。

这很像我以前和现在的生活。

我以前当过白领，每天出入城市里最好的写字楼，出行要搭出租车，喝咖啡只去星巴克，上班要穿黑色的西装、白色的衬衣。我知道领带的N种打法，还有西装扣子几个要开几个要系。我还知道西餐的规矩、中餐的菜系、韩国菜有多少花样、日本菜如何料理。我的生活精确到每分每秒，而每分每秒都是无聊。我得看上司的脸色，分析同事的喜好，掩饰自己的骄傲，见了客户还得点头哈腰。我的世界黑白而精致，我却天天只想和自然拥抱。

于是我选择流浪，拿起背包，按照自己的方式思考。这时我发现衣食住行只是最低层次的需要，牛仔裤可以一个月不洗，粗茶淡饭只要能吃饱我也不会嫌弃。为了省下钱走更多的路，我也可以坐最便宜的夜间巴士，笑着对旁边的黑人说，对不起，挤一挤。

虽然生活变得粗糙，不再有以往流畅的线条，但我也同时发现，世界不再是黑与白，我看到比钢筋水泥多得多的色彩。

我看到白墙，灰瓦，殷红的吊廊；

我看到蓝天，绿树，淡黄的草房；

我坐在湖边，晒着温暖的阳光；

我钻进雪山，看山泉自在流淌；

我喜欢随意翻开一本闲书消磨时光；

我喜欢观察屋檐上的蛛网慢慢成长。

流浪的时候，我脱掉伪装，在街头放声歌唱；走得累了，就把双脚放在地狱，把眼睛搁在天堂。

我选择流浪，就像堕入凡间的天使，彩色的世界让我感受到更多光芒。

现在看当时写的文字，充满了理想化的字眼。有人说，如果三十岁之后还读格瓦拉，那就是个无可救药的理想主义者。我现在已过而立之年，枕边放着的仍旧是一本《切·格瓦拉》。

2003 年 6 月 [梵蒂冈]

旅行就是我的信仰

曾经在火车上遇到过一位意大利青年，他说他的职业是画广告画，在罗马。他说喜欢凡·高和毕加索。他还说米开朗基罗也是画广告画的，只不过工作地点在梵蒂冈，而雇主是教皇。

日影西斜，梵蒂冈圣彼得广场的古埃及方尖碑投下利剑一样的阴影，那剑尖指向罗马老城。铺在地面上的白色碎石呈放射状分布，也仿佛日光照耀。

这是世界上国土面积最小的国家，却管辖着幅员辽阔的精神疆域，全世界十亿教民的信仰在这里得到慰藉。

▲ 黄昏时的圣彼得广场

等待进入教堂参观的人排成一条参差的线，站在我前面的是个谢顶的老人，正跟太太抱怨6月罗马的骄阳似火。他把地图折成扇子，仍然阻挡不住汗水在脸上流成一条小河。

进入教堂，人就仿佛游进深海的鱼，感受到扑面而来的凉爽和安静。夕阳余晖透过穹顶，弥散成黄色的光幕，如同从深海看到的天堂景象。

我始终仰视。石柱、墙壁、天顶、门扉，无一不是精雕细刻的杰作，仿佛一面面穿越时空的镜子，让我看到文艺复兴的光彩与荣耀。

处在荣耀中心的是米开朗基罗。几百年来，似乎只有他到达绘画和雕塑的双重顶峰。他的《创世记》和《最后的审判》凭借非凡的想象力把《圣经》里的故事变成有血有肉的图像，扩大了基督教在世界范围内的影响；而他的《大卫》和《摩西》则是任何一本雕塑史都不会错过的内容。除此之外，他还是杰出的建筑师，圣彼得大教堂正是在他的主持下兴建。

我在教堂内还看到许多忏悔室。暗红色的实木忏悔室被分成几个隔断，有一些老人进进出出，他们脸上的表情虔诚而凝重。

▲ 走进教堂，感受到扑面而来的凉爽和宁静

西方宗教有原罪的说法，人生来是恶的，人心是暗的，需要控制自身欲望，所以教堂才会有忏悔室，作用是让人时时自省。而持续自省会慢慢积淀成生活的习惯，据此才会对人和善，对事从容。

宗教解决的另一个问题是如何看待死亡。世间所有伟大的精神系统都告诉我们，死亡并不是一切的终结，而只是一段新路途的开始。无论是否有信仰，只要能够日日自持，控制欲望，善良而不贪婪，都是一种积极的人生态度。

我一直是坚定的无神论者。可是随着年岁渐长，我发现，信仰并不是简单的唯物或者唯心，神学和科学谁是谁非的大问题不是普通人应该考虑的，信仰只是个人内心的一种修习。十年背包生涯，我走过太多的教堂、庙宇、清真寺，对宗教的认识也从最初的不信到现在虽然还是不信，却认为信比不信要好。因为宗教能解决一些困扰心灵的问题，让人活得更加纯粹。

其实旅行对我来说已经成为一种信仰，我们都走在各自的朝圣路上。

2003 年 7 月［希腊，苏尼翁］

寻找心中的神殿

初中同学家中有全套的《圣斗士星矢》，那是我从小学就开始追看的漫画，初中时终于等到大结局。在这部漫画的第一卷，作者车田正美除了普及他的小宇宙理论之外，还让读者明白，青铜和白银圣斗士修炼的终极目标就是能够入住雅典的十二宫神殿。于是那些从少年时代就刻印在记忆中的神殿，那华丽的石柱、神秘的力场、庄严的格局，像磁石一样，吸引我在长大后向它靠近。

我坐上从雅典开往苏尼翁的长途班车。清晨的阳光像阿波罗还未睁开的眼睛，在云层中忽隐忽现。希腊是个盛产神仙的国度，除了太阳神阿波罗，还有智慧女神雅典娜、爱神阿佛洛狄忒、海神波塞冬……他们在各自领域呼风唤雨，操控人间的喜怒哀乐。他们有许多人类缺陷，有的还被发挥到极致，比如自恋、嫉妒、易怒、刚愎自用、兄弟相煎、父女淫乱。他们更像现代的 X 战警，只是比普通人多了几样超能力而已。

班车沿着海岸线一路南行，爱琴海的波涛从神话时代就拍打着这里的海岸，再硕大的岩石也早已被打磨成细碎的沙砾。车上有几个漂亮女孩直接比基尼打扮，见到人少景靓的海滩就跟司机打声招呼，和那现成的阳光、沙滩以及碧海蓝天融合成一篇笔力轻柔的散文。

苏尼翁海峡在希腊大陆的最南端。越接近它，路边的村镇也就越来越少。当路已到尽头，终于不见人烟，而那神殿却如同海市蜃楼般，赫然在眼前出现。

这是公元前 5 世纪时古希腊人为海神波塞冬修建的神殿，也是唯一一座矗立在爱琴海边的神殿。神殿为多立柱式结构，一块块圆形巨石垒成 20 米高的石柱，再用长条形石块架在柱与柱之间形成梁。神殿靠海的一面已被风化成断壁残垣，但总体格局仍在。

▲ 1888 年的到此一游

在石柱基座上凌乱刻着许多“到此一游”的签名。看到一个“1888”的字样，应该是某人刻在一百多年前的纪念。刻字的人很聪明，如果刻下的是人名，那除了自己，没人在乎你曾经来过。而刻下时间，却能让后来人唏嘘感叹，原来肉身只是渺小微茫的存在。

在神殿旁看到许多日本游客，一拨又一拨，前赴后继，参观神殿应该是日本旅行团希腊游的常规项目。

是否可以这样倒推：20 世纪 80 年代的某一天，一个叫车田正美的日本游客到神殿游览，他被神殿支撑海天的气势感动，产生了创作激情，按照希腊神话十二宫的线索创作出《圣斗士星矢》。90 年代，《圣斗士星矢》传到中国，希腊的神殿作为这套漫画中唯一有形的物质存在，让无数中国孩子对那神秘所在心生向往。21 世纪初，那千万孩子中的一个在长大后背包旅行来到希腊，来到苏尼翁，终于见到那在心中华丽了很久、神秘了很久也庄严了很久的神殿，他终于热泪盈眶。

一件好物可以传世，不仅在于它能够抵御自然的侵蚀，战火的洗礼，还在于它能在不同时代不同民族的人们心中传承，并且让人们记挂，在梦中相见。早晚他们会寻踪而至。

▲ 爱琴海边的神殿

2003 年 7 月［希腊，圣托里尼］

消失的亚特兰蒂斯

汽车行驶在曲折的盘山公路上，公路就像响尾蛇滑过后的轨迹从山脚码头一直盘绕到山顶。眼前这座山是这个小岛的最高凸起，这个岛名叫圣托里尼，爱琴海上最神秘最浪漫的岛屿。说它神秘，因为它关乎传说中神秘消失的亚特兰蒂斯，说它浪漫，因为这个岛上只用四种颜色就勾勒出三幅独一无二的自然景观：南部佩里萨黑色的沙滩，中部诗亚蓝白相间的房子，还有北部伊阿金黄色的日落。

从地图上看，圣托里尼岛正好位于爱琴海的心脏部位，形状像一个月牙，中间环抱着一座圆形火山，传说就是这座火山一万两千年前的一次大喷发让一个曾经高度发达的文明——亚特兰蒂斯——完全绝迹。

车子继续向上行驶，握着方向盘驾驶的是我今天晚上的房东先生，他五十上下的年纪，矮矮胖胖，虽然面相不怎么好看，可笑起来却很憨厚，也正因此他才被我从码头上众多拉客的人中一眼相中。和他划价的过程十分简单，他要十五欧元，我还价到十欧元，然后就是爽快地成交，讲好这是一个标准间，这个价格在欧洲其他地方想都不敢想，即使最便宜的青年旅舍也要十五欧元一天。

车子终于爬上山顶，从这个位置不仅可以鸟瞰爱琴海，还能看到那圆形的圣托里尼火山，太阳的热力从天而降，海面上蒸腾出大量水汽，再看那火山，更像海市蜃楼，摇曳不清，这摇曳与晃动让我不禁联想起火山喷发前的蠢蠢欲动，进而想到了曾经被它吞噬的文明：亚特兰蒂斯。

▼ 二层的门洞即是我住的小房间

我对亚特兰蒂斯的了解基本来源于两部动画片。一部是日本的，也是我童年时的最爱，《神童海力布》。还有就是刚刚公映的迪士尼动画大片：《亚特兰蒂斯，一个消失的帝国》。

亚特兰蒂斯曾经是一块孕育着高度文明的大陆，不过直到现在仍未有人证明或否定它的存在。最先提及亚特兰蒂斯的是希腊哲学家柏拉图。两千多年前柏拉图在《对话录》中记录了关于亚特兰蒂斯的故事。提及在地中海以西遥远的大西洋上，有一个以惊异文明自夸的大陆。大陆上出产无数的黄金与白银，所有宫殿都由有着黄金墙根及白银墙壁的围墙所围绕。在那里，文明的发展程度令人难以想象。有设备完善的港埠及船只，还有能够载人飞翔的物体。《对话录》之后又陆续有很多书提及亚特兰蒂斯。

车子在一幢纯白色的房子前停下，巨大的刹车声把我从对远古的冥想中唤醒。老板娘出来迎接客人。老板娘和老板很有夫妻相，也是一脸横肉，还扎着两个黑粗黑粗的辫子，既像日本动画片《天空之城》里的女海盗首领，又像从《水浒传》走出来的开黑店的孙二娘。想到这里，我心中突然一冷，不禁毛骨悚然：莫非这是一家黑店？

心里的冷和身上的热俨然冰火两重天。即使刚洗过澡，也只能解决

▼ 这里应该算全世界最浪漫的度假地了

十分钟的问题。迫于太阳的淫威，我不敢在中午出门，只能躲在屋子里，一丝海风从玲珑的窗口吹进来，不知不觉中，我竟然睡着了。梦中，我与亚特兰蒂斯擦身而过。

现在回看这篇文章，里面有很多错漏之处。

当然这样的错误在被印成铅字前已经被编辑修正了，那是上海的《东方早报》。这也成了我正式发表的第一篇游记，稿费一千四百多元。这笔稿费让我心动，原来写游记也能赚钱啊。也是在那一刻，我开始琢磨如何把爱好变成事业。

2003 年 7 月［希腊，圣托里尼］

一个人看日落

伊阿镇位于圣托里尼岛北部。巴士停在小镇中心，下车后不用打听方向，跟着人流就一定能找到看日落的最佳地点。此时已经八点半，可太阳仍旧高挂天空，就像大牌明星，不等观众到齐，决不开始表演。观景台上早已人山人海。我是一个爱热闹的人，但总觉得看日落应该找个安静的地方。静等日落江河，万籁俱寂。

于是一个人朝山下走去。山脚下有许多小旅馆，都建在山坡靠海一

▲ 日落爱琴海

侧，从旅馆出来的人都朝上走，只有我是例外。

找到一块空地，安静地坐下来，感觉天地间寂静而辽阔。

拿出相机，调对着我需要的模糊和清楚。本来是要拍夕阳的，可镜头却固执地停在一对恋人身上。在远方的露台上，在夕阳的照耀下，他们拥抱、亲吻、大笑。

这时候，我也想起了你。

我看过许多日出与日落，有刻意去看的，比如圣托里尼这次；也有偶然邂逅的，比如一天早晨醒来时看到的贝加尔湖日出。以前还会鄙视一些景区，因为没什么好看的景点才把日出日落也算作所谓的十景八景。现在却已懂得该如何去欣赏那照常升起的日月，因为那是我们无法控制的力量，不仅要用微笑面对，更要有敬畏之心。

一个人看日落，因为无人分享，所以倍感孤单。

2003 年 7 月［意大利，比萨］

第一次露宿街头

从佛罗伦萨开往比萨的末班火车，十点半抵达。从地图上看，从火车站到青年旅舍大概有五公里。虽然火车站门口停着许多趴活儿的出租车，但我知道自己负担不起打车费用，于是背上背包，决定走路过去。

一路穿过比萨老城。路灯的昏黄光线打在石板路上，映出清冷的光泽，却把道路两旁那些霓虹闪烁的酒店衬托得更加辉煌。我知道酒店里没有房间是为我预备的，于是继续赶路。

路过比萨斜塔，这是整座城市的中心，我也是为它而来，不过当务之急是要先找到过夜的地方。

▲ 高耸的比萨斜塔

在一条路的尽头，终于看到青年旅舍的标志。可是大门紧闭，叫也叫不开，这时两个已经喝得醉醺醺的晚归女孩告诉我今天已经客满。

再次拖着比背包还沉重的身子回到火车站，发现已经没有出城的火车。在火车站旁边找到一家网吧上网，可刚坐下没多久，网管就开始轰人，原来意大利不流行通宵上网。

无家可归，这是我脑子里马上闪出的四个字。却也没觉得自己可怜，因为我知道这将是人生中第一次露宿街头的经历。对于每个第一次，我都会下意识地兴奋起来。

关于露宿地点的选择并不复杂，安全是第一位的。刚才路过斜塔时看到有两个警察和两个保安在来回巡逻，于是再次回到比萨斜塔。

我把睡袋铺在路边，警察没管我，保安没理我，一些夜游比萨的游客朝我笑笑，像是一种鼓励。7 月的意大利夜风清凉，钻进睡袋，也不觉得冷。仰望星空，那璀璨的天河，是最温暖的被子。

醒来时已是清晨六点，身体重新蓄满能量。我用相机拍斜塔，可能这些照片和其他人拍的没什么不同。但我知道，我和它有过一夜的交集，于是心满意足地离开。

露宿比萨之前，我已有两天两夜没在床上睡觉了。先从爱琴海的小岛坐了一整夜渡轮的甲板舱到雅典，再坐火车横穿希腊大陆，之后坐一夜渡轮甲板舱从希腊回到意大利，然后又坐了一整天火车，抵达比萨时已经筋疲力尽。后来又先后经历青年旅馆打烊、火车站打烊、网吧打烊的人算不如天算，再次来到比萨斜塔时已经凌晨一点。不过那一夜，我睡得很香很好。

▲ 我把睡袋铺在比萨斜塔之下

2003年7月［法国，马赛］

多走多看才不算白活

从马赛开往日内瓦的国际特快列车，车窗外是普罗旺斯的如画风景，可由于抓不住瞬间，所以只能视而不见。坐在我对面的是个法国老人，面色红润，感觉容易亲近。刚上火车时，是他帮我把七十升的巨大背包托上了行李架。

▲ 火车是在欧洲旅行的主要交通工具

我们聊天。

他问我，一个人？

我说是。

去哪里？

瑞士，我要去看瑞士的雪山。

显然他对旅行很感兴趣，接着滔滔不绝地讲起他年轻时一个人周游世界的种种有趣经历。最后说，年轻人，人只活一次，有太多的地方你没去过，太多的风景你没见过。一定要多走走多看看，才不算白活。

我说，一定。

人一生总需要一个领路人。我很幸运，遇到他时我还年轻。

2003 年 7 月［瑞士，日内瓦］

在海关被裸体搜身

火车驶进日内瓦市区后减速慢行，远远望见日内瓦湖中一座高达百米的喷泉，它披散的银色发丝化作水雾在天空中画出一道彩虹。

由于瑞士没有签署申根协定，国际旅客下车后要接受海关检查。

持欧盟护照和非欧盟护照的人按照指示自动分成两队，前者只是例行公事，很快走得干干净净。我们这一队多是背包旅行者，各种肤色，独来独往。装备也都雷同：庞大的背包上顶着卷成圆筒的防潮垫，两边挂着涉水用的靴子，斜插着水壶。旅途的疲惫掩藏不住我们对未知城市的期待，个个脸上挂着彩色的光。

即使同样来自非欧盟国家，那个把守海关的瑞士老先生似乎也只对亚洲、非洲和中东地区的旅客重点“关照”，而那些长得酷似欧洲人的美国人、澳大利亚人都很快被放行。一个头上包着白头巾的印巴人被盘问了足有五分钟，我身后的白人女孩等得不耐烦，小声嘟囔，快点儿！快点儿！快点儿！

我把护照递进窗口，瑞士老先生看了一眼护照封面，又透过厚厚的镜片用余光扫了我一眼，仿佛在说，哦，中国人。随后老先生翻到资料页，仔细研究护照里的照片，再仔细盯着我看。然后起身把护照上的资料页和签证页复印，这是其他人都没有的程序。我朝身后的女孩做了个鬼脸，表示我也莫名其妙并且无能为力。

老先生复印完证件后，跟另一个高个儿工作人员嘀咕了几句。高个儿去打电话，老先生回到座位，对着护照，又问了几个不是问题的问题，比如国籍、生日、年龄。问完了，说，请到旁边等一下，就叫下一个，并没有把护照还给我。

后面的女孩很快通关，从我身边经过时送来一个表示同情的微笑。

高个儿打完电话，不知从哪里牵出一条德国黑背，狗鼻子在我和我的背包上一通乱嗅。随后高个儿让我把背包里的东西一样一样拿出来，睡袋、数码相机、牙刷、牙膏、被团得皱在一起的 T 恤……所有装备都在无声证明着它们的主人只是一个普通的旅行者。

搜完了，高个儿仍不甘心，我也开始不甘心了，我向来对没经历过的事情抱有极大热情，热烈期待着他的下一步行动。

高个儿想了一下，把我叫进一个空房间，开了灯。他说，请把衣服脱了。

T 恤、旅游鞋、袜子、牛仔裤，我把衣服一件一件脱掉，脱得只剩下内裤。

内裤也脱！

全都脱完，我一丝不挂地站着，不觉得害怕或者尴尬，只是觉得有点儿冷。

看到我的“清白”，他终于明白再也查不出什么，就让我把衣服穿上。

海关老先生还我护照时，镜片后还闪烁着将信将疑的目光。

眼看戏入尾声，我甚至有些轻微失望，刚才还乐观地想，最好能查出点儿什么，然后把我遣送回国，还能省一张机票，或者让我到阿尔卑斯放羊。

旅途中这样的倒霉事其实还挺多的，比如被偷、被骗、被抢。最危险的一次，我和劫匪在大街中央对峙了一分钟，我大喊着 NONONONONO！他挥拳打我，可我死死护住相机，就是没有松手。后来回想起来，既佩服自己的勇气也有点儿后怕。其实只要人还在，一切都可以从头再来，没什么大不了的。

2003 年 7 月 [德国，弗赖堡]

一个人等车的站台

▲ 长在森林中的弗赖堡

童话里的女巫往往住在森林的最深处，那是与现实平行的空间，她们在人类恍惚的梦中，悄然把时空转换。

弗赖堡地处德国西南，我要从这里转乘火车前往黑森林腹地。在我看来，黑森林最能代表德国人的性格。她的稳重、深沉、内敛，与德国人的精神气质完全一致。而她的幽深、恐怖、极端，也与德国人在某个历史时期的所作所为不谋而合。

火车在茂密森林中缓慢前行，沿途要经过许多幽暗隧道，在最密集的地方，隧道与隧道之间只隔一线，那偶然出现的天空就好像是一扇从完整隧道中开出的天窗，让我的瞳孔骤然收缩又骤然放大。

火车在特莱伯格站把我和我的背包甩下，又继续轰轰烈烈地开动。这是徒步黑森林的起点。车站旁有座林场，整齐地堆满巨大的冷杉。几个穿着深蓝色工服的伐木工正在把生长了几十年的大树削冠剥皮，净身

后的树干光秃秃地和兄弟们躺在一起。

7月已是旅游旺季，可通往森林深处的路途中，没有人和我同行。高大的冷杉漫山遍野，像等待阅兵的战士，肩并肩站得笔直，阳光透过树冠投下闪烁的阴影。森林中的泥土异常松软，生长着蘑菇、青苔，还有许多艳丽的红色花朵。花开得很有排场，仿佛整片森林都甘愿当陪衬的绿叶。

我还在森林中看到几间木屋，都不算大，看样子仅能容纳一人居住。每间木屋都顶着红色的人字形屋顶。还有凸出的一小截烟囱，并没有白烟或者青烟冒出来，恐怕这里已经长久没有人烟。凝视着这些森林中偶遇的木屋，我仿佛感觉这里曾有女巫居住。或许她们仍在家里，只不过我们所处的空间维度不同，因而在彼此看来，对方像空气一样透明。

在火车站等待回程火车的时候，我不知不觉睡着了。醒来时，天色已经全黑。火车来了，站台上只有我这一个孤零零的旅客。踏上火车的一刹那，我忽然犹豫了，不知道自己是否还属于这个世界，也不知火车将把我带往何处。

喜欢一个人旅行，因为脑子里经常能冒出许多想法。如果跟同伴一起出行，时间都在聊天中打发掉了，可能这些想法连冒出头的机会都没有。

2003 年 8 月［比利时，布鲁日］

时光在这里停滞

在欧洲诸多小城中，唯有布鲁日，依然顽强保持着中世纪时的模样。

中世纪的时候，布鲁日河道密布，港口繁忙，是比利时最重要的商埠，也是从英国前往欧洲各地的必经之路。后来由于河道淤积，运河贸易中断，布鲁日就此没落，被历史的大手从欧洲经济版图上一抹，就再也没有振作起来。不知这是布鲁日的幸运还是不幸，也正是这个原因，时间仿佛在那个时候的布鲁日停滞。直到今天，在布鲁日的街头仍然飘散着一种中世纪的气息。这里有 13 世纪的建筑，14 世纪的雕塑，15 世纪的城堡，16 世纪的街道。所有这一切，几百年来，竟没有太大变化，

▲ 与世无争的平静生活

人文景观与自然景观保存得非常完好。让我身处其中，恍如隔世。

陶醉中忽然产生一些疑惑，奇怪，这些建筑、雕塑，意大利的佛罗伦萨一样不少；这些城堡、街道，在英国爱丁堡也随处可以见到，到底是什么让布鲁日把时光留住，依旧保持着中世纪的情调？

我在布鲁日的街头仔细寻找。

我看到几个老人。他们坐在树荫下闲聊，见到如我一样的游客，他们总会微笑，这是对远道而来的客人表示欢迎。我也报以同样的微笑，这是对他们应有的尊敬。老人们真的已经很老了，不知道是时光在雕刻老人，让皱纹爬满他们的额头，还是反过来，老人在打磨时光。因为我看到光线透过他们的手指泻下来，打在地上呈现出形态各异的光影。他们在跟光线捉迷藏，反正有的是时间。

我看到几艘小船，小船满载游客，在古城狭窄的河道间穿行。船夫戴着硕大的毡帽，哼着自编的小调，曲调和缓悠长，仿佛几百年来就这一个调子。他手中握着长桨，桨叶翻出波浪，波浪掀起涟漪，涟漪层层重叠又层层扩展，仿佛布鲁日的时光，那么慢又那么长。

▲ 布鲁日街景

我看到几辆马车。其中有匹骏马的蹄子是白色的，颈上的鬃毛也是白色的，除此之外，竟然全黑。驾驶马车的也是风流人物，清一色的比利时姑娘。她们装束统一，黑色的马靴，紧身的马裤，苗条的身材，自信的微笑。马车的速度不快，因为要避让行人，车上的游客似乎也不着急，甘愿听美女讲故事，随便马车带他们到任何地方。

看到这些，我终于明白，留住时光的当然不是那些建筑、雕塑、城堡、街道，时间的力量早晚会让这些静止的风景尘埃落定。可时光的确被留下了，就留在树下老人深深的皱纹里，船夫节奏轻缓的小调里，驾车美女自信的微笑中。

踢踏踢踏，这是马蹄轻踏石板的声音。一辆马车从我身边经过，马蹄声渐渐响起又渐渐隐没。

在我看来，布鲁日比巴黎、伦敦更符合我对欧洲的定义。欧洲不是现代化，不是资本主义，而应是一种小街小巷、小情小调，是一种与世无争的平静生活。

这是我留学一年中最后一段长途旅行。仍旧采用火车出行的方式，仍旧住在青年旅舍，不同的是，这次不再孤身一人，我的好哥们儿姚远从加拿大飞到荷兰和我一起旅行。

2003 年 8 月［法国，尼斯］

发现爱，传递爱

我和姚远在一条“之”字形山路上挥汗如雨地走着，目的地是一座隐藏在山区间的酒庄。之前想当然地只凭地图比例尺判断从尼斯市区到酒庄应该只有个把小时步行距离。可地图没画等高线，我俩只是越爬越高，却并没越走越远。如果把我们的行进轨迹在地图上标示，基本相当于原地踏步。

8 月的南法天气让人气馁地热。原路返回不甘心，继续向前不放心——天色已经有点儿暗了。这时在山路拐角遇到一位正在遛狗的老太太，向她问路后我和姚远都有点儿绝望，按照我们的步速，即使能在天黑前抵达，酒庄也已经打烊。

▲ 从高处俯瞰尼斯海滩

老太太看到我们左右为难，微笑着说，不用担心，我开车送你们过去。

她家就在路旁，这里已是富人区，家家皆为深宅大院，高大院墙被各种绿色植物遮掩。不一会儿，就看到车库中开出一辆银灰色奔驰轿车，她摇下车窗招呼我俩上车。

奔驰在山路上奔驰。她一边开车，一边和我们聊天。她说退休前一直在巴黎工作，退休后就在尼斯海边买了房子，与先生一起安享晚年。又说她的儿子正在亚洲旅行，说不定现在已经到了中国。

很快那座葡萄酒庄园就在眼前出现。她径直把汽车开进酒庄，随后用法语问清参观路线，又用英语翻译给我们。确定我们明白后，她才挥手和我们道别。

我和姚远局促得不知该如何表示感谢。老太太说，不用谢，如果她的儿子在中国旅行时遇到麻烦，相信也会有好心的中国人帮助他。因为love is a circle（爱是一个圆），她一脸虔诚地说道。

在旅行中我经常会被各种各样的人无私地帮助，最好的回报方式应该是把这种爱传递下去，去帮助更多人，因为爱是一种可以循环的能量。在旅行中发现爱，传递爱，这是否应该成为每个旅行者的信仰？

2003 年 8 月［法国，巴黎］

找到一个回来的理由

晚上十一点十五分，迪士尼乐园的焰火表演正式开始。

女巫骑着扫把飞进睡美人的城堡，尾部冒着火光，看上去就像流星。旁白的男中音讲述着睡美人的故事，开始还能隐约听清，随后就被周围巨大的欢呼声淹没。突然男中音变成男高音，故事进入高潮段落，睡美人醒了，万千焰火也从黑暗中腾空而起。天上每一声爆响，地上就发出更大的欢声呼应。天上的爆响连成滚雷，地上的欢呼已近疯狂。

随着最后一枚焰火绽放后消失，表演结束了。突然感到一种极致过后的失落。极致总是一瞬间的事情，就像美人留不住青春，将军不会长胜，刹那芳华又转瞬即逝。

一年的留学生活就要结束了，我的欧洲之旅也即将抵达终点，失落在所难免。是否还有下一次欧洲之旅？我不知道。一切在当时看来都不确定。

虽然毕业后有许多路可以选择，比如留在欧洲，找一份工作，混一个身份，但是我却选择回国。因为走遍欧洲，我找到了一个回来的理由。

▲ 迪士尼之夜

2003 年 9 月［德国，法兰克福］

想你的天空

2003 年 9 月 8 日，德国法兰克福。波音飞机沿着机场跑道缓缓爬升，飞机越升越高，地面上的景物渐渐缩成一个个斑驳的点。慢慢地，那些点也模糊起来，欧洲对我来说，已经渐行渐远。

没有什么遗憾。因为十个小时之后，我又可以见到你了。你会在北京机场接我。虽然走的时候你没送，但是我知道，回来的时候，你一定会来接我。不知道你变了没有，胖了还是瘦了？十个小时后一切就会有答案。

德国空姐看上去已经不再年轻，叫空嫂或许更加合适，但精致的妆容让她们看起来仍显俏丽。飞机上中国人占了大半，坐在我旁边的几个，看打扮应该是所谓的商务考察团。团员们很潇洒，脱了鞋子在机舱里走来走去。飞机显示屏上隔一段时间就会显示飞行的速度和高度，还有距离北京的公里数和剩下的飞行时间。

这漫长的十个小时。

在随身的行李箱中，送你的礼物被小心地安放在最里面。一瓶巴黎买的香水，一件荷兰买的衣服，一直想看你穿上这件衣服、喷着香水的模样，那是我眼中的唯一。飞机穿过云层，就在一瞬间，欧洲的山河城市都被屏蔽在云层下面。眼前的云雾被阳光照耀，天堂般的景象。我的心也像天堂，充满了希望。

飞机上开始放电影。第一部是《月亮上的人》，金·凯利的滑稽搞笑是我不能欣赏的。于是，拔下耳塞，闭上眼睛，专心想你。不仅仅是在飞机上，一年了，总会这样想起你。有时候平淡，就想打个电话报个平安。每次还没等我张口你就能猜到是谁，因为你说手机上显示的号码非常奇怪，0044 是英国，0031 是荷兰，0049 是德国，0033 是法国。有时候想得强烈，当我在希腊小岛看日落如血，当我在瑞士雪山俯瞰世界，当我仰视比利牛斯的山鹰，当我倾听地中海的涛声……这些时候，我都会强烈地想起你。那是一种巨大的孤独，因为我爱的人，爱我的人，不在身边。每次想起你的时候，我都会拍下一张天空的照片，因为我们头顶的天空已经被思念连成一片。

更多想起你的时候，当然是在我的床上，每次午夜梦回，第一个念头就是如果能抱着你，那该有多好。胳膊下意识地搂过去，搂住的总是虚空。记得 4 月的一天，我从噩梦中惊醒。在梦中，你和一个男人手牵手去机场接我。半夜起床给你发电子邮件，信的最后一句我仍清楚记得，我说，原来我是如此爱你。你转天就回信了，你说，傻子，想什么呢，我会等你回来的。

你知道我喜欢攥你的胳膊，你知道我喜欢牵你的手在北京街头闲逛，你知道我爱看你的眼睛，你仍然会让我得逞吗？

不知不觉睡着了。再次醒来时，电影换成了陈凯歌的《和你在一起》。不喜欢陈红做作的表演，不喜欢王志文的咋咋呼呼，不喜欢陈凯歌夸张的演技，但是我喜欢电影的名字——和你在一起。我也要和你在一起，不再分开。

2003 年 9 月 9 日，中国北京。飞机起落架平稳放下，心却跳得更加慌张。办好出关手续，推着行李车快步穿越人群，向你奔去。接机的人很多，各种面孔搭配着各种表情。可能是太紧张了，慌忙中竟然不能一下找到你，这让我更加紧张。实在等不及了，找旁边的旅客借来手机，一连串号码不假思索地按下去。

喂，你在哪里？我强忍着不让自己的声音听起来颤抖。

你到北京了？哪儿呢？我在接机大厅等你呢！

哦，我看到你了！

我也看到你了！

就在我们讲话的同时，我看到那张如此熟悉、如此挚爱的面孔正朝我微笑。

那次机场见面是我人生中升得最高的一束焰火，但璀璨的只是一瞬。

没人做错什么。你说我的梦想不现实，你要过能看到未来的生活。这是我无法给的。

但失恋的痛苦仍旧超越了我的承受极限。我甚至觉得自己无法和你在同一个城市生活，一想起你就会让我呼吸急促。于是我选择离开北京。

先去了上海，可发现还是不够远。心中抑制不住的思念还能让我买张火车票回来见你，于是再次离开。在上海工作的同学到火车站送我，他是大学四年睡在我上铺的兄弟，给我买了足够在火车上吃喝两天两夜的食物和饮料。两天两夜之后，当我看到云贵高原那暗红色的土壤时，心情终于有了一些变化。

2003 年 11 月［中国，丽江］

在丽江好好发呆

丽莎说，小鹏，跟我一起去买菜吧，帮我背菜篓。我说，好。

我住在丽莎和莎娜合开的福临居客栈。客栈位于四方街牌坊背后，那块石门牌坊把古城里游客发出的嗡嗡噪声覆盖。一花一木，如同两个世界。

沿着牌坊后的石板路向上走，会先看到“古铃精怪”——一家卖铃铛的小店。老板阿丹是台湾人，有时会坐在店外用铃铛敲击出一首好听的音乐。据说他曾是个作曲家，给很多歌手写过歌。

再往上走，能看到火塘，也被阿丹买下。白天这里大门紧闭，入夜后会马上热闹起来。火塘是长期闲在丽江的背包客们最喜欢去的地方。伴着熊熊火焰，唱歌聊天，是理想者的家园。

再向上走约五十米，就能看到福临居。

丽莎认得古城里的每一条路，我们穿过四方街，穿过卖银饰的店，穿过卖木雕的店，穿过在 T 恤上印字的店，穿过不让拍照的纳西版画店，穿过木府——古城里最著名的景点，也是我唯一没兴趣走进去看看的地方。

菜市场占据了古城东北角。这里不仅卖菜，也卖各种生活用品。卖锅碗瓢盆的在第一排，卖瓜果梨桃的在第二排，卖油盐酱醋的在第三排，卖葱卖蒜的在第四排，卖米卖面的在第五排，卖土豆白菜的在第六

▲ 福临居客栈的宣传牌

▲ 菜场上卖的铜火锅

排，旁边的宠物市场里还卖狗卖鹰。

丽莎用土语问每个卖菜人，少不少，少不少（不是嫌人家缺斤短两，而是问能不能再便宜一点儿）。买了苹果、柚子、西瓜、西红柿、排骨、鸡翅，装了满满一篓。

回到福临居，把菜篓交给做饭的纳西族小妹。搬一把椅子到二楼露台，这里可以俯瞰整个古城。纳西族吊脚楼的青瓦重重叠叠，盖住了四方街，盖住了潮水般涨落的游客。阳光透过屋檐，投下的影子越来越长。我知道，天快黑了。

我在丽江古城里住了整整两个月，没去玉龙雪山，没去泸沽湖，就是在古城里待着。每个月住宿、吃饭、洗衣、上网的所有费用加一起是人民币八百块。生活也简单，看小说、上网，从福临居走到石头牌坊，再从牌坊走回去。清晨游客稀少时，也会坐在四方街的石头板凳上，看纳西族老人遛早。他们是最守时的钟表，古城会在他们的笑声和脚步声中慢慢苏醒。

除了丽莎和莎娜，我还认识了许多专业闲人，穿唐装的“地主”和美丽的“地主婆”，从广东离家出走的阿智。我还在古城的一间酒吧里打工，每晚的工资只是一瓶百威啤酒。

▲ 丽江古城

2003年11月［中国，丽江］

好好哭一场

阿良是香港人，已经在丽江住了七个月。他说自己是个流浪汉，我说你一点儿都不像，因为缺少那种颓废气质。毕竟，他有着优雅的谈吐，不俗的外表，胸前还抱着一把做工考究的吉他。他说那你就叫我流浪歌手吧。

我和流浪歌手相遇在阿丹家的火塘。所谓火塘，就是在屋子中央挖出一个正方形的土坑，坑里烧着柴火，白天做饭，晚上取暖，终年烟火缭绕。在滇西北，无论冬夏，昼夜温差很大，即使酷暑季节，也往往一雨成冬。所以世代在此居住的藏族、彝族、纳西族人都将火塘作为居家生活的中心。每到夜幕降临，男女老幼都会围坐在火塘边，温暖的火光照耀着他们的身体和灵魂。

阿丹家的火塘凝聚着深浅不一的缘分。每天晚上来自世界各地的背包客都会来这里报到。

我要了碗热腾腾的普洱茶，捧在手心，找块方石坐下，静静听阿良唱歌。除了他的歌声，火光也是跳跃的音符。

阿良的普通话并不标准，平卷舌音不分，但听得出来，他唱得很用心，因为每首歌都是他的原创作品。唱歌前阿良还会发给每人一个装帧精美的歌本，里面有歌词，我们可以点唱，也可以跟他一起唱。

我翻开歌本，看到他的作品都被归类在四个主题之下：生命、朋友、旅行和爱情。

我点了一首《知己》，歌词淡淡的，却足以让人感动。他抱着吉他轻轻地唱：

知己带给人生很多回忆
像镜子一样没有秘密
当乌云遮蔽大地
当天空下起大雨
仿佛提醒我珍惜珍惜
人生难得有你
让我更认识自己
分享我宝贵的小小经历
人生难得有你
常常带给我刺激
陪我堆积一片天地

当他唱第二遍时，我跟着轻轻哼唱，也想起自己的知己好友，正是他们在我最困难最无助的时候给了我最无私的帮助。就像歌中唱的，当乌云遮蔽大地，当天空下起大雨，只有知己可以为我挡风遮雨，陪我堆积起一片天地。

告别火塘时已是子夜，出门前阿良送给我一张卡片，卡片上用精致楷体手写着，“且行且珍惜”。

记得在阿良唱《知己》的时候，我哭了。在他唱其他人点的歌曲时，也有人落泪。现在想来，那很像一种宗教仪式般的神秘能量，我们的情绪都在不知不觉中被引向一个出口。大家都在释放着什么，而火塘的氛围和阿良的歌声成了释放的通道。毕竟，我们来丽江，就是为了能好好地哭一场或者醉一场。哭过醉过之后，一切都将重新开始。

2004年4月［中国，北京］

又一次打包搬家

在北京搬过几次家，最近的一次是从北五环外的清河搬到东五环外的梨园。只有很简单的行李，不用麻烦搬家公司。一个七十升的旅行背包，一个大小可以塞进机舱行李架的拉杆箱，一个电脑包，把这些都装满，就是我的全部家当。

最多最重的是书。都是平时看过许多遍的，有的书角翻卷，有的封面就快要粘不住。反倒是一些新书，只看过一遍，或者几页，或者几行，这样的书通常会在下一次搬家清理杂物时被扔掉。

还有许多杂志。我只买《看电影》，密密匝匝的排版，精雕细刻的文字。最喜欢的栏目是《情爱参考》和《天地街66号》，感觉作者的日常生活简单到除了吃喝拉撒睡就是看电影。这真是理想中的生存状态，如果还能旅行，就更别无所求。

衣服也不多，都是当季买的。衣服和书的待遇相同，留下来的成为朋友，脏了旧了也不会嫌弃。扔了的，只是最初的光鲜已经不再，扔就扔了，也不会觉得可惜。

鞋有三双，一双休闲鞋，一双旅游鞋，一双黑皮鞋。穿坏旧的会买新的。还有笔记本电脑、移动硬盘和相机。

对新家的要求很简单：干净，有书桌，能洗澡，能上网。

对我来说，简单与自由同义。大多数人一直在做加法，积累了很多，想要放下时，发现自己已经变成了温水中的青蛙，想跳已经没有力气。

而我因为没有负担，才能越飞越高，越走越远。

2004年开春，我从丽江回到北京。2004年也是十年背包生涯中唯一没有出门旅行的一年。

上半年我先后找了两份工作，在某旅游杂志做编辑，然后跳槽到某金融公司做市场营销。如果不算在丽江打的义工，这是我的第四份和第五份工作。五份工作行业不同，性质不同，相同的是都没干满三个月试用期。其实每次工作前我都信心十足，但是很快就发现那根本就不是我想做的事情。

记得在面试那家旅游杂志时，当时还是那个出版集团副总的刘江先生对我进行最后一轮面试。他说之前你可以像走马灯似的换工作，即使撞得头破血流都可以从头再来。但你已经二十六岁了，不再年轻了，选择了一份事业，就要坚持下去，才能有所成就。虽然我在一个月后还是辞职了，但我欠当时的廖主编一句对不起，更想对刘总编说一声感谢，因为正是他的这句话，让我坚定了旅行这条路。

2004年12月［中国，北京］

妈妈心中的世界地图

晚上八点，三里屯一间叫作Swing的酒吧。一年一度的圣诞季已经来临，各家酒吧在灯红酒绿的竞争中难分高下。

良辰美景当道，我却觉得有点儿累。眉宇间的神采消失了，嘴角不再呈现上扬的姿态，手里抓着一瓶啤酒，也忘了喝。

我坐的位置临街，窗外搓手跺脚的酒吧招待试图拦住每位潜在顾客，那么卖力，能笑的部位全部绽放，也不知能拿多少提成。

走神了，继续想自己的问题。从来都那么有主见，所有重大选择都由自己做主。文理方向，工作选择，人生道路，父母从不干涉。可我也发现，我选择的道路并不是父母希望我走的那条。可能因为他们老了，只希望儿子过得平稳踏实，不要像他们自己的人生路那样坎坷而充满磨难。

我知道，在妈妈心中一定有一张世界地图。那地图上没有国家，没有城市，只有我走过的每一步路。我也知道，我的每一步都踏着她的担心。

晚上十一点三十分，出租车在京通快速路上飞奔。仪表盘上的时速很容易就跨过一百公里。可再快又能怎样？空旷而冷漠的北京城如同参透悲喜的佛祖，冷眼看着茫茫苍生。是，再快又能怎样？我们都不过是如来手心里的孙悟空。

春天的时候，我接到一个电话。中国青年出版社的编辑老师看了我的个人网站，对我在欧洲累计八十天的旅行产生了浓厚兴趣，想要把我的文字和图片出版成书。于是那个夏天，在结束了第五份工作之后，我只做了一件事情，就是用我的全部才华去设计自己的第一本书。从封面到封底，一共二百五十六页，每一页都尽可能精益求精。我发现当人专心去做一件事情的时候，灵感的火花就会随时迸发。我也发现平常大大咧咧的自己，竟然还是个完美主义者，会把文章反复修改到自己满意为止。

书名想了很久，从“一路狂奔”到“我走我路”。当脑海中闪现出“我把欧洲塞进背包”时，我激动了一整天，赶紧把这个想法告诉编辑老师，她也觉得很棒。

9月，我的第一本书出版了。当我把还冒着热气的新书捧在手里的时候，开心得像个刚分得糖果的小孩。

“背包”出版后我接连在北京和天津的几所高校做了讲座，主题是“自由与梦想”。印象最深的是在母校南开大学的那次讲座，当我把PPT放到最后一页时，投影屏幕上出现了两个英文单词——“Dream & Freedom”。我对着麦克风轻轻地说了声谢谢，随后就听到如潮的掌声。我的眼睛红了，鼻子酸了，那一刻，我觉得一切都值得。

后来出版社在王府井书店组织了一次签售，那一天也被奇怪地分成截然相反的两段。上半段我很兴奋，签名、接受采访，而下半段却感到莫名失落。我一个人来到三里屯，心中只感到一阵空茫。这种空茫的压力首先来自父母，虽然他们给了我绝对的自由，但我却不能心安理得地接受。另一种压力来自经济，书的版税只能维持几个月的生计，下一步该怎么办？是坚持，还是放弃？

我曾做过八份不同的工作，

原来我最喜欢最擅长的却只是旅行，

然后再把旅行记录和朋友分享。

如果旅行算是一种职业，

我能做得比任何人都要敬业和出色。

第二章

［2005—2007］

艰难的旅行路

2005年1月［法国，戛纳］

老城，老人，老生活

▲ 戛纳老城

▲ 港口里停满帆船

戛纳老城依山势而建，已经有六百多年历史。一条石板路从山脚蜿蜒而至山顶，路不宽，两旁是高低错落的民居。厚重的木门没几扇开启着，各家的窗户却开得交相辉映。阳台上有大簇大簇鲜花，各种颜色，各种大小，各种芬芳，仿佛一场比拼艳丽晚装的名媛社交聚会。

路旁的老式路灯早已丧失最初的照明功能，像是闲坐路边的老人，用自己的花白胡须告诉旅行者，老城已不年轻。

看到一家新古董店。所谓新古董，是指生产时间不长，却又把时间要素换算成价值的商品。店里的每件商品除了标注价格，还有生产时间。比如一只 1940 年的碟子，售价二十欧元；一包 1965 年出厂的蜡烛，售价十九点九欧元；一张 1970 年的老唱片，售价一百五十欧元。进门时，会有铃声通知主人有顾客光临。店主安然看报，并不理睬。偶尔抬头招呼的，都是一些相熟的老主顾。多年经验让店主知道，游客大多把他的小店当成博物馆，真正带来稳定利润的还是那些几乎每天照面的左邻右舍。

新古董店旁有一条小巷，半米宽，随着山势忽高忽低，忽正忽斜，看不到尽头，也不知通往何处。对未知的好奇向来是每个旅行者的通病，非要看到常规路线外的风景。不过奇迹与危险总是结伴而行，好在我们大多乐观，愿意相信自己每把手气都还不错。

巷子的尽头是个鱼市，有各种新鲜的地中海活鱼叫卖。刚打上来的大海鱼，躺在冰块上大口大口吸气。鱼市旁是水果摊、蔬菜摊，买菜的大多是当地老人。

市场周围有几个咖啡馆。走进其中一家，老板说他是超级球迷，曾随法国队到上海看比赛。所以咖啡馆看上去更像个足球酒吧，挂满俱乐部队旗和大牌球星的球衣。他说喜欢 AC 米兰，这也是我喜欢的球队，曾在圣西罗主场看过 AC 的比赛，因而和老板聊得投机。咖啡馆里差不多都是买菜后来这里歇脚的老人，彼此微笑着招呼，一杯咖啡，两块点心，几句闲聊。生活好像不过如此，又好像

▲ 喜欢 AC 米兰的咖啡馆老板

本该如此。

早晨侍弄鲜花，去市场买菜，走累了，喝一杯。路上遇见熟人，交换彼此近况。下午去小店淘宝，晚上和老伴吃自制的烛光晚餐，放年轻时常听的唱片，心情也就会格外好。

老人有自己的圈子，阳台上盛开的鲜花是他们交流的语言，他们也有自己的骄傲，紧闭的大门并不对游客开放。老路灯、老唱片、老街、老店和这些安享晚年的老人共同构建了一个安静平和的生活圈。除了羡慕还能剩下什么，无论对老城还是老人。

没想到那么快又回到欧洲，而这次我的身份是CCTV2的出镜记者。

《我把欧洲塞进背包》出版后，我整理了一份简历，打算到中央电视台的一档旅游节目毛遂自荐。这是在三里屯独自喝酒的那个晚上想出的两全其美的办法，既能继续旅行，又能让父母放心，知道我有了一份稳定工作。

那档节目叫作《旅游风向标》，他们策划的“由零开始”系列报道从零海拔的崇明岛到世界第三极的青藏高原，我每天晚上都追看。在节目最后一集，当主持人韩冬终于看到珠峰时，他哭得像个孩子，他想的一定是那几个月的路途艰辛。这种感觉走过长路的人都能体会到。

我是那种有想法就要去实践的人，于是跑到梅地亚中心的《生活》栏目组问人家是否要人。可工作人员告诉我《旅游风向标》下属于《为您服务》，他给我指点方向，告诉我《旅游风向标》栏目组就在马路对面。

接待我的是栏目组的一位编导老师，他说制片人去西藏拍片了，收下我的简历后就让我回家等通知。面试过的人都知道，回家等通知基本等于没戏，因此我也没抱什么希望。

几天后，我竟然接到栏目组打来的电话，让我写一个去欧洲拍摄大型旅游节目的策划案。我一听，有戏了。

几年之后，我和一位已经很熟的编导老师闲聊，他跟我说，当年正是他接待的我，觉得这个小孩儿还不错，于是推荐给了制片人。真是罪过，我那天的记忆已完全被忐忑的心情稀释。感谢孟老师，如果你把我的简历扔进垃圾箱，我的人生可能就会拐到另一个方向了。

很快我就获得了出差机会，和编导小叶哥去法国戛纳采访购物节。那次旅行还有一个意外收获，就是和法国旅游局的齐勇姐有了第一次合作。正是她后来对我的几次帮助让我最终走上了职业旅行者的道路。

抵达法国后，一辆黑色奔驰商务车载着我和小叶哥从尼斯机场开往戛纳。我们住在超豪华的酒店里，每晚的法餐漫长到天荒地老。白天或者乘直升机俯瞰蔚蓝海岸，或者在戛纳老城自在游走。每天晚上在戛纳电影宫都会有顶级品牌的时装秀，我的位置就在第一排，Dior（迪奥）、Hugo Boss（雨果博思）、Salvatore Ferragamo（菲拉格慕），新一季的时尚气息就在我面前风起云涌。

但我心中清楚地知道，我能坐在第一排是因为那张印着 CCTV 的名片，否则，我什么都不是。

2005 年 6 月［德国，纽伦堡］

迷失在德国街头

早上九点半约了纽伦堡旅游局的吉尔克先生在酒店大堂见面。由于时差作祟，才早上七点我就再也睡不着。还有两个多小时，小叶哥一定还在睡觉。

一个人下楼，酒店旁是个咖啡馆，浓香的咖啡混着烤面包的香味儿，暖洋洋地溢到街上。透过咖啡店的窗子，看到一个戴金丝眼镜的老先生在看报纸，系红格子围裙的金发女招待忙忙碌碌。这是德国小城的又一个普通早晨。

从酒店所在的小街向右转，我看到一座塔楼。砖红色塔身，尖角塔顶。纽伦堡作为纳粹重要的战争策源地，“二战”后期被苏联空军炸得只剩下碎砖烂瓦和尸体。眼前这座中世纪建筑能够如此完好地保存，简直是苏联飞行员的“耻辱”。

我朝塔楼走去。路边有个停车场，停满奔驰宝马，都是二手待售车。车窗上贴着售价和联系电话，三千多欧元一辆宝马，四千多欧元一辆奔驰，便宜得让我情不自禁地在脑子里策划起“走私”路线。

塔楼旁有个麦当劳，我习惯比较世界各地巨无霸套餐的售价。经济学中有个巨无霸指数，是说各地物价通常与当地巨无霸套餐的价格成正比。一条小河从塔楼旁流过。看一下手机上的时间，七点五十分，时间还早，八点半再往回走都来得及，于是沿着小河朝老城走去。

老城位于纽伦堡城市中心，商业街、鱼市、餐馆、酒吧、教堂、市政厅，一个都不少。水果摊出摊最早，卖洗干净的草莓，十个一盒的小包装，看上去新鲜可口。一摸口袋，发现出门时没带钱。

继续往前，走到一个三角形广场，广场上铺满正方形的青灰色石砖，湿湿的，不知是前夜下过雨还是人工洒的水，感觉空气中水汽充沛。四周是带烟囱的三层楼房，灰白色墙面，棕黑色尖顶。每家窗前都旋转着一个色彩斑斓的风车。风车的鲜艳色彩和黑白背景的搭配让我产生了拍照的念头。这时才意识到没带相机，并且同时发现，口袋里除了一个没有信号只能当手表使用的手机外，什么都没有。

此时手机上显示的时间是八点半。

远远看到那个塔楼，还没走到跟前我就发现好像有什么不对劲儿。那条小河不见了，围着塔楼绕了一圈，麦当劳也失踪了。

我竟然迷路了！

迷路也没什么大不了，找人问呗。

问的第一个人是位老先生。“对不起，我听不懂你说什么。”

第二次问的是位年轻女孩。“不好意思，我赶时间。”

第三次问的是个看上去不忙又会讲英文的先生。“什么？你说的是哪个塔楼？那样的塔楼老城里还有许多。”

我忘了酒店名称，只记得第一个字母是 M，后面还跟着八九个字母，是一家三星酒店。这点儿线索让我在鼓足勇气拦下一辆出租车后（打算回来到付）“嗯啊”了半天也没说清楚究竟要去哪里。

已经九点了，这下我真慌了。

看到一家卖纪念品的小店刚好开门。

“对不起，我迷路了，能借我地图看一下吗？”

店主很热心，我想是我的可怜相发挥了作用。他马上找出一张市区地图，问我，有酒店名片吗？我说没有。

记得酒店的名字吗？我摇摇头，又说，M 开头，Masmala？Masmalan？ Manila（马尼拉）？

店主乐了，接口说，那是菲律宾的首都。

店主从城市地名列表里面找到一长串 M 打头的，让我看到底是哪个。

就是那个，Maxmillan！

九点二十五分，看到小叶哥在酒店门口抽烟。他笑着问我，自己玩儿去了，也不叫我？

我甩掉一头汗水，拍着他的肩膀（实际是扶着），说，好啊，明天早晨带你去老城转转。

对我来说，每次对未知城市的探索都像冒险一样充满刺激。但没有任何旅行者无所不知，也就无法避免旅行中的各种失误和错误。如果是一个人旅行，当错误出现时，我想的是如何解决问题，甚至还会觉得兴奋。可如果和同伴在一起，我就会觉得内疚，会尽可能事先想得周全一点儿，可这样也就少了那种无知者无畏的自由。这应该是我喜欢一个人旅行的原因吧。

虽然我自觉方向感十分强大，但就像淹死的都是会水的，迷路对旅行者来说就像家常便饭一样普通。迷路时千万不能慌张，要动脑筋想办法，最后总能找到一条回家的路。

后来《旅游风向标》精简编制，和我同时去的一个新加坡编导也离开了。不过很快我就找到了第七份工作，在一家电视公司做节目策划。每天的工作就是把老板和全国各地电视台台长在饭桌上聊出的节目创意变成具体方案和制作流程。核心创意、节目模式、时长、主持人、公司背景，写多了都是一个套路。2005 年“超女”正火，老板就想弄一个比“超女”更火的节目，这让我无法胜任。心里想的还是什么时候可以去下一个国家下一个城市旅行。一直都是。

2005 年 11 月［越南，会安］

丽江的越南表兄

会安长得像丽江或者阳朔的越南表兄。本来只是一个宁静村落，可由于山水好看而被背包客们发现，他们的到来让这里的酒吧、餐馆开得鳞次栉比，很快就变成河内至西贡[①]长途旅行中必须经停的一站。

会安有一些特色小店，是在世界其他地方看不到的。比如灯笼店，各种颜色的灯笼挂在店铺门口，一打眼就能让心情热闹起来。还有裁缝店，可以为游客定制奥黛。奥黛相当于越南女人的“旗袍”，紧身高领，可穿在那些五大三粗的西方女孩身上就不见了那种窈窕美感。最多的是画坊，许多画师现场作画，看起来不过唯手熟耳。不过他们的画很有越南特色，他们画各种人的背影：打坐和尚的背影，沙漠行者的背影，戴斗笠的越南女人的背影。

▲ 遍布会安街头的灯笼店

① 西贡是越南胡志明市的旧称。——编者注

▼ 正在画画的小美

一条小河穿城而过，几只木船在河水中漂漂荡荡。河边有座三层小楼，是个餐馆，叫作灯塔屋。如果囫囵着看，灯塔屋圆圆胖胖，长得更像个谷仓。我和小美走上三楼，选了一个可以把河水、古镇、灯笼店尽收眼底的位置。服务生捧上菜单，细声询问我们有什么需要，面容谦卑，带着微笑。

点餐后小美拿出她的牛皮本子，开始在本子上画画。这是她在旅行中一直做的事情，那个本子已经快被长长短短的线条涂满。她画墙壁上吸饱鲜血的蚊子，画越南街头一晃而过的摩托车，画卫生间里的马桶，画龇牙突眼叼着烟卷的魔鬼。有的极其写实，有的又极其抽象。

小美画画的时候，她的世界就被刀枪不入地隔离了，那种专心仿佛被某种神秘力量控制。她运笔极快，局部线条凌乱可总体看来却异常干净，好像那画纸上早已有了底稿，她只是把半成品填充完整。当我知道小美从未上过任何美术课程的时候，我明白这就是所谓天赋。

▲ 戴斗笠的女人的背影

有时她也会在画的空白处记录下

所思所想的零碎文字。

“从河内到顺化的路上，店铺和招牌都用管灯照明，到处都是白色管灯。”

“旅行时爱做奇怪的梦，我们此刻路过了大概发过洪水的地方。”

“我几乎什么都看不见，依稀的远处的微弱的白光消失之后，就只愿意抬头看星了。”

“我们从顺化到会安了，沿路的风景让我不能相信这里是越南。无法形容的色彩和大自然近乎完美地结合。”

“灯塔屋不大，但是我喜欢它对客人的宠爱。这样的小幸福让我在会安一站的最后几个小时里留下难忘的美丽印象。”

她写下这些句子的时候，一直笑着。在我看来，小美的笑一直很美。

2005年8月，离开那家制作公司后我再次处于无业状态。主要收入来源是给一些节目制作公司写节目策划案，写广告脚本，写一个案子赚个五百、一千，一个月写三四个，生活能继续，却不富裕。我还给杂志、报纸撰写旅游稿件，当然只有去新的地方才有东西可写。所以我必须旅行，这真是个完美的借口。而且只有在旅行中，我才能感到自己是自己。

小美是我曾经的同事。在我去越南之前的那个星期我跟她说起我的行程，她说，带我走。两天就办好了加急签证。其实旅行远比我们想象得简单，需要的只是一个决心。

我喜欢和有天赋的人一起旅行，那是在路途之外，另一个多彩多姿的世界。

2005 年 11 月［越南，胡志明］

如果你不想对一座城市失望

我坐在从会安开往西贡的长途巴士上。

从地图上看，越南的国土形状像个两头粗中间细的哑铃。两个大头是河内和西贡这两座巨型城市，它们几乎担当了越南的所有重量。而两座城市之间则通过一条像扁担一样的狭长通道连接。

司机说晚上七点就能到达西贡，可是已经过了七点半，大巴仍在和看不到尽头的海岸线赛跑。天黑得悄无声息，高速路上还没开路灯，这让我的听觉代替视觉变得灵敏起来，可听到的唯一声响只是发动机高速转动时发出的噪声。

关于西贡，你能想到什么？

我想到了《情人》，这是高中时看的电影。学校附近有家叫作黑森林的录像厅，当时放的也不是完整影片，而是十几部电影的集锦。《情人》《查泰莱夫人的情人》《本能》，都是情色电影，每部电影只用几个镜头交代背景，随后直奔主题。

那是我第一次见到西贡。高大的殖民地建筑，戴着斗笠在街头穿梭的越南人，被晒得黝黑的皮肤，炽热的空气，阴暗潮湿的房间，缓慢转动的吊扇，透过扇叶明灭交错的阳光，上下翻动的光滑肉体。全部是快速剪切的特写镜头，看不清人脸，却能看清光线照耀下的肌肤和渗出的汗水。还有呻吟，那让十几岁的高中生呼吸停滞的呻吟。

大巴车驶出高速公路，我看到加油站、街道、行人、店铺，还有城市的轮廓。摩托车几乎占据了所有车道，那是扑面而来的生活气息。

车窗外的色彩越来越丰富，殖民地建筑被霓虹勾勒出边缘，再被追光映射，更显高大。每个建筑都顶着巨大的广告牌，佳能、索尼、LG，它们的流光溢进西贡河，把河水染成了油彩。几艘大船停泊在岸边，都已被重新装潢成豪华餐厅。船上的音箱里放出流行音乐，那声音被夜风送到耳边。奇怪，我怎么在西贡看到了上海的影子？

西贡的夜色让人惊艳。不过对我来说，这种惊艳并不陌生。第一次有这种感觉是在夜色中抵达爱丁堡，高大嶙峋的哥特式建筑像极了蒂姆·伯顿的电影布景；第二次是在夜色中抵达丽江古城，溪水、酒肆、红灯笼让我误以为闯入了世外桃源。

我觉得这种惊艳效果是许多因素叠加的结果。首先，对即将抵达的城市充满期待，已经为它加分。其次，在抵达前一直在黑暗中赶路，突然看到各种明亮的光，人就像从后台走到舞台中心，会受宠若惊般被感动。再次，白天时，阳光暴露出城市的本来面目，而夜晚的灯光却巧妙地把璀璨突出，把粗陋隐藏。

如果你不想对一座城市失望，一定要在夜色中抵达。

2005 年 11 月［越南，胡志明］

捉襟见肘的越南之旅

西贡的中央邮局是旧时代留下的庞然大物。高大的拱形屋顶，正中悬挂着胡志明同志的头像，他仍高居神坛，接受四方朝拜。现在这座城市也以他的名字命名。但是更多人只记得那个殖民时代的名字——西贡。

从这里寄出一张明信片几乎是每个旅行者都要完成的仪式，坐在大厅中央的暗红色木椅上，把密密麻麻的思念写在明信片背面。小美认真地写着，她的诚意把空白处逐渐填满。

越南向来是个多灾多难的国度，先是被法国殖民，随后又被日本和美国侵略，这些都让这个东方国家满身伤痛。尤其是四十多年前的那场战争，更像是往那羸弱的身体上泼了一勺滚油，让他满目疮痍，惨不忍睹。

越南战争博物馆位于西贡三区。门外有书贩兜售各种与越战有关的小说，比如《野战排》《老兵回忆录》等。书贩并不固定于某处摆摊，而是把所有书摞在一起扛在肩上，远远看去，就像身负重物的杂技演员在时刻左右着平衡。

展厅的第一部分被奉献给战地记者，挂满他们拍的照片以及他们自己的照片。比如美国人山姆，他是《瞭望》周刊的记者。越战时他和一队美国兵被越南游击队包围，突围时他冲在最前面，却和游击队员狭路相逢。山姆的头上和身上多处中弹，在他倒下的最后一刻，给同伴发出了撤退的信号。工作证上的山姆年轻英俊，很像老版《超人》的饰演者里弗。

战地记者或许是这个星球上最危险的职业。他们像士兵一样冲在最前面，可手中握着的却不是枪炮，而是钢笔和相机。越战中，一共有七十六名战地记者死在战场上，他们来自交战双方。虽然他们拍摄的照片拥有各自的立场和视角，但摆在一起，就完成了对战争的客观描述。这就像在观看一场辩论比赛，观众的观点随着正反双方的阐述而兼听则明。

我在展室内走得很慢，一个字一个字、一张图片一张图片地仔细浏览。

一个美国兵在给另一个大兵做人工呼吸。旁边的注释说：他的努力最终失败。

▲ 为战友做人工呼吸

一个双手被反绑的越南女人，一柄刺刀抵着她的头。旁边的注释说：她正在被审问越共的下落。

一个奔跑的小女孩，浑身赤裸，她的身后是燃油弹爆炸后升腾起的黑云。这张照片十分著名，被世界各大媒体头条刊发。也正是因为这个赤裸的女孩，美国总统决定提前结束越战。

很难得，越战博物馆没有连篇累牍地控诉战争对自己国家和人民造成的伤害，它的视角是战争带给全人类的共同伤害以及战争中所展示的真实人性。那最闪亮又最阴暗的人性，坚强或者懦弱，镇定自若或者丧心病狂。在战争面前，没有赢家，没有胜利者，更没有人值得骄傲。

最后一个展厅展出的是一组当代越南儿童的绘画作品。放风筝的孩子、喂白鸽的孩子、跳舞的孩子，孩子们的眼中终于出现了缤纷的色彩。这也是整个博物馆唯一让我点头微笑的地方。

出口旁的木桌上摆着几大本留言簿。各种语言，各种字体，写下的都是同一句话。我也用中文郑重写下：愿世界和平。

去越南，我和小美从北京坐了一天一夜的火车到南宁，又坐四个小时火车到了边境。从友谊关出境后一路乘巴士途经河内、顺化、会安到西贡，边走边玩，一共用了十二天时间。回程我们订的机票，可买完机票后，发现剩下的钱不多了。

最后两天我们制订了一个叫作 Finger Crossing 的计划，就是把食指和中指交叉，保佑我们能顺利回到北京。

我们买的机票分两段，从西贡到河内，再从南宁到北京。最难的是从河内到南宁这段公路旅程。再次从友谊关回到中国后，我们发现剩下的钱已经不够坐大巴去机场了。不过幸运的是，碰到一辆到边境送客又不想空返的出租车。小美讨价还价后，以低于标准价五十多元的价格成交。

出租车抵达南宁国际机场后，我们掏空了口袋，一共找出一百三十六块三毛。当然最后那三毛钱人家没要。到机场时才刚下午五点，我们饿着肚子等到晚上十点上了飞机。各自找空乘要了两份航餐，一边吃，一边看着对方的狼狈，同时笑起来。Oh Yeah！ Finger Crossing 计划成功!

这已经不是第一次在旅行结束时把钱花到一分不剩了。我很享受这种山穷水尽后再柳暗花明的感觉。如果总是一帆风顺，那就变成旅行团了。

2006 年 6 月［中国，青海］

边睡觉边开车的“猛”司机

从五道梁开始，我的世界变得黑白颠倒天地倾覆。

我到了格尔木的武警招待所，在这里能找到常年跑青藏线的私车。

先由中间人和租车者谈好价钱，他们再把活儿外包给私车车主，同时从中抽取两三百元作为回扣。私车车主不能自己找活儿，因为中间人势力很大，如果被发现恐怕半年之内不会再有生意，这是当地的行规。

跟我一起拼车的都是来自深圳的驴友，他们三女一男，都比我年长，我叫他们大哥、大姐、红姐、张姐。和中间人谈好路线、时间、价钱，他打电话叫来一辆三星越野车。车主是个中年人，又黑又方的脸庞，看起来敦厚老实。

大姐坐在副驾驶位置，我和背包们躺在后座，其余三个人挤在中间那排。

从格尔木到拉萨大约一千公里，沿途要经过可可西里、五道梁、沱沱河、雁石坪、唐古拉山口、那曲、当雄等地。地势逐渐升高，唐古拉山口海拔

▲ 大货车把各类物资运进西藏

五千二百三十一米，是这一路的最高点，随后又逐渐走低，直到海拔大约三千七百米的拉萨。

青藏公路是条优质国道，往来车辆不多。在很长时间内，青藏公路在视线中就是一个无限延伸的等边梯形。

我听到大姐在和司机聊天，开了几年车？老婆做什么的？家里有几个小孩？我们则用相机捕捉着车窗外的蓝天白云。天蓝得夸张，让其他颜色相形见绌。

音箱中传来当下最流行的歌曲，可反反复复也就只有那几首。

突然一个急刹车，我的头撞上了前排椅背，而越野车则斜斜停在道路中间。

大家惊魂未定，就听见大姐回头跟我们大声说，司机开车时竟然睡着了！我还一直跟他聊天！他戴上墨镜就是想闭眼睡觉！幸亏我抓了一把方向盘！要不车就翻沟里了！

司机也一下子清醒过来，还小声解释，昨天打了一宿牌……可这理由连他自己都觉得说不出口。

▲ 路边的储备粮仓

大哥和红姐忙打圆场，毕竟还有两天路要走。已经开出一百多公里，如果让司机原路返回，以他现在的状态仍旧不能保证安全，最好的办法是找个地方让他先休息补觉。

很快找到一家沿路的餐馆，我们下车吃午餐。司机则趴在方向盘上睡觉。

我还没下车，就听到了掷地有声的呼噜。

这是一家川菜馆，连西红柿炒鸡蛋这样的清淡菜都放了辣椒。毕竟是高原，即使是6月份也仍旧让人冷得直跺脚，需要吃点儿辣椒御寒。饭菜味道倒也可口，我也真的饿了，比平常还多吃了半碗米饭。

重新上路时司机的状态果然好了很多，还主动加入我们的聊天。他给我们讲路边看到的野生动物哪些是普通的野驴野羊，哪些是国宝藏羚羊——藏羚羊的屁股后面有一撮白毛。看到远处有成群藏羚羊出没，他还会停车让我们拍照。

随着海拔升高，高原反应终于不期而至。开始仅仅是头痛，仿佛千百双大手一起挤压着脑壳，随后就感觉浑身无力，甚至连举起相机都感到力不从心。

慢慢地，我的声音在大家的聊天中变得越来越弱，他们的声音在我听来也越来越远，并且失去了前后逻辑。

车过五道梁，这里的含氧量只有平原地带的40%，又是凹陷的风口，大多数人到这里都会出现高原反应。对我而言，则更是雪上加霜，因为中午吃得太饱了。

我感觉胃中一阵恶心，食物翻滚着要找一个排泄的出口，舌根死死地抵着喉咙，才把这一阵翻涌压下。

这时出现了一段长长的下坡路，身体不由得前倾，右臂靠在前排的椅背上垫着额头，左手死死地抓着什么，一直在忍。

又是一阵翻江倒海的恶心。身体本能地扑到窗口，头伸出车外，脖子上的肌肉突然紧绷，像打鸣时的鸡脖子一样梗了几下。胃里的全部食物混合成黏稠的汤液喷溅而出，剩下的酸水从鼻子里流出来。

吐完后马上清醒了许多。红姐拿出随身带的小药箱，递给我晕车药、红景天、维生素和葡萄糖，张姐又递给我氧气袋。我吞下一大把药片，但因为怕产生依赖而坚决没有吸氧。

过沱沱河时又吐了一次，把刚刚咽下去的药片和水吐得一干二净。再后来只能干呕，已经吐无可吐。

这时同车的其他人也都出现不同程度的高反症状。大家各自头痛，各自坚持，也就都不再说话。车里一下静下来，音箱中传来梁静茹的《宁夏》。宁静的夏天……知了也睡了……

就在我也要像知了一样睡着的时候，听见大哥小声对红姐说，你看，小鹏的嘴唇是紫的，会不会有事？

从越南回国后，仍旧没有固定工作，写策划、写旅游稿，当攒下的钱差不多足够下一次旅行时，不安分的心又蠢蠢欲动了。也不需要辞职或者向谁汇报，收拾好背包就出发了。去西藏是完成另一个儿时的梦想，去看那里白白的云，高高的天。这次旅行历时一个多月。从北京乘火车到敦煌，坐夜车到格尔木，包车到拉萨。去拉萨旁的纳木错和藏南的拉姆拉错，经日喀则、珠峰，再由樟木出境到尼泊尔。去博卡拉时季节不对，没有徒步，也没有看到那七座海拔超过八千米的雪山，但是吃到了味道相当不错的烤鱼。再从加都飞香港，最后从香港坐火车回到北京。

回到北京后不久，青藏铁路就开通了。虽然天路让进藏变得容易许多，可坦途也让很多人少了那份专属于朝圣者的感动。

2006 年 6 月 [中国，青海]

今夜会不会再也醒不来

有人轻拍我的肩膀。说，醒醒，小鹏，我们到了，穿上衣服，进屋去睡。

首先的反应是到了拉萨，可车窗外的黑色群山马上把这想法碾得粉碎。原来是到了今晚过夜的地方。

走下越野车时发现一整天没有活动的身体疲软得像大海中的水母，每一步都不能走到想要走到的位置。虽然身上裹着厚厚的羽绒服，可仍旧冷得发抖。

屋子里光线昏暗。灯光、人影、桌椅，在我眼中，成为混在一起的光影，又仿佛长时间曝光后的照片，每个晃动的物体后都拖着一条长长的轨迹。

大哥把我扶到里屋，是一张大通铺。横七竖八的被子，坚硬而肮脏。由衷感谢从缺失了一大块玻璃的窗户中刮进来的冷风，至少驱散了房间里的臭气，还不用担心煤气中毒。

没力气翻腾出一条稍微干净一点儿的被子，更没有力气去拿自己的睡袋。胡乱拉过来一床厚被盖在身上，在被压得透不过气来的窒息中竟然也睡着了。

不知过了多久，红姐在我耳边小声说，小鹏，吃点儿东西吧。我轻轻摇头，说，不饿。红姐仍旧坚持，她说多少吃点儿，大家都在等你。

这句话让我不得不起床，发现意识比刚进屋时清晰了许多。

我们过夜的地方叫作雁石坪，距离唐古拉山口还有大约三十公里。这里的海拔也超过了五千米，仍在青海省内，是一家兄妹开的客栈。外屋吃饭，里屋睡觉。墙面上挂着招贴画，印着能够引起旺盛食欲而此地又肯定不会存在的各种美食。

吃饭的外屋摆着几张桌子，已经高朋满座。除了我们这一桌是游客打扮外，其余都是往来的大车司机。每个司机跟前都至少有一杯白酒，有的刚刚斟满，有的已经空了。有人清醒，有人喝醉。

我们这一桌上摆满饭菜，我却感觉没有胃口，只夹了几根土豆丝，吃了两口米饭，就放下了筷子。

大姐也没吃多少东西，我俩的高原反应最严重。头晕，呼吸困难，浑身无力。

听几个大车司机聊起高原反应。其中一个说，即使他们这些跑青藏线的老司机，如果半年没上高原，再来都会觉得不舒服。另一个说，每年都有几个援藏的小兵还没到营地就死在半路。第一个接话说，没错，两年前几个成都人包了他的车入藏，也是在雁石坪过夜，结果有两个就没醒过来。

后来他们再说什么，我都充耳不闻了，心中只琢磨着最后那句话的意思——也是在雁石坪过夜，就再也没醒过来。

晚上我们五个人挤在大通铺上，大哥睡在我和大姐中间，他的任务是观察我俩的呼吸心跳。张姐和红姐症状最轻，可神色却很严肃，显然每个人都把成都人的故事放在了心上。

我强迫自己的意识保持对各种声音敏感。窗外的凛冽风声，此起彼伏的狗吠狼嚎，半夜求宿司机咚咚咚的敲门声。

平生第一次担心睡着之后再也不会醒来，也第一次产生可能要失去生命的恐惧。

最后，还是在不知不觉中睡着了，做了很多不连贯的梦。没有情节的故事，模糊不清的面孔，从没去过的城市。心神的焦躁反射到梦中也是乱的。

在梦中我还看到一束光，浅浅的，蓝蓝的。听到有人小声说，天亮了，快起床吧！

原来那是黎明。

▲ 终于抵达唐古拉山口

终于醒来，缓缓长长地吁出一口气。

仍旧没有多少力气，呼吸不畅，头也还在痛。但是却活着，如同一次新生。

在汽车翻越唐古拉山口时，我看到了日出。已经很久没看过日出了，那银色的光芒照亮天地。

司机也终于换了一盘磁带。当韩红的《青藏高原》冲进耳膜时，那歌声中的苍茫山峦就在眼前真实起伏。这是以往无数次听这首歌时都不曾有过的体验。

我把脸朝向车外，是因为不想让别人看见我的感动。

总有人问我旅行时是否得过病，我都说没有，也的确没有。我把原因归结为，长途旅行像跑马拉松，路程再艰辛，身体的本能也会让自己坚持，坚持，再坚持。而一到终点，那股劲儿就泄了，所以每次长途旅行结束，我都会大睡几天不起。

而这次青藏线上的缺氧事件的确很严重，虽然我提前好几天吃了红景天，可还是不管用。好在坚持了下来。

红姐有个同学在那曲县教书，她不仅请我们吃了丰盛大餐，还邀请我们在那里留宿。后来他们四个决定留在那曲过夜，而我的高原反应仍旧没有消退。红姐的同学安排了一辆丰田 4500 把我送到拉萨。拉萨的海拔比那曲低了很多，当我看到布达拉宫那巍峨的宫殿时，高原反应竟然也消失得无影无踪。这一切就如同神迹，让我心存感激。

关于高原反应的几点建议：

1. 提前至少十天服用高原红景天；

2. 进入高原第一天，不要吃太多；

3. 进入高原第一天，不要在海拔四千五百米以上的地段过夜；

4. 除非快死了，否则最好不要吸氧；

5. 坚持，一定要坚持，没什么大不了。

2006 年 6 月［中国，拉萨］

玛吉阿米的留言簿

你何时来？

你何时走？

你走了之后是否会再来？

你再来时是否会回到这里？

你回到这里时是否会回到今天？

那时的你是快乐还是忧伤？

这是在玛吉阿米的留言簿上看到的留言。感觉应该是一个孤独的旅人，写给另一个时空的自己。

日落后的八角街喧哗依旧。佛祖的虔诚子民不知疲倦地重复着同一个姿势，匍匐，起身，再匍匐，再起身。每磕一个长头，那干瘦的脊梁都会因为身体的过分弯曲而高高隆起。

不愿离开八角街的，多是那些贪恋夜色虚荣的旅行者，他们以玛吉阿米为中心，或者发散，或者汇聚。玛吉阿米位于八角街东南角，是一幢黄色小楼，经营传统藏式菜肴。招牌上画着一个神态拘谨的藏族女子，画面上她掀开门帘的动作也是犹豫的，如同一个待嫁的新娘。

入口在一楼侧门，踩着旋转的木质楼梯上到餐厅二层，看到房间里调子昏黄，布置着许多混搭在一起的装饰品：20 世纪初洋人拍摄的拉萨老照片，涂金抹银的巨大唐卡，从西方舶来的油画，冒着青烟的香炉，装圣水的铜壶。

菜单中西合璧，满目繁华。我只要了一壶奶茶，自斟自饮，自娱自乐。

玛吉阿米在背包客心中的地位并不逊色于布达拉宫。这得益于《孤独星球》中国版的过分吹捧。玛吉阿米也不甘人后，出版了一本叫作《玛吉阿米留言簿》的旅行书，排版、印刷、纸质，均属上乘。在介绍各类藏区旅游信息的同时，“留言簿”还有一块自留空间，是几年来在玛吉阿米用餐食客的随意涂鸦。

太阳落山了，
大雪落下来了，
大饼烙好了，
有人要抒情了，
让他们去抒吧。
我肚子饿了，
我要吃大饼！
我要吃大饼!!
我要吃大饼!!!

其实早在三百多年前，就已经有人在玛吉阿米的餐桌上留言了。

留言的人叫仓央嘉措，对他来说，成为活佛虽然是人生的重大转折，可布达拉宫头顶上的那一小片天空，却让他觉得呼吸局促。

于是他常常换上平民衣衫，偷偷跑出布达拉宫，跑到更加自由广阔的空间。传说中，玛吉阿米是他在酒肆中遇见的女子，有月光一样皎洁的面庞。他们彼此吸引。

一天晚上，仓央嘉措与玛吉阿米共度良辰美景。可这一晚雪花飞舞，早就不满仓央嘉措俗世生活的摄政大臣派杀手循着雪地上的脚印找到了玛吉阿米的家。现在，玛吉阿米在藏语中的含义就是“未嫁的新娘”。

后来，仓央嘉措仍旧常去初见玛吉阿米的酒馆。喝醉了，会在桌子上写下想念的诗句。

他的诗句，把自然的美景和心中的感悟结合，简约而不简单。他的故事，被藏区人民传颂，人们把他称为佛法与俗世的双料国王。

▲ 八廓街旁的玛吉阿米餐厅
▼ 圣地阳光

古往今来，留言簿都应是自由度最高的文学载体，可写可画，可中可西。可以发泄不满，可以表达委屈，可以借物言志，可以充满豪情。留言簿上的只言片语，留下了旅行者那一瞬间最真实的感受。如果被后来人看到了，不论快乐还是悲伤，都会在心情的画布上被双倍渲染。

2006 年 7 月 [中国，拉姆拉错]

活在当下

藏民相信，拉姆拉错的湖水能够预知前世今生。

我在地图上仔细搜索拉姆拉错的位置，可它就像隐藏在沙漠中的军事工程，虽然知道一定存在，可就是无法在地图上定位。询问常年混迹西藏的资深驴友，他告诉我，你要先从拉萨到山南，再从山南到加查县，找到琼果杰寺后，再走十五公里就能看到它了。

只说这最后的十五公里。通常走这段山路有三种方式可以选择：骑马，我去时正好赶上一年一度的赛马会，牧民们都去凑热闹了；包车，询价后发现竟然比在伦敦打车还贵；徒步，此地海拔超过五千米，高原反应又让我头痛欲裂。更要命的是，我感觉额头比平时热，感冒和高反的组合已经让很多人魂断高原了，我不敢拿生命去冒险。

正在左右为难，看到从身后开来一辆满载藏民的卡车，赶忙拦下，问司机是否可以搭车。面部线条冷峻的司机也没说话，只把嘴角向后一努，意思是，上来吧。我蹬着轮胎上的凹槽，费了比平时更多的气力才爬进卡车。一个藏族大哥为我挪出屁股大的空间。车上有抱着孙子的老奶奶，有往孩子嘴里喂奶渣子的中年妇人，还有一路都在唱山歌的藏族女孩。随着卡车的颠簸和转向，惯性让一车人都朝着同一个方向身不由己地挤来挤去，就像在玩嘉年华游戏。显然大家也都有玩游戏的好心情，每一次挤撞都能引出一连串笑声。

随着海拔超过雪线，绿色植被越来越少。野马野牛在溪边饮水，偶然见到的村舍，在我眼中也随着卡车晃动的节奏跳起了舞蹈。

卡车停在一片空地，下车后只看到满目山峦，神湖依旧无影无踪。藏民正结队朝山顶走去，原来神湖还在山的另一边。我也加入朝圣者的队伍，可高原反应让身体就像潜在很深很深的水底，有无数重量压在上面，走不了几步就得停下来休息。坚持！一定要坚持！这是来自心底的自我激励。

▲ 神湖拉姆拉错，湖面上映出云彩的倒影

那彩色的经幡和白色的哈达，渐渐从远景中的一条彩线变成眼前的一道软墙。我扒开挡住视线的五彩丝绸，就在视线所及的最远处，神湖出现了。那碧绿色的湖泊，那马蹄形的湖泊，那被群山环抱的湖泊。

剧烈的山风吹动经幡发出巨大的声响，风动？幡动？还是心动？流云在湖面映出各种形状的倒影。马的形状，心的形状，刀的形状，这是否就是前世今生的昭示？我觉得不会，因为此时身边人看到的都是相同的景象，不可能每个人都有三世相同的命运。可马上又觉得这想法不对，同样的形状难道不能有不同的解读？

或者，前世今生太有玄机，不能用眼睛看，只能用心去感受。于是我面朝神湖，闭目内窥。眼前有红光闪烁，随后逐渐暗淡，变成冰冷的蓝。再然后，我看到许多晃动的片段。

卡车上藏族大哥递给我充饥的糍粑，旅途中驴友各式各样的面孔，大学时代几个最好的朋友在一起打扑克，母亲骑自行车送我去幼儿园……混乱不清的意识，不连贯也不清晰。不过心中清楚地知道，这些都是今生今世发生的事情。

没看到前世来生的影像，不禁有些失望，历经三天的艰难旅程才终于抵达，是否值得？可转念一想，看见了又能怎样？如果前世做牛做马，今生就该庆幸生而为人？如果来生荣华富贵，今生就要马上投湖自杀？

有家人，有朋友，懂得珍惜现在的生活，就已经很好。其实，我们都只是活在当下。

我要再次强调，去拉姆拉错的路异常艰辛，从山南到加查县虽然只有一百二十公里，却足足开了六个多小时。汽车在五米宽、海拔五千米高的山路间缓慢前行，山坡上开满无边无际的杜鹃花。车上乘客大多来自陕西、四川，他们千里跋涉只是为了去挖虫草。一个陕西大叔跟我说卖虫草的钱减去路费也比在老家种田赚得多，又跟我讲一根虫草在陕西卖多少钱，到了北京又被翻几番，怎样的虫草才算上等货色。

虽然路途艰辛，但跟这些为生活奔忙的人们相比，我却感到一种奢侈的羞愧。

2006 年 7 月［尼泊尔，加德满都］

我的尼泊尔兄弟

尼泊尔的雨季。下午一点，加都的阳光与加州不相伯仲，仿佛要把整座城市的水汽吸干，到晚上再淋漓尽致地还回去。这已经成了太阳每天的游戏，且周而复始，乐此不疲。

我远远看到金卓朝我挥手。他正坐在庙堂高处，看见我后，几步跃到平地。金卓十八九岁年纪，身形瘦削，头上顶着浓密的棕色卷发，穿蓝色仔裤和格子衬衣。认识他是在前一天傍晚，当时我们都坐在神庙最高处的台阶上。他也喜欢拍照，聊天后就成了朋友。他说转天可以带我去参观一些加德满都的特色景点，我当然求之不得。

▲ 庙宇中的喂鸽人

他带着我以皇宫广场为中心，沿顺时针方向绕行。到处是高高低低红墙木窗的寺庙，即使在平日，也有络绎不绝的朝圣者，所以处处喧哗吵闹。金卓需要提高分贝才能让我听清他讲解的关于尼泊尔的佛教故事。

这个神虽然长得丑，却是万物主

宰，拥有最大的神力。

这个庙不大，在尼泊尔却是独一无二，因为它既供奉印度教的湿婆，也供奉佛教的如来佛祖。

看这里！游客一般会绕行，因为他们不知道这里也是一座寺庙。每年只开光一次，门后有一尊长着很多手的佛，你从门缝中可以看到。

▲ 木偶剧演出

除了神佛故事，金卓还会讲一些当地民俗。

这里的木偶剧演出很热闹，每个木偶都有两张面孔，一面是兽，一面是人。

有些女人头顶点了红点，说明她们已经结婚。

金卓说话时，能明显感受到佛教徒特有的恭敬和谦卑。他经常会礼貌地问：你渴了吗？想不想喝水？你累了吗？需不需要休息？我说得是否太多？

加德满都市中心的寺庙都很集中。即使一路走走停停，再次回到皇宫广场才用了不到两个小时。金卓皱起眉头，似乎觉得还没尽到导游的义务，随后问我要不要去他家看看。我说，当然！

车子很快开出市中心。一路看到最多的是各种暴露于光天化日之下的黑线，电线、电话线、网线散乱纵横。那密密麻麻的黑线仿佛蜘蛛吐出的丝，涌进万千门户。

这时金卓突然提醒我说，快，准备相机！

我赶忙把镜头伸向窗外。

金卓倒数，5，4，3，2，1，Go！

刚才还让我看得眼花缭乱的各种黑线突然同时消失。一座用纯白大理石构建的神庙赫然出现在眼前。一尊露天大佛，平平的脸上刻印着眼睛和鼻子。从佛顶垂下几十道飞扬的经幡。车速很快，抓拍到的图像有点儿模糊，但仍旧把那一瞬间的惊艳定格。

金卓骄傲地说，这是尼泊尔最大的佛寺。佛的两只眼睛，分别代表着爱与和平。

他的家在一幢公寓楼的五层。地板洁净，我俩光脚踩在上面。金卓把我介绍给他的妈妈。因为语言不通，他的妈妈只是一直看着我微笑。她的手中拿着一串念珠，也是虔诚的信佛人。她穿着深色纱丽，面容平和而安详。

金卓的卧室陈设简单，一张单人床，一个电脑桌，一把吉他。墙上贴着一张 A4 纸，印着 1BF，2Guitar，3Army。他解释道，这代表佛在我心中永远是第一位的（Buddha first）；这个夏天我要好好练习吉他；希望假期结束后可以顺利通过军队考试。

金卓又给我看他拍的照片。佛陀、喇嘛、钵盂、油灯、山径、飞鸟，每张照片都有很好的色彩和构图。

一张照片上是金卓和几个男孩的合影，他说那是他的表哥们。我脱口而出说愿意当他中国的表哥，又谢谢他带我看了那么多地方，随后把手上的一枚戒指摘下来送给他。那是在西藏时开始戴的，据说可以避邪。

本来要请他吃顿丰盛的晚餐，可他坚持说天黑之后我一个人回去不安全。我们回车站时走了与来时不同的一条路。路过一个院子，他推开院门，一个女孩正在洗衣服。金卓说这是他青梅竹马的女朋友，是个很漂亮的女孩。女孩对我并不感到陌生，原来金卓早在电话中介绍过我了。女孩拿出一个小铁罐，轻轻一晃，能听到清脆的金属碰撞声。金卓说，这是他收集了很多年的尼泊尔古钱币，满满一罐，一直放在女友家保存。他从里面挑出两枚送给我，从硬币边缘的参差不齐和被磨得模糊不清的花纹，我知道了两枚硬币的价值，也明白了金卓的心意。

公车来了。用金卓教我的尼泊尔人的方式握手、拥抱、说再见。

后视镜中映出他挥着手的身影，直到消失不见。

看！那是我的尼泊尔兄弟。我对车上的其他乘客大声宣布。

一周之后，我在香港收到金卓发来的邮件。

亲爱的兄弟，祝你一路平安，希望一切顺利。兄弟，你知道吗？没去机场送你让我觉得非常内疚。我很想去，但不知道会发生什么。这让我真的很内疚，请原谅。你现在应该已经到家了吧，请向你的父母转达我的问候，希望他们知道你还有一个尼泊尔兄弟。愿我的

▲ 我的尼泊尔兄弟

祝福永远伴你左右。

后来我和金卓一直保持通信，他告诉我他有一次被抢劫了，相机没了；他告诉我他没能考上军校；他告诉我暑假过后就要去美国读书了；他告诉我他在华盛顿的生活。

这次尼泊尔之行还帮我确认了下一站的目的地。加德满都的神庙充其量只是印度的一个分支，就已经让人眼花缭乱了，我迫不及待地想要看到印度的模样。

那是一个被背包客视为天堂的国度，她的神秘，她的色彩，她的丰富，让很多人趋之若鹜。那也是一个被背包客视为地狱的国度，她的炎热，她的污染，她的喧嚣，让更多人望而却步。所以在去印度之前，我得好好准备。

2006 年 7 月 [尼泊尔，加德满都]

尼泊尔人的清晨

尼泊尔的加德满都，清晨淡淡雾气中隐藏着看不清楚的神秘，恐怕不会再有别的地方比这喜马拉雅山深处的国度更适合作为神话发生的背景。

尼泊尔人照例很早起床，他们先用红色花瓣和着米面搅成一种粉红色的面糊，再把这面糊涂在眉心。当地人把这叫作提卡，在印度教中它代表信仰和食物。

尼泊尔人的清晨大多在礼佛中度过。除了加持自身，还会把更多贡品献祭于庙堂之上。每个黎明，天上的星星看着庙宇中的油灯在天地之间蔓延，此明彼暗，此起彼伏，分不清是星光还是灯光。

▲ 走来走去的印度神僧

皇宫广场是一处规模庞大的寺庙建筑群落，层层神庙像护法一样把皇宫裹在中心。在尼泊尔人的历任统治者看来，神庙是排场是威严，也是让子民归顺的精神砝码。而在百姓心中，神庙越盖越多的意义只在于他们有更多信仰可以选择，象头神庙、湿婆神庙、毗湿奴神庙、梵天神庙、女神庙，每尊大神都不缺少各自的拥趸。

广场上还有许多印度僧人走来走去，他们都有着华丽的胡须和装扮，看起来气宇轩昂。他们会主动和游客拍照，再索要昂贵的合影费用。他们早已练就最上镜的表情和姿势——眼神微聚，嘴角微抬，手臂微举，如同神明附体。

旅行提供了一种在不同国家不同民族的不同生活状态中进出的可能。比如在尼泊尔，当地人在神佛光芒的照耀下度过一天，一年，一生。比如戛纳老人的生活，每天就是侍花弄草，与世无争。又比如后来我在突尼斯古城所体验到的那种洗哈曼、吃辣椒、抽水烟的世俗乐趣。正是这种种截然不同的生活状态让旅途变得丰富起来，也是我对旅途痴迷上瘾的原因之一。

可是作为生活在那种固定模式中的当事人，这究竟是他们的主动选择还是被动接受？如果是前者，他们是适应了妥协了吗？如果是后者，他们会不会背叛离开？其实这也像我们大多数人的生活状态，每天固定的上班路线，固定的生理周期，固定的车子房子妻子孩子的生活轨迹，你是主动选择的还是被动接受的？你会选择适应妥协还是背叛离开？每个人都应该有自己的答案。

从尼泊尔飞往中国香港的飞机上，我看到了全部七座被雨雾藏在云中的雪山。这就像我们找东西时，越用力越求之不得，但它却往往在不经意间出现。这是生活给我们出的一道难题，也是它给我们带来的惊喜。

2007 年 1 月［斯里兰卡，科伦坡］

想去印度真不容易

海水呼吸般涨落，吐出的白色泡沫把贝壳冲上岸。那崭新的贝壳，有的随着下一秒钟的浪花重新游回大海，有的则陷入沙砾，无法自拔。或者被偶然看到它的人小心拾起再随手丢掉，或者再过千万年变为山顶化石。

从北京到印度的飞机要从科伦坡中转。在科伦坡，我住在海边的一个度假村里，这里的建筑格局与周边的村庄泾渭分明，似乎只是为外国游客而建。椰树、海滩、阳光以及连绵的木屋让这里成为许多欧美人的固定度假地。他们大多是几年甚至十几年的常客，而且拖家带口。看到许多晒得全身通红的老年夫妇，面容平和安详。

餐厅与客房之间隐匿着一小块池塘。水面几乎全被墨绿色的荷叶铺满，几枝蓝莲花摇曳迎风。

▲ 我的裤子和鞋可没办法出淤泥而不染

为了找到一个更近的视角拍摄莲花，我试图站到池塘中央一块凸起的岩石上。可一脚踏出，才知判断失误。那岩石瞬间变成湿软的污泥，而此时身体的重心已经完全转移，另一只脚也跟着踏了过去。

再次回到岸边，发现

白色的裤子和鞋已沾满黏稠的黑色污泥，看来很难洗净了。池水中的莲花看着我的狼狈，摇摇头又点点头，似乎若有所示。

无论如何，我的印度之行，已经开始。

2007 年 9 月，我又上班了。这是我的第八份工作。

说来凑巧，当时我只是给一家顶级夜店写了一份市场策划报告。负责人觉得不错，也正好缺人手，就问我愿不愿意来工作。那天下午我就上班了。

这份工作吸引我的一是薪水，从香港回来后我又进入了赤贫阶段，稿费只够维持生活，我需要为我的印度之行攒钱。而夜店的工作氛围也让我着迷，每天下午上班，午夜下班，这又是一种截然不同的生活体验。我的工作内容是策划主题派对，比如模特派对、短裙派对、万圣节派对、圣诞节派对等。我要设计派对的主题、着装要求、海报……

每天傍晚回家，当出租车驶过国贸桥时，看到那红红黄黄的车海就像熔化的金块或者打碎的红宝石，那种色彩总是让我惊艳。

印度的最佳旅行季节是从每年 12 月到转年 3 月，我在 12 月初开始准备签证。前前后后一共去了四次印度使馆，每次都在瑟瑟冷风中排两三个小时的队，我“敬佩”使馆人员超低的工作效率。当我拿到签证时，仿佛已经经历了一段艰辛的旅程。

圣诞节派对热热闹闹地结束了，圣诞节后到 3 月底是夜店酒吧业的萧条期，于是老板决定停业装修。当时我还在考虑如何打辞职报告，而老板的这个决定成了万事俱备后的那缕东风。

这一次旅行以斯里兰卡为中转，先去印度旅行一个月，然后飞回斯里兰卡，再飞马尔代夫。

2007 年 1 月［印度，新德里］

小心新德里的三种先生

从科伦坡到印度首都新德里，空中飞行要四个多小时。无聊的四个小时，从下午到傍晚。在几万米的高空看到绯红的晚霞，那是黑暗前的最后一缕灿烂。

这一程从南到北，气温变化很大。本来以为在南亚旅行，气温只有大热小热的差异，没想到一月份的新德里迎接我的竟然是刺骨的冷空气。这又是一个想当然的常识错误。

对任何像我一样初次来到印度的旅行者来说，走出新德里国际机场的一刹那，我们即将要面对的，都会是一次不大不小的考验。

走出机场大门的时候，马上感觉到空气的冷。比空气更冷的，则是他们的目光，就像等待猎物的狼眼中发出的冷光。他们搜寻猎物的方法并不复杂，那些背着大包，手捧旅行书，脸上写着“我需要帮助”的人，都是最标准的目标猎物。他们捕获猎物的方法也同样简单，看谁能够以抢在其他猎手之前的速度凑到猎物面前，然后换上另一副截然不同的表情，说一声，你好，朋友！

你好，朋友！要出租车吗？

走到我跟前的这个人，黑瘦的面孔，堆积在脸上的虚假笑意让每一条皱纹都颤动起来。

不用，酒店有车来接。我撒了个小谎，其实来印度之前并没有预订任何酒店。

在机场广场绕了一周，没找到去市中心的廉价交通工具。不得不回到接机柜台，预订了一辆出租车。提前付费的收据上写着我要去的地方——中心集市——新德里最大的背包客聚集地。

机场前的出租车横一辆，竖一辆，停得很随机。印度人的秩序和规矩，总是以与众不同的方式呈现。

我想可能是自己的左顾右盼再一次吸引了“你好先生”的注意，他如影随形地又一次出现在我身边。

你好，朋友，我可以帮你。

我说，谢谢，我已经找好了出租车。

很快我明白了他说可以帮忙的含义，原来司机不会讲英语。“你好先生”在第二次被我拒绝后同样没走远，他适时地再一次诡异出镜，并且转行成了翻译。

哦，我知道你要找的中心集市，“你好先生”做了个双手下压的手势，接着说，放心，我们印度人喜欢交朋友，你就是我的朋友，放心！

和一个完全陌生的人同车而行我怎么能放心？可当我意识到我应该让他马上下车的时候，汽车早已从流光溢彩的机场驶入了每一寸都是陌生的高速公路。

“你好先生”貌似热情地问这问那。

朋友，你从哪个国家来？你的名字？旅行还是工作？多大了？结婚了吗？为什么不？

开始我还礼貌地回答，后来干脆装睡不理。

“你好先生”依旧执着，一个问题接着一个，始终得不到答案后，就慢慢变成无的放矢的自言自语。

自然界有一条定律，就是人们总是先看到闪电，然后才听到雷声滚滚。这条定律只在新德里不能成立。半梦半醒间听到喇叭声、叫卖声、牛鼾声混成一片，可车窗外仍旧漆黑，似乎离万家灯火还很远。不过根据我的知识储备，我知道，新德里到了，这儿就是新德里。

进入市区后，车速明显慢了下来，七扭八拐地过了几个路口，然后驶进一条小巷，在一家旅行社的门前停下来。周围一片漆黑，这显然不是我要找的目的地。

司机叽里咕噜地说了一堆我当然听不懂的语言，“你好先生”同声传译并且化繁为简地说，司机说他迷路了。

我说，你不是认识路吗？刚才你还说让我放心？!

“你好先生”说，哦，新德里有很多集市，我也搞不清你要去哪一个。他开始跟我玩文字游戏。他又接着说，这里正好有一家旅行社，要不你自己进去问问。

旅行社的先生热情得过分。还没等我说明来意，就先端上一杯奶茶，茶温适口，热气腾腾。

“奶茶先生”说，有什么能为您效劳？

我说，我要去中心集市，那附近有许多青年旅舍，你是否知道……

“奶茶先生”抢过话头，当然，我知道那个地方，您是否已经预订了房间？

我说，没有，不过我想……

“奶茶先生”又一次热情地打断我，我可以打电话帮您预订，我们不收中介费的。说后半句的时候眼睛还顽皮地眨了一下。

他连着打电话给两家青年旅舍，反馈的信息都是已经客满。又打第三家，这一次“奶茶先生”把电话递给我，听到电话那头仍旧传来抱歉的声音。

“奶茶先生”替我难过地说，唉，现在是旺季，很多旅舍上午就满了。不过不用担心，我还有办法，我知道这旁边有一家很不错的酒店，也不是很贵，很适合你这样的背包客，要不然……

他希望我能主动就范。

要不然我再想想，谢谢。

▲ 在集市中随意行走的黄牛

我背上背包，走出旅行社的大门，并没有回到原来的那辆出租车，而是另叫了一辆，然后把自己和背包一起塞进汽车，扬长而去。

当然，并不是所有新德里的出租司机都不通英语而且经常迷路，我很快就找到了中心集市。下车后，抬头正是我刚打电话询问过的一间旅舍。一问，竟然还有几个单人间空着。

对今晚遇到的三个先生感到抱歉。尤其是“你好先生”，白跑了几十公里路，白耽误了几个小时工夫，却没赚到一分钱。

就在刚刚四个多小时的无聊飞行中，我仔细阅读了旅行手册中关于新德里住宿的相关章节。那上面用镶了黑边的文字提醒每一个初到新德里的背包客，一定要小心三种人，机场拉客的“你好先生”，经常迷路且不会讲英语的“司机先生”，还有旅行社热情周到免费帮忙打电话预订房间的“奶茶先生”。他们的目的都是赚取高额酒店回扣。

今天真巧，一下飞机，就全碰到了。我的心理状态也从开始的将信将疑变成后来的对号入座。

与一般旅行手册不同，《孤独星球》会在醒目位置提醒旅行者可能会遇到的危险和麻烦，比如新德里的三种先生，又比如某些地方的信用卡骗局、买钻石骗局等。

因为全世界绝大多数背包客都是捧着《孤独星球》去旅行的，当他们遭遇危险和麻烦后会把自己的经历通过电子邮件发给《孤独星球》总部。然后总部会派出作者实地调查，如果属实，他们就会在更新的版本中刊出。

不过有时候识破骗局也是旅行的乐趣之一，这就像亲身经历了一场又惊险又悬疑的电影。

2007 年 1 月 [印度，新德里]

第一次在印度坐火车

凌晨四点，要起床赶五点钟从德里开往斋浦尔的火车。

大街上店门紧闭，声音静寂，光线收敛，仿佛一艘刚刚卸去游客的大船，漂浮在德里的无边夜色中。看到几个同样赶路的背包客也正负重疾行——刚睡醒的身体总是有无限精力，而清晨的寒冷又会让脚步加快，以获得从内到外的片刻温暖。

心情格外好。为脚下陌生的路途，为即将看到的风景。我竟然对着黑暗中的冷空气笑了起来。

耳机中传来《燃情岁月》的主题曲，这是 iPod 里唯一存储的音乐。是旋律简单的钢琴曲，这样的音乐，适合在赶路时听，适合在雨夜听，适合在大海边听，适合在山林中听。耳中的声音会和自然界的节奏产生惊人的一致和共鸣。一直听，反复听。这样的曲子，非常适合旅行。

路边几个车夫裹着厚厚的毯子打盹儿。不知是为了等活儿，还是家就是那辆三轮车。职业的敏感让他们在游客经过时会睁开眼睛。先生，要车吗？由于竞争激烈，他们喊出的第一口价都不算高。上了其中一辆，并没有按惯例还价，而是直接说，走！

旧德里火车站看外表比新德里的还要更新一些，同样使用印度特有的红色砂岩建造。不过内部空间却被塞得满满当当。黑压压的人群拖着大大小小的行李。

连着询问了三个人才确认我的卧铺位置。一个穿卡其制服的乘警，一个在站台上等车的印度人，一个外国背包客。第一个说，你要过天桥去四号站台。第二个说，你要找挂着 SL 标志的车厢。第三个说，你看，车门上贴着旅客的座位号和名字，61 号下铺，旁边是不是你的名字？我说，没错。

车厢内没有任何光源，借着站台上的微光，看到身边的床位上都已经躺满了人。把背包放在铺位底下的空隙，把睡袋裹在身上，把相机和随身的小包抱在怀中。平平躺下后，马上感到从外到内的冷。即使车窗关得很严，依然有冷风从微小缝隙中窜入，灌进衣领。身体打着冷战，这样的回笼觉是无法睡踏实了。

意识逐渐模糊，但仍能通过光线的强弱变化感觉到天是否亮了，太阳是否已经升高，天气是阴是晴。直到太阳的热力已经铺天盖地，车外春意盎然而车内依然阴冷无比的时候，我才意识到应该打开车窗，让暖风调节此消彼长的温差。风把桌上的书页卷起，发出噼啪的清脆响声。想起清初文人的一句好诗：清风不识字，何故乱翻书。

火车开开停停，即使是小站，也会停留很长时间。不明白为什么印度人会舍得大把时间用来浪费。二百多公里的路途，竟然开了七个多小时。

抵达斋浦尔的时候，已经是下午一点。

除了《燃情岁月》的主题曲，我还想推荐电影《阿甘正传》、《辛德勒名单》和《海上钢琴师》的主题音乐，伴着悠扬的钢琴或者小提琴的配乐，眼前仿佛出现了电影中的画面。需要“打鸡血”的时候，我通常会听久石让为电影《坏孩子的天空》写的同名主题曲，这首曲子节奏感很强，会让人顿生万丈豪情。

2007 年 1 月［印度，斋浦尔］

持久的微笑和仰望

在斋浦尔看到许多放风筝的孩子，站在自家屋顶，或车来人往的街道中央。每根线牵引着蓝得很深的天空中一个飘浮不定的黑点，那些黑点又反过来牵引住孩子们的视线。这让他们几乎采用同样的姿势站立——仰望。

这样的场景自从长大后就已不再多见。城市越来越大，天空却越来越小。孩子们的娱乐也早就从户外的放风筝、捉迷藏、砸皇帝变为室内的看电视、上网、玩游戏机了。

想起自己小时候，在春风吹拂的好天气里，也会和小伙伴们一起放风筝。那时候的风筝都是自制的。横竖两根竹签（是从折扇中抽出的细细扇骨，被奶奶发现后是少不了挨骂的）弯成一定弧度作为主轴，另外四根围成菱形轮廓，接头的地方用渔线缠紧固定。把一张宣纸也裁剪成菱形，纸面上用毛笔画些简单图案。用糨糊把纸附在竹签上，后面再挂两条长长的尾巴。线轴是要买的，花掉几天不吃冰棍省下的零花钱也心甘情愿。风筝线的一头绑在主轴中心，一个风筝就做好了。

试飞时，基本都不能一次成功。要一点点调整竹签的位置和弧度，一次次尝试，直到发现拽起来的风筝不再打旋，摇晃着越飞越高，此时总会有不自知的笑容绽放。继续迎着风向前跑，同时放出更多的线。风筝完全起飞后也有一些技巧，线不能拉太紧，也不能完全不理，先放出一段，再往回收一点儿。和伙伴们比赛谁的风筝飞得更高，谁的更远。

直到手里再也无线可放，就只能呆呆地对着天空，仰望。

印度孩子的风筝要更简单一些，大多数只是两根木棍架着一块有颜色的塑料布或者破报纸。这是不花钱的娱乐，所以每个男孩手里都牵扯出一条长长的线。有的已经指挥若定，只是手指灵活地一拉一放，一紧一松。有的正全力奔跑，身后的风筝还在跌跌撞撞。还有的借来长长的竹竿去挑挂在树枝上的断线风筝。

千百只风筝布满蓝天，孩子们笑着，叫着，黑黑的小脸上露出洁白的牙齿。看着他们，也仿佛看到了自己的童年。

风筝之于孩子就像梦想之于我们每一个人。你看，每个孩子手里只有一根线，线的那头只有一个风筝。你看，孩子们总希望自己的风筝能够飞得比别人的更高更远。你看，有的风筝始终无法起飞，有的却越飞越远。你看，挂满风筝的天空，由于风筝的大小颜色形状各不相同，而显得精彩丰富。如果把上面语句中的“风筝”用“梦想”代替，也依然能够成立。

风筝能否高飞，梦想能否实现，关键不在于线有多长、风有多大，或者有多少外力的支持与帮助，而在于我们自己的态度，是否乐观，是否坚定，是否专注。

所以会被这样的场面感动，为了他们那持久的微笑和仰望。

2007 年 1 月［印度，布什格尔］

邂逅一场印度婚礼

空气中暧昧的暖风随着日落逐渐消散，远方庙宇传来的酥油香气也被稀释得无影无踪。突然，静的深处，夜的暗处，闪现出许多来历不明的亮点，一阵突兀的锣鼓喧嚣也随后赶到。这是不太寻常的景象与声响。以为是梦，却又发觉不是。

“那是迎亲的队伍。”另一个背包客跟我说，脸上一副“看你那大惊小怪”的表情。迎亲的队伍仿佛一块磁石，把小城所有的光线和声响全部吸引汇聚放大。浩荡的人群在布什格尔的深街窄巷中缓慢推进，越来越多的人加入其中。“朋友，一起跳舞！”一个头戴花布头巾的印度青年热情地邀请我。

走在队伍最前面的是两个负责音效的团队。左边是西洋管弦乐队，统一的绿色制服黑色领带。右边是本土锣鼓乐队，个个短裤小褂，露出精瘦身材。两边比武一般，你比我热闹，我就要比你响亮。主人极聪明，除了引入竞争机制，也明白奖励机制的妙用。家族中几个年长者把一叠十卢比的纸钞夹于指缝，在空中一打，发出清脆响声。这么剥皮见骨的物质诱惑

▲ 婚礼气氛组

马上让两边同时敲得更快吹得更响。主人的排场有了，卖艺人也越干越带劲，这是典型的双赢模式。

队伍中最活跃的是十来个俊朗青年。除了身高相貌超群，舞技更是一流。他们组成强大舞群，或者是集体舞，围成圈站成排，或者是个人独舞，扮蛇扮虎扮孔雀。他们一边跳着，一边用眼神给周围的空气充电到满格。毕竟从小看着宝莱坞歌舞长大，能歌善舞已经成为基本技能。我们这些临时被拉来撑场的游客就相形见绌，扭动起来更像群魔乱舞十三不靠。好在大家脸皮厚放得开，良辰美景，每个人都找到了让自己纵情狂欢彻底放松的理由。

一匹覆盖着绫罗绸缎的白马踢踏着走在队伍最后。马身装饰的色彩那么丰富，几乎看不到纯白的本色。马鞍上端坐的就是今晚的最佳男主角——新郎。他穿镶嵌金丝的宽大白色衣裤，用缎带束腰，头上同样裹着鲜艳的花布头饰。

大队人马在一个大帐前停下。到了举办婚庆的主场地。帐前的黄沙上铺了厚厚红毯，高耸的帐门缠满彩灯横幅和吉祥物。像是一座搭建在沙漠中的舞台，开场灯已把每一个兴奋或者幸福的人照亮。

主场地足有一个足球场大小。边线处是自助餐桌。十几个大厨在紧张地忙碌着。食物极为丰富，水果、沙拉、奶茶、各种油炸小吃盛满瓦罐陶盆、金器银具。

▲ 骑白马的新郎官

按照印度传统风俗，婚礼所有开销都由女方承担。从迎亲的排场和婚宴的规模可以初步判定，新娘的父亲在当地应该算个中产。

前半场区域整齐摆放着十几排电镀座椅，还都空着。更前面的禁区位置起了一个高台，也用红毯包裹，台面上是典礼时新婚夫妇的座椅，已经升级为有电镀扶手的软皮沙发。沙发的皮面上画着老虎，描着孔雀。

新郎下马入帐，和亲家父母在喜帐中央落座。此时新娘仍未出现。

婚礼进入第一个程序。女方家长给女婿礼金作为陪嫁。以前的彩礼大多是金银珠宝牛羊织锦，现在的陪嫁中又多了些电子设备、交通工具。大包小包，一包又一包，可以看出丈母娘明显地依依不舍。的确，这绝对是只赔不赚的买卖，除非他们还有一个儿子。经济基础决定意识形态，婚嫁时男方盈余女方赤字的现实，解释了为什么重男轻女在印度遍地流行。

接受彩礼之后，新郎的下一份工作是再次跨鞍上马到新娘家接老婆出阁。

新娘家离大帐不远。此时管弦乐队和锣鼓队又已重新集结，吹吹打打地夹道欢迎。新娘的母亲已先于准女婿守候在自家门口，身后跟着家族中几乎全部女眷，那景象就像佘老太君率领着一众杨门女将。“女将”们个个珠光宝气珠圆玉润，用色彩鲜艳的纱丽包裹住苗条不再的身体。

堵住视线的那些胖女人身后突然一阵骚动，随即又风平浪静。看出我眼中明显的疑惑，身边的一个印度人解释说，按照指示，新娘要佯装冲出重围与新郎见面。同样按照司仪指示，女眷们又把她挡了回去。大家嘻嘻哈哈，打打闹闹。只有自己和自己下棋的司仪一脸严肃。是，这是规矩，规矩乱不得。婚礼之前，新婚夫妇绝对不可见面，否则会给婚后生活带来不幸。

接下来的程序是新郎接受新娘家人的祝福。为了表示这些祝福可以涵盖婚后生儿育女、柴米油盐、鸡毛蒜皮的方方面面，每个人的祝福方式都不相同。三姑喂新郎吃了几粒绿豆，六舅母在他脑门儿中央按上一个红点，八婆在新郎耳边晃动着一个摇铃……

已经凌晨一点，正式的结婚典礼看样子仍旧遥遥无期。据说最正规的印度婚礼通常要持续四天时间。虽然眼前这场已化繁为简，但仍要到转天清晨才能结束。

不见到新娘，我怎么舍得离开。同样舍不得走的还有两个澳大利亚背包客。我们央求新娘的哥哥网开一面，照顾一下我们这些远道来的外国客人，早就喝得不知南北西东的他痛快答应，带着我们从后门进入家中。

新娘一个人坐在化妆室里，妆容浓淡相宜，披着暗红色纱丽，纱丽上描金绣银，闪耀着细碎的宝石光泽。虽然相貌略显平庸，但今晚她是新娘，这身份足以让她出众。

心满意足地走出大门，看到新郎仍在接受各种牵强附会名目繁多莫名其妙的祝福。他的脸上有掩饰不住的疲惫，已看不到迎亲时的兴奋与笑容。

哥们儿，坚持，再坚持一下，熬过了今晚，一辈子的幸福都等着你呢！

印度婚礼的程序之复杂、规模之盛大、耗时之漫长，都远非中国婚礼可比。其实在不同的国家、民族或者宗教体系中，婚丧嫁娶的方式都不尽相同。连北京天津那么近的地方，婚宴应该摆在中午还是晚上，习俗都不一样。旅行就像《机器猫》里的任意门，《爱丽丝梦游仙境》里的树洞，《魔方大厦》里的出入口，可以在一瞬间，把我们带到另一个时空。

2007 年 1 月［印度，詹斯梅尔］

印度商人的价格把戏

在印度，价格歧视的现象非常普遍。最明显的例子是泰姬陵的门票价格，对印度人只要三十卢比，而对外国游客却要七百五十卢比，平白无故涨了几十倍。政府尚且把宰客视为理所当然，那些只做游客生意的车老板、旅店老板、饭馆老板、纪念品商店老板更是把刀磨亮，只待羔羊。

一次和一个波兰背包客聊天，聊到在印度沙漠骑行的费用。她说她骑了一整天，包括早午两餐，一共四百卢比。我马上感到一阵郁闷的痛。自己只是傍晚骑了四个小时，连瓶水都没有，竟然比她多花了五十卢比。她继续说道，昨天遇到一个匈牙利背包客，那个傻瓜也和你一样，只在傍晚骑了四个小时，却花了六百卢比。

一阵开心，却仍不舒服。就像一个被砍头的犯人，临死前知道同案犯都是凌迟。

晚上去一家网吧上网。

之前问明白价格，每小时三十卢比。

一个半小时后我掏出五十卢比结账，等着老板找零。

老板漠然说道，还差十卢比。

我以为他算错了，说，应该你找我，你看每小时三十卢比，再加上半个小时的十五卢比，一共四十五卢比。

他继续漠然地说，第一个小时三十卢比，之后按分钟算，每分钟一卢比。

我马上来气了。之前为什么不说清楚？你把价格写在哪里了？价目单呢？拿出来看！你说按分钟算就按分钟算?!

他冷笑着说，哪里也没写，我说多少就多少，我是老板。然后又换回冷漠的表情，这里是印度，没人请你来。

我火冒三丈，你让我瞧不起！你们印度人让我瞧不起！

无所谓。他的表情和嘴里都是这么说的。

我不气反笑，好，我给你。你们印度是不是有位大神，叫湿婆，听说他神通广大法力无边，他会知道你的德行，将来会好好“照顾”你。

不知他留在我身后的表情，是继续漠然无所谓，还是有那么一瞬间，闪过一丝羞赧和敬畏。

▲ 这本印度版《孤独星球》已经被我翻得卷了边

除了这些伎俩，一些印度生意人还很擅长玩“十几”和“几十”的把戏。英文的十几大多以“-teen”结尾，而几十则以“-ty”结尾。所以要价时他们总会含糊地说得像“teen”，而结账时就会一口咬定刚才说的是“ty”。比如本来十五元的车费就会涨到五十。

如果希望在旅行中稍微挽回一点儿公平公正让自己心理平衡，就要竭尽所能地了解当地的物价标准，练就纯熟的杀价技巧，并且还要有一颗在被坑被骗后能迅速自愈的强韧心脏。

印度如此，走到哪里都是如此。

2007 年 1 月［印度，比卡内尔］

把老鼠当亲人

从外面看庙宇异常洁净，也无异味。银色大门刻满动植物图案，其中一幅是鸽鼠争食的合影。不收门票，但是必须脱鞋进入。国外游客大多把鞋脱在庙外，而当地人把鞋放在门里。

进入正门。门后是一块篮球场大小的空地，铺着黑白相间的大理石方砖。头顶有张密网，除了阳光，什么都钻不进来。正前方是主庙，进堂很深。左边空地上摆着几个搪瓷盆，盛满水或者牛奶。饮水区后是食堂，一个小工正用一口大锅熬煮着什么。几个穿鲜艳纱丽的妇女在一边闲聊。穿白衣的教士光脚躺在庙前台阶上睡觉。一个男孩站在墙边，像是在追打什么。而我观察这一切的位置是空地正中有阳光直射的地方。

上面的描述中，我有意忽略了它们，那些神庙的真正主人。目的是要做个比较。没它们时我所见的只是一座普通的印度神庙。添上它们之后（对印度教信徒来说，也仍旧是普通神庙），那一份视觉和听觉上的感官冲击绝对要比坐在影院里看恐怖大片来得真实刺激。

天空中的密网是为了不让嗜鼠的飞禽伤害它们。失去天敌的老鼠再也不用畏首畏尾，而是甩着长长的尾巴，呲溜呲溜地窜来窜去。那句用来形容人鼠关系的著名俗语到了这里就不得不稍微改动为“老鼠过街，人人让路”。

环顾四周，能看到的老鼠至少也有四五百只。现在是白天，在外面

溜达的毕竟还是少数。有的在水盆奶盆边贪婪吸吮，有的挂在雕花铁门上悠然睡觉，有的和从庙门飞进来的鸽子争夺地上的米。一个是不太凶猛的飞禽，一个是小了N号的走兽，各占地盘，互有胜负。

我和另外几个背包客只敢站在太阳底下，鼠兄鼠弟们显然不高兴在有阳光的鬼地方出没。兴许它们还会小声议论，看太阳下那几个人，胆小如鼠。

跟我们这些背包客对比，印度人显然是真心把老鼠当成亲人看待。食堂里的小工在给老鼠熬粥，另一个工人搬来一棵千疮百孔的树根。小老鼠们快乐地在树洞里钻来钻去，那是名副其实的迪士尼乐园。妇人们一边聊天一边往地上抛撒今年刚丰收的稻谷。白衣教士脚边的两只老鼠打架打得站了起来。墙边的男孩正和一只老鼠捉迷藏，还不时用小手去摸那个毫无惧色的宠物。

在当地流传着这样的说法。在老鼠神庙中不小心被老鼠踩到，会带来一天的好运。如果能看到白色的鼠王，那更是鸿运齐天。

▲ 喝水的鼠群

我把镜头拉到最远，仔仔细细搜索，却始终没见到鼠王的庐山真面目。不过这事容易想通。既然是鼠王，肯定架子大，哪儿肯轻易出洞。或者按照习性，只在黑夜出宫微服私访一下。当然，我是没胆量半夜故地重游的，如果真在惨白的月光下看到它老人家那一身傲然坚挺的白毛，即使不被吓死也得被吓成精神病。

关于老鼠神庙的来历：

相传14世纪时，湿婆派遣女神多迦到人间救助贫疾。女神化身法力强大的女祭司，有点儿类似《封神榜》中下山给人看病的姜子牙。一天，一个说书人抱着死去的儿子找到女祭司。说书人对女神说道，我深爱我的儿子，求求你，把他救活吧。女祭司找到死神雅玛帮忙。冷漠的死神只用一个白眼就拒绝了女祭司的请求。女祭司为了抗议雅玛对亡灵的控制，把所有说书人死后的灵魂都暂时寄存于老鼠体内，等老鼠死后，那些附体的灵魂依旧可以转世做人。这样一来，那些逝者的灵魂就不用到阴间被死神折磨。

为了不让亲人们的魂魄东躲西藏四处游荡，说书人的后代就为这些被附体的神鼠修建了这座神庙。他们相信寺院内奔跑的老鼠即是他们逝去的亲人，他们也相信自己死后会化身老鼠到这座神庙报到。

老鼠，在世界上绝大多数地方的绝大多数人看来，都是一种传播疾病制造恐怖的动物。可偏偏在印度，在老鼠神庙，它们却被当成家人和朋友。

多元意识影响多元世界，多元世界又反向造就多元生活。人们根据不同的世界观对这个世界做出不同解读。这无关对错、美丑、善恶。正如有时黄金是屎，当穿越沙漠只需一瓶水时；有时屎又是黄金，当农夫急需用它灌溉田园时。

2007 年 1 月［印度，克拉久霍］

性爱之城

去往克拉久霍的游客，大多目的明确，是为了去看那里遍布于庙堂之上的性爱雕塑。

凌晨五点半，挤上从占西开往克拉久霍的长途汽车。车子行驶一小时后就在路边抛锚。对汽车硬件故障无能为力的司机却异常强悍地把满满一车乘客全都塞进随后而来的另一辆同样满满当当的汽车。用超载形容车上的拥挤程度，显然已经不够用了。北京高峰时段运行的 300 路公共汽车经常把拉客潜能发挥到极致，却也从未曾让我以一只脚踩住另一只脚的姿势站立。

与车内的拥挤对应的是路面的颠簸。二百多公里的路途，仿佛一直在锯齿状的路面上行驶。

突然间，身旁的一个当地妇女竟毫无征兆地起个调子，用民族唱法悠悠扬扬地唱起山歌。很快，就有更多山民加入汽车合唱团，难能可贵的是，她们竟自发地分成两个声部，高高低低，正好与起伏的路面应和。

我感觉自己已经乘着歌声的翅膀飘入另外一个世界。第一次体验了一回从正常人向“神经病”转化的心路历程，是从兴奋到痛苦到绝望再到麻木。最后我发现，自己的嘴角边竟然挂着一丝微笑。

经过一路窒息，一路颠簸，一路疯癫，五个小时后汽车终于驶入克拉久霍地界。此时车上的山民已下去大半，终于可以顺畅呼吸。

克拉久霍的性爱神庙群建造于公元950—1050年之间。原始规模有八十五座，现在只剩下二十二座。它们最突出的美学价值即是那些雕刻于庙身上的性爱雕塑。

二十二座神庙分属东南西三个区域。其中西区庙群规模最大，保存也最完整，于是被政府圈起来用于卖票参观。

走进西区神庙群。发现这里的草坪绿得像足球场，鲜花开得像伊甸园，与来时的路对比，让我的感官产生了不适应。

几只长尾猕猴在矮树之间窜上跳下。一个外国男孩指着树上的两只猕猴兴奋地叫：看哪，它们在交配！连猴子都这么应景。

修建性爱神庙的是当时建都于此的昌德王朝。为什么把性爱符号雕刻于严肃的庙堂之上，有三种不同解释。

说法一，这是古代进行性知识启蒙教育的一种方式。印度男女学生向来分校，而这些庙宇即是男孩子们的露天课堂。什么是爱，如何做爱，显然是他们人生中的重要一课。

说法二，这是为讨好雨神尹卓拉（Indra）。神话传说中，做爱是这位神仙的最爱。当地人相信，只要他们时刻惦记雨神的需要，雨神就不会派遣雷公电母把他们辛苦建造的神庙损毁。

说法三，这是古代僧侣修行的秘径。淫欲是块试金石，大欲前仍不为所动，才有资格实现涅槃和圆满。

当我把这三种解释向当地人求证，他们却干脆地说，都不是。你看，除了男欢女爱，庙堂上还刻着男耕女织，礼仪狩猎。所有这些都是构成快乐生活的不同方面。这个说法让我若有所悟。其实幸福生活并不来源于财富多寡，声名优劣，而在于人的本能是否得到合理满足，才华是否能够施展，天性是否可以自由绽放。

曾去过阿姆斯特丹的性博物馆，那里几乎可以被称作人类性史性文化的“绝顶”，于是后来无论去哪里，都觉得可以“一览众山小”了。

我仔细观察这里的性爱雕塑，发现有三点与众不同。

第一点，是女人的圆润。这里的女人大多丰乳肥臀，三围数值据我目测相差无几。而且一丝不挂的居多，少数用零碎布料遮体。

第二点，是男人生殖器的粗大。占据主体位置的男人不是国王就是神仙，这些被天生赋予神话色彩的男人，最明显的特征即是生殖器的惹眼粗大。越是法力无边，越是阳物傲然。这与印度教宗的男根崇拜密切相关。

第三点，是姿势的复杂。石刻上那些欢爱动作的复杂性和多样性都很难模仿。

不能否认，是当时人们性观念的开放与雕刻技艺的卓绝，成就了性爱神庙今天的门庭若市，但也由此让我产生新的疑问。

从印度历史来看，性观念的开放似乎只是一时一地的事情，而在绝大多数时间，性事仍旧是禁忌话题，在街上拥抱接吻都会被看作品行低下有伤风化。那性爱神庙何以矗立千年？

其实崎岖的来路已经给出答案。克拉久霍与印度任何主要城市都距离遥远。后来昌德王朝从此处迁出国都，克拉久霍也就同时被历史遗忘。直到 1837 年，一个英国士兵的偶然发现，才又让那些享尽几世欢愉的男女重见天日。

在开往克拉久霍的长途汽车上，我记得当时还看到一辆豪华旅游巴士与我们这辆破车并肩驰骋。那辆巴士上有游客从高高在上的窗口俯瞰着我的一脸死相。虽然他的旅行十分舒适，有宽阔座位，空调制冷，导游讲解，但我却并不羡慕。获取舒适必然同时付出代价。他们的代价有两点，一是旅费的昂贵，二是收获的廉价。旅行旅行，风土人情。他们看到的只是停车起步间的美丽风土，却无法体会与当地人真实接触的况味。不羡慕他们的旅行，是因为不愿意与旅行中的一半珍贵擦身而过。

2007年1月［印度，瓦拉纳西］

一丝不挂的修行者

印度人有许多条往生途径，在瓦拉纳西，水葬是最流行的告别方式，不仅适用于夭折幼童、自杀者，也适用于一些特殊的修行者。萨度就是这样一个人。

本来一丝不挂是形容他的绝佳词汇：他赤裸的身体上涂满白色粉末，一米来长的头发绑成墩布条盘成鸟巢状。可这光溜溜的身上却挂着两把锁，一把小锁锁在头顶，作用相当于发卡。一把大锁锁住下体，用来控制身体欲望。

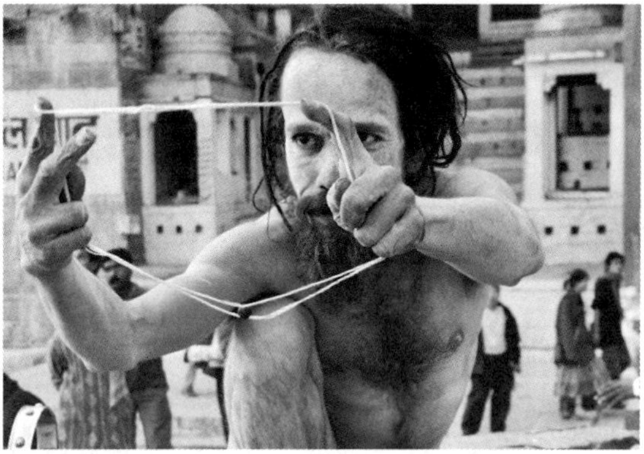

▲ 一丝不挂的修行者

我见到萨度时他正在和几个游客打扮的人围坐在恒河岸边一座高台之上，其中一个印度人邀请我加入他们。大家都席地而坐，面朝里围成一圈。

大家很快了解了彼此的身份，坐在萨度旁边的是从美国离家出走的主妇，浑身戴着造型夸张的银质首饰，仿佛贴身丫鬟般在风中丁零零地轻声细语。

主妇旁边是个女朋克，也来自美国。火红头发，化着烟熏妆，穿着哥特风格的黑衣皮裤，裸露在外的皮肤暗示她患有严重的白癜风，整条手臂呈现骇人的粉白色。

再旁边是位儒雅的中年男士，来自法国，淡金色的头发软软地趴在头上，他说他信奉印度教。

法国男人坐在我右侧，我的左边则是刚才邀请我加入的那个印度人，再旁边就是萨度。

身边的印度人不时为萨度点烟端茶，像是他的仆人。不过很快我就明白了他们之间的真实关系，应该是经纪人和明星的关系。经纪人负责招揽生意，不时有新人加入，扩大着围坐的圈子。而萨度成为明星的本钱则是他那赤裸的身体和披挂的信仰外衣。除此之外，他还有三个节目。

第一个是走秀。萨度会不时起身，沿高台边缘行走。他用一只手提着挂在下体的大锁，那是为了减轻阴茎和阴囊的负重，而从远处看却像是展示那已经残疾的器官。

第二个是开悟。萨度走到每个人身后，用手按住其头顶，口中默念经文。我看到只有那个法国男人在虔诚领悟。

第三个是抽烟表演，也是萨度最拿手的。他先把烟丝塞入细长的烟嘴，再把烟嘴伸向空气，随后经纪人兼助理就会帮他点着。萨度像患了哮喘一样先快速吹吸七八下，见烟叶冒出红光后再深吸一大口。那口浓烟在他口中被慢慢咀嚼两秒钟，然后他开始剧烈地咳嗽。他把嘴张得很开很大，仿佛要让别人看清他的喉咙。

萨度从不开口说话，只用眼神和表情完成意愿表达。两个小时，他走秀九次，开悟六次，抽烟六次，每次循环都是以剧烈咳嗽达到高潮。

法国男人小声说，萨度终身不娶，也无财产，死后尸体直接扔入恒河，活得多么简单快乐！神色间充满向往。萨度似乎听到了我们的谈话，

▼ 萨度定妆照

随后做出一个把自己扔进河里的动作。原来他不但不聋，甚至还懂一点儿英语。

每个观看演出的人，都在离开时交给经纪人至少一百卢比。明明是演出费，却偏被说成是资助萨度回家。

当然大家各有收获。我满足了好奇心；主妇打发掉无聊时光；朋克过足烟瘾；法国人仿佛醍醐灌顶，应该收获最大。

而明星和他的经纪人，今晚的伙食又有了着落。

相同的地方，相同的人，相同的事情，但是对不同的人施加的影响截然不同。这是别人的旅行无法被复制的原因，也是旅行的魅力所在。

2007年1月［印度，瓦拉纳西］

恒河晨浴

▲ 穿纱丽沐浴的女子

每天清晨，至少有六万人在恒河边洗集体澡。若是赶上重大节日，聚集在这里的教徒不下百万。所以瓦拉纳西的街巷里弄间更多是售卖搓澡巾、肥皂、盥洗铜盆的店铺。也有众多纱丽店，货品齐全，色彩鲜艳。印度妇女的信条是女为悦神者容，所以喜欢在洗澡前把自己打扮漂亮，这和一般人先梳洗后打扮的顺序正好相反。

我住在恒河岸边的毗湿奴客栈。二楼有一间细长客房，宽不足三米，却有大约二十米长。推窗即可见恒河水的日夜流淌。

手机闹钟在早晨六点准时响起。赶忙摁掉，房间中的其他人大多还酣睡未醒。住在这里的大部分是常住背包客，他们早已看过恒河晨浴，所以平日的作息比较规律。

轻手轻脚地穿衣出门，经过长长的走道，看到6床的窗台上整齐摆放着几本中文书籍。

恒河岸边停泊着许多等客的小船。大多一人一桨。和其中一个会讲英文的船主谈好价格，他控制时间，我控制路线。

瓦拉纳西是一座古老城市。按照美国作家马克·吐温的夸张说法，瓦拉纳西比历史还要老，比传说还要老，比神话还要老，至少应该是历史加传说加神话再乘以二的年龄。

古老的瓦拉纳西被恒河水一分为二，两岸风景截然不同。西岸的建筑物密度极高，而东岸却像是被诅咒过的禁土，一片荒凉，只有稀疏的几间草房胡乱地搭建在沙漠之上，还看到几只乌鸦懒洋洋地飞翔。东西之间的大不相同也跟印度人的习惯有关——他们喜欢在晨浴时面朝太阳初升的东方，东岸的寸草不生正好可以让视野开阔，心清目明。久而久之，城市就朝向一边发展了。

小船在河道中央航行。如果只看西岸，会以为到了威尼斯。如果只看东岸，会以为到了撒哈拉。如果两边都看，就明白这仍是印度——她总能把极端的热闹和极端的萧条结合得恰到好处。

时值 1 月，早上依旧寒冷，我加了一件外套都不觉得暖和。可那些千里迢迢赶到瓦拉纳西只为一洗方休的信徒们似乎不在乎天气的寒冷，无论男女、长幼、胖瘦，都宽衣解带，融入这千人同浴的壮观。女人洗澡时仍会穿着纱丽，而男人多半只剩下一条内裤。

年轻的小伙子最先适应冰冷的水温。他们先一个猛子扎进齐腰深的水中，然后用冷水往身上扑打，很快就有了跟恒河同样的体温。年老的妇女身体怕冷心理却不畏冷。她们撩起纱丽，先用脚趾试水，然后把身体一节一节缓慢浸入。她们是恒河岸边独一无二的风景，远远望去，霓裳艳影，仿佛走进了唐朝的染坊。

少数人站在水中祷告，双手在额前比画出各种令心境清明的手势。多数人是真的来这里洗澡。打打闹闹，嘻嘻哈哈，用树枝刷牙，用河水漱口，往彼此身上涂抹着肥皂泡。他们应该不知道，恒河水的细菌含量超过正常标准三百倍。当然在如此感性的国度，哪里还需要用什么理性数值衡量。他们相信，这河水会让他们洗洗更健康。

顺着他们的视线向东方望去，恒河水面正雾也朦胧，烟也朦胧，分不清是晨起的雾气，还是日夜不灭的尸烟。地平线上漾着潮红，那潮红下仿佛有个胖子的圆脸使劲往上顶，不一会儿，就看到那宽大肥厚已经涨得通红的脸庞。

越来越多载着游客观看恒河晨浴的小船在四周排列成阵，从联排的船阵中伸出无数只“长枪短炮”。瞄准，咯嚓。瞄准，咯嚓。当然在这场“战役”中，没有什么人牺牲。那些被构图被取景的画面人物甚至都

▲ 恒河晨浴的繁忙景象

懒得翻个白眼。看来他们早已习惯洗澡时被人参观。

恒河水面状况不断。突然听到不远处扑通一声，眼角余光扫到水面上飞起一条大鱼，瞬间又落下。船夫笑着说，你今天真走运，那是恒河河豚。刚才那只巧克力色的是小河豚，大河豚是灰色，有两米长。正说着，那只调皮的小河豚又从另一处水面跃起，在空中画出一道彩虹。

回房收拾背包，准备出发去下一个目的地加尔各答。日上三竿，客房内大多住客都已醒来。我主动和那个中国人打招呼。她是来自台湾的女孩，已在瓦拉纳西住满一个月，正学习印度舞蹈。

临别时，她送我一只黄澄澄的橘子。并用好听的台湾话叮嘱，路上一定要多多地补充维生素哦。

最后一次走在恒河岸边。看到印度人沐浴之后会从背包中取出一个容器，往里面灌着从恒河舀上来的圣水。他们要把这一壶恒河之水带回千里之外的家乡。用它点洒沐浴，祭天拜地。无论那水中有多少唾液，多少骨灰，多少细菌，在印度人看来，那圣洁的河水都是信仰，会给他们带来无穷无尽的力量。

2007 年 1 月［印度，加尔各答］

实现爱的最好方式是回家

特蕾莎故居位于市中心一条小巷中。加尔各答人对这里熟悉得如指掌，即使把他们的双眼蒙住，也多半不会迷路。

特蕾莎出生于 1910 年的阿尔巴尼亚。她自幼家境良好，年轻时加入教会，后来随一支爱尔兰传教队来到印度。她在加尔各答的主要工作是在一家教会学校为当地贵族子弟教授地理知识。在当时的加尔各答，学校内外是两个截然不同的世界。高大校墙内，窗明几净，修女们在一尘不染的教室内上课。校墙之外，即是贫民窟，露骨腐尸随处可见，被评论家形容为当时世界上最悲惨的地方。

▲ 特蕾莎修女

一次，特蕾莎看到一位老妇人，浑身爬满苍蝇和蛆，头好像被老鼠咬过，还有残留未干的血迹。特蕾莎把老人送到医院，医生却不愿救治，于是老人很快停止了呼吸。

还有一次，特蕾莎看到路边一个跛腿男孩在要饭，腿上还在滴血，她拿出随身药品帮男孩包扎。包扎后，男孩一瘸一拐地引领特蕾莎来到他所居住的简易窝棚，在那个家徒四壁的家中，她看到男孩患有严重肺结核病的妈妈。那个可怜的女人说话时上气不接下气，可她说出的第一句话却是，隔壁那个老人已经快不行了，求你先去照顾她。

又有一次，当特蕾莎乘坐火车旅行，突然看到路边有一个流浪汉已经奄奄一息，她决定马上折返。可当她赶回流浪汉身边时，那个人早已死去多时。

不同的人间悲剧，相同的人世苦难，一次次让特蕾莎心痛如割。她也一次次地问询心中的上帝，这是怎样的世界？这究竟是怎样的世界？我能为他们做些什么？

1950 年，特蕾莎成立了加尔各答第一个非官方慈善机构仁爱会。仁爱会的唯一宗旨即帮助穷人中的最穷者（poorest of the poor）。

▲ 人力三轮车

特蕾莎在加尔各答最大的卡利神庙旁找到一间闲置教堂，把流浪街头的无家可归者、各类疾病患者以及垂死者接到这里照料。她和其他几名修女一起，免费为那些穷苦人提供食物，为他们治病打针换药，和他们一起祈祷。

1969 年，一名英国记者把特蕾莎的故事拍成纪录片，在世界各大新闻网反复播放。人们不相信在这个物欲横流的世界竟然还有一股扶危救困的人道清流。于是，越来越多的善款注入仁爱会，越来越多的修女聚集到特蕾莎身边，越来越多的义工从世界各地来到加尔各答。一切，都是被爱所感召。世界多变，唯有真情流转。

特蕾莎一生中所获奖项荣誉不计其数。其中最值得玩味的是她曾被评为 20 世纪 80 年代的美国偶像，和她比肩的全是天皇天后级别的歌星、运动员。而特蕾莎获得的最重要奖项，无疑是诺贝尔和平奖。

1979 年，挪威首都奥斯陆颁奖现场，一个瘦小的女人缓步走向领奖台。她佝偻着腰身，穿蓝白色纱丽，是那种只有低种姓印度妇女才会穿着的廉价衣裳。这与看台下那些衣着光鲜的名媛贵妇形成强烈反差。然而此刻感到自惭形秽的，并不是领奖台上的特蕾莎。

她稳稳站定，等掌声平息，开始用一种虽不响亮却足以打动人心的平和口吻说，我其实不配领受这个奖项。我所做的，都是我应该做的。和平世界是因为爱而延续，而我只是找到一种传递爱的方式。对在座的大家来说，实现爱的最好方式是回家，关爱身边每一个人，家人、爱人和朋友。他们也会爱你。就是这样。

随后，特蕾莎再次从聚光灯下消失，回到需要她的人们身边。她回家了。

特蕾莎故居并不只是让人们凭吊瞻仰的地方，至今仍旧是仁爱会总部，行使着管理职能。加尔各答所有修女都归这里调配，而来自世界各地的义工则每日来此领取当日工作任务。

故居内部规模不大，可以参观的地方更小。一处是安放特蕾莎棺柩的墓室，每逢周末会由牧师带领教徒和义工一起做弥撒。

墓室旁是一间不到二十平方米的展室，里面有图片、实物和文字说明，详尽地展现着特蕾莎无限贫苦却无限荣光的一生。

看到厚厚的留言簿上无数人用世界各地的文字写下的感言，印象最深的一句是：妈妈，哦！妈妈！（Mother，oh！ Mother！）看到这里，我想所有人都会感动。

展台后面安静地摆放着一双凉鞋，一支钢笔，一本《圣经》。我仿佛看到，曾经穿着这双凉鞋行走的，曾经握着这支钢笔书写的，曾经举着这本《圣经》引路的，是一个世界上最美丽的女人。

1997年的夏天，家事国事天下事都有大事发生。对我而言，终于结束了十二年寒窗苦读，如愿以偿地考入南开大学；对中国而言，终于敞开怀抱迎接东方之珠回归；对世界而言，她却先后失去两位最美丽的女儿。8月31日，那位凭借美貌与爱心赢取世人爱戴的王妃魂断巴黎。五天之后，刚刚凭吊过戴安娜王妃的一位印度修女也因病离开人世，同时也离开所有爱她并且被她所爱的儿女。印度为她举行盛大国葬，许多人，包括多国元首、政界要员、商界精英、文体明星、穷人、孤儿和无家可归者，都用最特殊的方式和这位修女做最后的道别——他们俯下身，去亲吻她的脚掌。

那是我第一次知道特蕾莎，从未想过几年后会站在她的家门口，并且为她曾经帮助过的贫穷的人服务。

2007 年 1 月［印度，加尔各答］

在加尔各答做义工

早餐前和其他义工一起唱响赞美歌，手捧歌本，哼出的却是没有旋律的音符，更像是一场抑扬顿挫的朗诵。

没想到会来那么多义工，人数仍在持续增长，各种肤色，各种年龄。加尔各答的义工服务体系为双层结构。特蕾莎故居担当调配中心职能，根据当日义工总数分配到不同仁爱会，各个仁爱会再根据当日需要排出每名义工的具体工作。

卡利仁爱会是特蕾莎在加尔各答创办的第一家慈善机构，也是我即将去工作的地方。

▲ 义工们在仁爱会中领取早餐

早餐后义工分头出发，和我同行的是两位老人。美国人约翰，七十八岁，已在此做了二十二年义工；日本人芳子，退休多年，喜欢独自旅行，每年冬天会来加尔各答做两个月义工。

从特蕾莎故居到卡利仁爱会有直达公交车。在车上芳子十分健谈，一路讲了许多独自旅行时的见闻。而老约翰一会儿看窗外，一会儿又在日记本上记着什么。

卡利仁爱会由废弃教堂改造，上下两层。一楼空间高大宽敞明亮，病人（也包括垂死的老人）按照性别分在两个病房，中间是会长嬷嬷的办公室。义工们的工作包括洗衣刷碗，喂药洗澡，陪护聊天，一些专业义工（比如医生和护士）还要承担打针换药的工作。

签到后，嬷嬷分配任务。大家各自忙碌，秩序井然。

我的工作从洗衣开始。这里没有洗衣机，全部手工作业。我加入的是第六道工序，类似于甩干的过程。从洗衣池中捡起一件洗过的湿衣，先看上面是否有未洗净的污迹。如果有，就用一把木刷刷净，再扔回洗衣池重新过水洗涤。捡出一条完全洗净的，和另一个义工各执一角，左右互拧，直到衣物再也拧不出任何水分。

水房内空间的一半被洗衣服的义工占据，另一半是洗碗的人。洗碗虽是简单劳动，但也分成六七个步骤。先倒掉残羹剩饭，然后用塑料布蘸热水刮掉粘在盘上的污渍，再倒入洗洁剂清洗。每个盘子都要至少清洗三遍，直到清水流过后仍旧清澈。

接下来的工作是帮一个老人洗澡。我托着他的引尿管，另一名义工用温水小心地帮他擦洗那羸弱的躯体。他实在太老了，就像快烧尽的蜡烛，已经所剩无几。只有脊梁仍旧坚硬地挺立，就像岸边的礁石，黝黑而崎岖。

病床分成三排，越靠近走廊的人病也越重。这样的布局应该是为了方便抬运尸体。每天都有死亡发生。我进门时刚好看到一个瘦小身体被裹上白布抬出门去。

一位修女翻开一本厚厚的治疗手册，上面记载着每位患者的入会时间、所患疾病、所需药物以及出会时间或者病故时间。修女每念一个名字，老约翰就把那个病人所需的药物放入一个药盖并交给一名义工。然

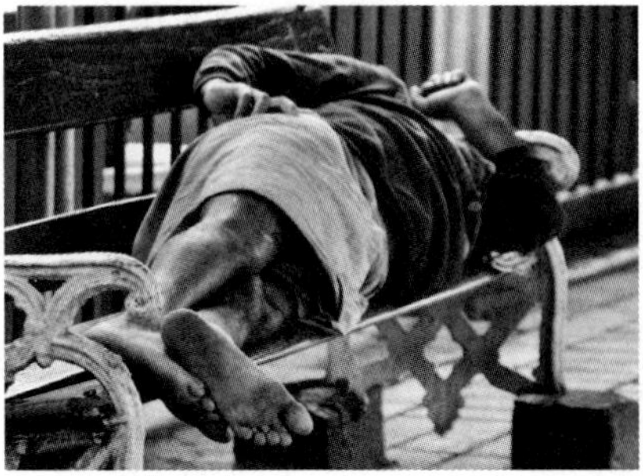

后我们自取一杯清水，找到那个病人，帮他把药服下。

躺在我面前的是个二十来岁的年轻人，精神状态不错，一直对我微笑。盖在他下身的被子深深凹陷，原来他没有下肢。我把药片放入他的嘴里，却突然被他吐进水杯，随着那粒药片在水中冒出气泡，我才意识到自己的愚蠢——原来这是一粒泡腾片。我脸上一阵灼热，他反倒连忙安慰我说，没事没事。我心中后怕，如果是一位无法动弹的老人，岂不犯了大错。

第二次喂药时有了经验，先跟老约翰确认服用方法。那是一个病床靠在最外边的老人，他的眼神浑浊不清，呆呆的，失去所有光彩。帮他一点点把药服下后，我握住他干枯的手，也不知道说什么，只是一直在微笑，让他知道有人在身边，不会觉得孤独。突然间，我看到他也露出一丝微笑，虽然只是嘴角的一次细微牵动，那完全失去弹性的皮肤被牵扯后还不能立即复原。这笑容让我哽咽。突然很想留下，像其他义工一样多工作几天。头脑中飞快地盘算着如何把签证延期，然后给妈妈打电话，说，今年春节又不能回家，我要留在加尔各答。可一想起妈妈，任何想法都立刻烟消云散。加尔各答仁爱会没有我也照常运转，老人依旧有人照看。而在家中，儿子却是母亲唯一的牵挂。过年回家，是对家人最好的报答。

义工工作细碎繁杂，大家始终忙碌。老约翰拿出汽车上记录的本子跟嬷嬷汇报，又看到多少需要马上援救的流浪汉；芳子一直踩着缝纫机，为病人缝制新衣；一名义工帮一个胸口缠着绷带的病人换药，病人的伤口汩汩地流出鲜血；许多人额头挂着细密的汗珠，还没来得及擦。

中午开饭之前，有二十分钟休息时间。休息处在楼顶天台，从这里能看到仁爱会旁边神庙中摩肩接踵的信徒。

他们的信仰是什么？我们的信仰又是什么？

这里的义工身份多样，有法国来的学生，有加拿大来的司机，还有来自荷兰的银行家。大家朗声言笑，给某个相熟修女起个无伤大雅的外号，抱怨加尔各答出租车宰客的无良，讨论着两周后即将开始的非洲旅行。大家来这里工作，不但没有任何报酬，还要搭上机票、伙食费、住宿费等各项开支。但仍义无反顾地来了，因为大家都明确地知道，帮助别人就是帮助自己，爱别人就是爱自己。这精神上的所得，远比物质丰厚得多。

在我眼中，让这座城市神圣起来的，并不是远处神庙内缭绕的香火，而是身边这些乐于助人的普通人。他们即是盛放的蓝莲花。生命中如果也能够一步一生花，还会有什么遗憾？

帮助别人就是帮助自己。这是我做完义工后的最大收获，也是后来汶川地震时我去成都的原因。其实每个人都需要一些精神按摩，如果在让自己获得精神满足的同时，还能让别人开心与满足，那何乐而不为呢？

2007 年 1 月［印度，孟买］

与小偷同眠长途车上

天气湿热，连梦都是湿的。

一个声音把我从梦中叫醒。知不知道睡在你身边的人去了哪里？那声音来自司机。

我勉强睁开眼睛，转过身，发现刚刚还躺在身旁的印度人已经消失不见。

不知道，我说。刹那间意识完全恢复，又急急地追问：发生了什么事？

司机说，检查一下随身行李，看丢了什么。那人是个小偷。

这是在从孟买开往果阿的夜行长途汽车上，我买的是卧铺票，铺位在最后一排靠窗，长不足两米，宽不到一米，却要挤下两个人。

我的背包已经塞进汽车行李箱，上车时只挎着相机和一个随身小包。躺下后又从包里翻腾出睡袋、书和矿泉水。我虽不胖，但身体和这几样东西仍旧把窄小的空间塞得满满的。

我身边是个印度人，身材瘦小，也没有什么行李。那小床的一半对他来说倒显得十分宽敞。

能看一下你拍的照片吗？印度人问。

当然。我把相机递给他，又告诉他该如何操作。他一张张翻看，我却脑筋飞转，但愿他不要把照片从头到尾都看完，否则电池可能会被耗光，转天就不得不先耽误两个小时充电。我正杞人忧天，他似乎对我的照片兴趣不大，只看了几张就还给了我。我马上送上一个感激的微笑。

汽车开出孟买市区，天色逐渐暗淡，意识也逐渐暗淡。此时身边的印度人第二次开口说话。

他说，车上不安全，要提防小偷。睡觉时最好把相机带挽在手上，包枕在头下。我连忙道谢，并按照他说的做了。虽然这样睡觉时脑袋感觉有点儿硌，但毕竟心里踏实。

印度人侧卧着身子，把脸朝向我。我当然不能和他面对面，于是把脸扭向窗户。窗外的世界逐渐变黑，同时发生在身后的一切再也无法看见。

什么都没丢，包在，相机也在。我对司机说。

同车的一个比利时小伙子就没我那么幸运。钱包、手机、相机，全都无影无踪。

汽车已经停在路边。车上的乘客七嘴八舌地帮那比利时小伙子想着应对之策。

大家初步判断小偷是在中途的某一次停车时，以上厕所为借口，携赃物潜逃的。

报警？小伙子显然没有这个打算。一是对印度警察没有信心，二来这种偷盗事件会在世界上任何地方发生，失主只能自认倒霉。毕竟小偷已经远走高飞，即使警察来了，除了耽误时间，并不会有其他作为。

为什么小偷会把近水楼台的我放过，还好心提醒？这是我至今猜想不出答案的问题。

是他认为西方人一定会比东方人有钱？同时偷两个人风险太大？还是我的相机太显眼，拎来拎去不方便？抑或是我那个含义不明的微笑，让他动了恻隐之心？

这件事让我后怕了很长时间。万一被顺手牵羊的人是我，那我的旅行生涯可能会被耽搁至少两年，因为相机和包里的现金就是我当时的全部家当。

2007年1月［印度，班加罗尔］

孤独是自由的另一个名字

来印度可以有千万条理由，去班加罗尔的目的却只有一个。

作为印度的科技硅谷，她没有太多阑珊的古迹用来感怀，没有太多缥缈的神庙用来朝拜，她有的仅是一些对旅行者来说没有丝毫游览价值的高科技工业园区。可是从这些冰冷园区中走出的却是一群最有活力的年轻人。他们有品位，有规矩，有格调，他们努力创造生活并欣然享受。就像和尚多的地方庙不会少，明星多的地方记者不会少，在班加罗尔，最不缺的就是那些牢牢占据都市青年八小时之外时间的各色餐馆酒吧。每天入夜，整座城市就像一片可以倒映出满天繁星的辽阔海面，一瞬间就璀璨起来。

甘地大街是班加罗尔夜色最浓的地段。四座大型购物中心，三家电影院，还有无数国际顶尖服装品牌专卖店，个个都是夜色的宠儿。而那些专营各国料理的高档餐厅，那些往城市血液中源源不断添加酒精的酒吧夜店，更是名正言顺地成为游客到此一游的主要目的：用美食把自己喂饱，用美酒把自己灌醉，人生一世，还有什么比这更重要？

晚餐选在甘地大街一家正宗的印度餐馆。点了一份套餐，餐盘上摆着六七只小碗。有主食，米饭或者米饼；有肉，一小块羊排，一小碗鸡肉；有素菜，咖喱土豆、蔬菜泥等；还有佐餐，如甜奶酪、酸辣酱等。营养及荤素的搭配十分合理。

有的餐馆用纯天然的芭蕉叶子取代了铜铁器皿。食物也不再用碗盛放，而是直接一坨一坨地堆在叶子上。食客要用右手一蘸一搅一抹，吃完还有个把叶子舔干净的动作，表示已经吃饱吃好。

吃饱吃好之后，夜晚的风景会把你带到下一个项目。我去了一家叫作 Le Rock 的法式音乐酒吧。酒吧厚重的木门紧紧闭合，只用闪烁霓虹提示着往来的夜间动物，这里正在营业。

▲ Le Rock 法式音乐酒吧

我选的位置靠近舞台，能看到不大的舞台上一个四人爵士乐队正在卖力表演。酒吧布置呈现出浓郁的法兰西情调。墙面挂满印象派大师的画作，吧台内有一面琳琅满目的酒架，沙发的面料是质地柔软的丝绒，光线也是恰到好处的昏暗。一边喝酒，一边听爵士乐，一边欣赏身边那些最光鲜的印度人。男士大多穿着剪裁合身的西装衬衫，一边用英语交谈，一边啜着杯中的白色啤酒泡沫。女士自然不会穿着纱丽坐在高脚吧凳上，取而代之的是晚礼服或者长裙，搭配名贵的包、表和珠宝。

我属于不胜酒力的人，两杯扎啤就能让我头发晕脚发软。踉跄地离开酒吧来到一间露天咖啡店。咖啡店从装潢到售卖品种再到价格都在和星巴克看齐。要了一杯浓缩咖啡和一块黑森林蛋糕，作为这饕餮之夜的最后一道风景。音质极好的音箱中传出舒缓的欧美流行音乐。

酒精的麻醉，咖啡的醇香，音乐的轻柔，夜风的清凉。一切似乎都对了。

一曲结束，一曲开始，是节奏布鲁斯天王阿肯的《孤独先生》（*Mr. Lonely*）。

Lonely，I'm Mr. Lonely...I have nobody for my own...（孤独，我是孤独先生……我一无所有……）

忘了是从哪一句歌词开始失去意识的。只记得，从那一刻起，眼中的一切缤纷全都褪色成灰白，继而视而不见，耳中的一切喧嚣全都弱化成嗡嗡回响，继而听而不闻。我摇摇晃晃地站起身，穿过嘈杂的人群，钻进自己的寂寞。

终于逃到一处可以彻底摆脱歌声笼罩的广场台阶。我敞开怀，仰天躺下。可那旋律仍像梦魇一样在耳边萦绕，无法驱除。马上发现元凶是自己，嘴里还在强迫症似的反复哼唱着：Lonely，I'm Mr. Lonely...I have nobody for my own...

酒精，咖啡，音乐，夜风，心情。一切都恰到好处地对了。

原来，每一个旅行者真的只是一颗孤独星球。

原来，孤独是自由的另外一个名字。

2007 年 1 月［印度，金奈］

热情如火的南印度

萨利姆说，欢迎来到南印度！她不同于德里的印度，也不同于孟买的印度，是一个与你之前所见完全不同的印度。

在从班加罗尔开往金奈的火车上，萨利姆坐我对面。他是典型的南印度人，黑瘦的身材，戴一副金丝边眼镜。他家住金奈，在班加罗尔一家 IT 公司上班，经常在两地间往返。

话题围绕南印度展开。萨利姆介绍，泰米尔邦是南印度最重要的一个省份，这里有自己的语言和文字。这一点我容易理解，就像中国的西藏、新疆、内蒙古。萨利姆继续说，泰米尔邦盛产文学家，最著名的一个叫作兰特拉纳特（Narendranath），他用泰米尔语写了一部史诗，那是我们民族的骄傲！说这话时我能听出他语调中的激动。他继续说，这部史诗只有一百三十三行，每行七个字，却写出了人间关于道德、财富、爱情的所有准则。多么伟大的诗人！多么伟大的语言！他又开始激动。

不是为了反驳什么，我只是平静地说，中国七百多年前也有这样一本行为规范手册。那部手册中不仅涉及道德、财富、爱情等方面，还包括天文、地理、数学等对自然科学的解释。文字也言简意赅，每一句只有三个字。见他不信，我随口背诵，每说出抑扬顿挫的三个字节，就用英语同步翻译。人之初，Man On Earth，性本善，Good At Birth。看他听得入神，我却惭愧背不出更多了。

萨利姆知道我下车后要先找青年旅舍，他怕我迷路，就在我的本子上画出详细的地图。火车站在哪里，青年旅舍在哪里，中间要经过几条马路，如何转向，又简单画下各个路口的标志性建筑，比如一个网吧、一个站牌、一家商店等。

下车后，再次感谢他给我指路，正要告别时，萨利姆说，请稍等一下。很快我就知道他让我等什么，我看到他正兴奋地朝一位中年女士挥手，他说，那是我妈妈。老人家骑来一辆摩托。萨利姆解释说，刚才快到站时我就给妈妈打了电话，让她把摩托骑来。上车吧！我带你去找青年旅舍，你一个人背着大包又累又不方便。我家离火车站不远，妈妈可以慢慢走回家。

车子在青年旅舍前缓缓停下，终于到了要说再见的时候。没想到他又给了我一个惊喜，从随身背包中掏出一袋咖喱饼干，说，这是我妈亲手做的，味道很特别，你留下，路上吃。

在这每一寸都燥热难耐的南印度土地上，我只奇怪，为什么感觉心中凉爽？

▲ 街头小孩儿

南印度人体型更小，也更黑更瘦，其实他们才是印度人的祖先。这里更炎热，到了南印度，仿佛进入了一个恒温烤箱，潮湿闷热似乎是一天到晚一年到头最正常不过的事情。这里更贫穷，贫民窟到处都是，赤身裸体的男孩女孩身上都像裹着一层黑泥。不过这里的人却十分热情。每次我坐公车，很快全车人就都知道我的目的地，快到站的时候，前后左右会有无数人热情提醒，到了！到了！他们会齐心协力地帮我把自己和包一起挤下汽车。当我成功下车后，他们还会露出齐齐八颗牙齿笑着挥手和我说再见。

我终于相信萨利姆说的话，南印度的确是一个与众不同的印度。其中最大的不同，是让我感受到人性中的热情，这与新德里、孟买那些略显冷漠的城市形成了鲜明对比。

2007 年 2 月［印度，喀拉拉邦］

椰林水巷的斗智斗勇

椰林水巷这地方光听名字就让人心驰神往，可是……

下午三点半。

我对舵手说，已给你们机会，却再次被爽约，我不能再等了。他知道很难再找到其他借口拖延时间，只轻声地一遍遍重复，再等等，再等等，马上开船。

▲ 我们的舵手

我抓起背包，就在踏舷上岸的瞬间，我看到船长开着摩托匆忙赶到，车后拖着一台发动机。

时间向前倒推半个小时，下午三点。

怎么还不开船？船长呢？再不开我就找别家了！

舵手赶忙笑着说道，船长应该在回来的路上了，您别着急，五分钟内肯定开船。他脸上像戴了一张小丑面具，堆砌的笑意有种笨拙的厚重。我自然知道五分钟对印度人来说是个什么概念。于是说，好，我再给你十五分钟，否则不是船走就是我走。

时间再往前推半个小时，下午两点半。

我躺在船头的竹椅上，拿了本小说，

心不在焉地翻看。眼角的余光不时扫到刚刚还停在前后的大小船只都已纷纷解缆起航，只有我们这条船还在颤巍巍地原地晃动。那泛起的层层涟漪轻摇着河水中盛开的紫色莲花，莲花的脖颈轻微晃动，仿佛连它们都已不耐烦。

舵手正往船舱里蓄水，他拽着绳子的一头，另一头连着个塑料桶，一桶桶地把船上的水槽灌满。他说，这是今天做饭喝水洗漱的全部水源。

可能还没做好准备吧，也不方便催促。虽然这船两点的时候就该起航了。

实在忍不住问了一句什么时候开船，舵手憨厚地笑着回答，马上！马上！船长去镇上买鱼买菜了。马上回来！马上开船！

下午一点半。

从科钦到阿勒比的长途客车准时进站。车站旁即是椰林水巷的起点。河道两岸停泊着无数船只。游客众多，自然在这样的地方，掮客也不会少。

他们讲着同样的故事。

你好，先生！我弟弟有条船，能给很低的折扣。

你好，先生！我哥哥的船就停在那边，船上的厨师是本地最好的，可以为你做中餐。

你好，先生！我叔叔就是船长，船上的客房舒服又干净，晚上还没有蚊子。

听得多了，也就不觉得新鲜。我知道他们都只是英语说得流利的中间商，和游客谈好价钱后，再把我们转包给承运人。

承运人有几种。有的只做长线，从阿勒比到喀拉拉邦南部。全程八小时，票价三百卢比。船型也是最大的，满载时可以装下几百人。但也由于船体巨大，无法驶进椰林水巷的狭窄水域，对我来说，也就丧失了一大半吸引力。

另一种是独木舟，单人单桨加一个游客。由于不靠机械动力，所以走不了太远。就像游乐场内绕场一周的观光小火车，只能看个大概，无法过足瘾。

还有一种摩托艇，它的活动范围虽然超出独木舟很多，可噪声也大——就像中国古代为官僚开道的锣鼓——会把远近水鸟都惊走，所以也不在考量范围。

《孤独星球》上说，游览椰林水巷的最好方式是包一条可以在水面过夜的小船。白天看尽小桥流水人家，夜晚还能观天象看流星，会让游客花的每一分钱都值得。

我没有理会掮客的纠缠，而是自己走到岸边和一个个船老大讨价还价。

选定一家。上船前跟船长仔细核对彼此的权利义务。两点开船，转天八点上岸。包两餐及下午茶，还有水果和饮料。费用两千卢比，是此次印度之行最大一笔开销。可一想到在接下来的十八个小时中，三个要养家的男人（船长、舵手和厨师）只为我一个人服务，也就不好意思继续压价。但愿如《孤独星球》所说，每一分钱都值得。

原来是发动机坏了，舵手怕我弃船而去，所以迟迟不敢告诉我真实原因。

此时河面上只剩我们这艘孤零零的小船，眼见已经没有任何“跳槽”机会，只好既来之则安之地旁观船长和舵手修船。终于听到从船底传来突突突扇叶打水的声音，已是下午四点。

我从来不会用别人的错误惩罚自己。所以当我伫立船头，看到两岸墨绿色椰树和翠绿色河水交相辉映的时候，好心情就又再次附体。

船身不大，分成三个舱位。前舱放着几把竹椅，还有一张饭桌，是前后左右都不过三四步的狭窄空间。可以躺在竹椅上看小说，可以坐在船舷边拍风景，是我的主要活动区域。

中舱是卧室。一张宽大的双人床，铺着崭新的白色床单，有一个内置厕所，悬着洗澡用的花洒，水管的另一头连接着刚才被舵手蓄满河水的水槽。

后舱是厨房，大厨上船后就一直忙碌。船长相反成了摆设，除了颐指气使地巡视舵手和大厨的工作之外，看不出有什么实际作用。

这是规格最小的水上船屋，所以相对来说费用也最低。我们的小船不时超过一艘艘装璜华丽还配备中央空调的大船，船长说，那些叫作水上宫殿，一个晚上至少一万卢比。

椰林水巷全部水路长约六千公里。河道纵横成网，迂回曲折，河面时宽时窄，水流时缓时急。

河道两岸种满高大的椰树，这是当地重要的经济支柱。椰汁可当饮料，椰青可为水果，椰壳可做容器，而用椰树纤维编织的椰绳韧度极高。船长骄傲地宣布，我乘坐的这艘水上船屋就完全是用椰树树干和椰绳绑扎而成。

▲ 在椰林水巷的深处

椰树下是已在此繁衍生息上千年的印南村寨。村民在岸边捕鱼、洗澡、晒衣，都微笑着面对镜头，看来他们早已习惯自己的生活成为椰林水巷风景的组成。

突然听到不远处传来咕咚咕咚两声，那是熟透的椰子落入水中的声音。

我们的小船在宽广河道与大船赛跑，在狭窄河沟里与小舸争流。两船迎面交错时场面最刺激，两边的船长舵手都起哄式地喊着口号，却总能有惊无险地让两船在几乎相撞的瞬间远远荡开。而此时船上的乘客都不禁惊出一身汗又叫一声好。事后想来，这大概是船夫们日常消遣游客的把戏。

小船驶入一片宽阔水域。

我听到船长和舵手在船头窃窃私语。这时舵手的一个瞟向我的眼神引起我的注意。虽然听不见也听不懂他们的谈话内容，但我知道那应该与我相关。根据心理学，当人们议论他人的时候，往往会下意识地观察那个人是否在注视自己。

你太过分了！我大声地对船长说。晚开两个小时我都没说什么，可你们却一而再再而三地要小聪明。我把数码相机中刚拍的照片和三十分钟前拍到的照片指给他看。你看，一模一样！

方向感让我早就感到船长指挥舵手在这片辽阔水域上兜了一个大圈。如果不是我声色俱厉地斥责，恐怕他们接下来就要原路返航了。

船长的黑脸上泛起一层霜红，小声解释说，其实都一样的，走得更远看到的也仍旧是这些，椰树、小桥、流水、人家……

看他态度还好，我的语气也软下来。我说，我并不要求你把船开到多远的地方，也没有指定要去哪个具体景点。我只是希望脚下的每一步都不同。这个要求应该不过分吧。

船长自认理亏，马上吩咐舵手调转航向，驶向一片崭新水域。

想要去印度旅行，你做好和印度人斗智斗勇的准备了吗？

2007 年 2 月 [印度，喀拉拉邦]

讲旅行故事给奶奶听

日落像一团血红色焰火，椰树、河水、鸟群，都回光返照似的亮一下，瞬即，焰火熄灭，照在我脸上的光也就消失不见。所有的船都不在夜间航行，各自安静地停靠在岸边。

厨子做了丰盛的晚餐，满满一桌子的鲜艳色彩，把食欲刺激得像找到花丛的蜜蜂。船长坐在旁边视察我的吃相，一直在问，好不好吃，好不好吃。他应该能听见从我泛着油光的嘴里发出的是“Good”（好吃）的声音。肚皮撑得有点儿痒，可当切成块插满牙签的菠萝椰青端上桌时，仍旧有不争气的口水流淌下来。

船屋停在船长家附近，他邀请我上岸参观。

那是一个有围墙的大院，住着三户人家，船长一家、他父亲一家和他弟弟一家。

院子里有许多藤蔓缠绕的巨树，还种着许多长相奇幻的草木，仿佛走进一个热带植物园。一棵树下用椰绳吊荡着一个汽车轮胎，能够想象，攀在轮子上吊来荡去，应该是这一家孩子童年时的主要娱乐。

船长家分成里外四间，两间卧室，还有厨房和客厅。客厅里铺着方砖，高高低低的柜子，衣柜、书柜、电视柜，都随机摆放，还见缝插针地塞进一张皮革沙发。冰箱摆在角落，一台二十寸彩电放着永不过时的印度歌舞电影。厨房的装修更加简单，水泥地面，灶台边是生火用的大堆劈柴。

船长的老婆孩子都在。他只有两个小孩，这在印度应该算优生优育的典型。稍大的女儿见到陌生人异常兴奋，用不清晰的英语句子问我各种问题。书柜里全是她在学校获得的奖杯奖状，介绍女儿的时候，父亲的脸上写满骄傲。

弟弟比姐姐小两三岁，奖杯奖状中也没有他的一席之地，可这丝毫没让他觉得羞愧，光脚在屋子里鬼叫疯跑，像一头关不住的幼兽。相对于姐姐的优秀，我更喜欢弟弟肆无忌惮的快乐。

船长父亲家在朝向街道一面开了间杂货铺，售卖油盐酱醋等生活必需品。杂货铺里间是个小酒馆，横七竖八地摆着几条长板凳。十来个村民喝着酒，划着拳，行着令。他们喝的是自酿的椰酒，装在 1.25 升的可乐瓶子里，酒体呈现浑浊的白色。村民让出座位，船长倒了满满两杯，来，中国兄弟，干杯！其他人也异口同声地喊，干杯！

▲ 自酿的椰酒

这是我第一次喝椰子酒，椰子的清香混着酒精一下钻进鼻孔，沁入心脾。只一杯就让我立竿见影地醉了。

舵手一直陪在我和船长左右，他比有点儿架子的船长更能和当地人打成一片。他问我是否也愿意去他家看看，就在前面不远。我说当然。

他的家比船长家逊色许多。一间石头房子，最多二十平方米，一扇门开在正中，看不见窗户。

舵手的家人都在门外乘凉，他的妻子儿子还有老母亲。看到有客人来，妻子像

初次登台的演员，慌张得不知把手放在哪里，然后一寸一寸隐在房子投下的阴影里。老太太坐在门口，戴着度数极深的花镜，头发已经全白。八岁的儿子不光长得像妈妈，性格也有点儿像，藏在奶奶身后，用黑亮黑亮的眼睛注视着我。

我说要为他们一家拍照。照片可以叫作“两个母亲，两个儿子”。最兴奋的是老太太，赶紧把花镜摘掉，马上显得年轻许多。

眼前的场景如同一场回放的电影，时光一下回到二十多年前。同样一间不到二十平方米的小屋，同样一家四口人。我，想起了自己的家人。

拍照后我又絮絮叨叨地对舵手的儿子说了几句话，我知道现在的他未必能懂。我说，你一定要好好学习，将来就有机会像叔叔一样旅行，去看很多很多的风景，然后把一路的故事讲给你的奶奶听。

我已经没有机会把自己的旅行故事讲给奶奶听了。

不过几乎在我的每一次旅途中，我都会与她老人家相见。是，我知道在我的旅途中，一定会梦见奶奶，只是不知道是哪一天的哪个梦。这不是故弄玄虚的说辞。发现这个规律是在拉萨的东措青年旅馆，那晚我也梦见了奶奶。醒来后，突然联想到之前在丽江、在法国、在希腊……在任何一次旅途中都曾有过类似的梦境，都是和奶奶在一起。把许多巧合串联，然后兴奋地发现，在梦中与奶奶相见已成为旅途中的必然。

在梦中，她依旧是我小时候看到的模样。为我做饭，领我去南市食品街，又催我上学不要迟到，都是一些并不连续的生活片段。

也曾经想用符合科学的逻辑解释这一现象。旅行生涯往往艰辛疲惫，身体在不由大脑支配的时段，比如睡眠时，会本能地唤醒意识深处让它感到温暖安全的记忆片段。这些记忆片段反射至神经末梢，激发一部分脑细胞处于“觉醒状态”，因而形成有主题的梦。对我而言，主题就是奶奶。

我出生在一个大家庭。父亲是奶奶最小的儿子，我是她最后一个孙子。奶奶对我宠爱有加，把晚年几乎全部的爱都不求回报地给予了我。她虽然只是一个平凡女性，却拥有许多光辉品格。小时候我是她身后的影子，长大后奶奶的言行也一直影响着我。

奶奶去世时享年八十八岁。我送给她的最后的礼物是八十八枝红玫瑰。挽联上只有五个字：奶奶，我爱你。

2010年的清明节，我和家人去给奶奶扫墓。她已经离开整整十年了。我对她的思念却从不曾消减。去他的科学逻辑，我只相信奶奶从没有离开过我，一直保佑着我，不离不弃。

奶奶，我还会继续旅行，把我的旅行故事在梦里讲给您听。

2007 年 2 月［马尔代夫，天堂岛］

许多旅行者“死”在半路上

马尔代夫的天堂岛度假村，是这次长途旅行的终点。

离开印度后我又回到斯里兰卡。与印度相比，这个横压赤道的雨林国家，实在浓绿得过分。我把斯里兰卡的旅行定义为热带探险之旅，心甘情愿地把整个身心都托付给山水自然，而不愿再费心费力地去探访古迹、思索历史、感受文化、体察文明。

于是，我看到象群沐浴的壮观，闻到空谷幽兰的芳香，还到世界上最大的金钱豹栖息地去追寻它的踪迹。可这并不是太平和乐的国度，电

▲ 位于斯里兰卡康提附近的小象幼儿园

视上滚动播放着泰米尔猛虎组织和政府军交火的刺激画面，而就在我抵达的前夜，有报道说两名德国游客在度假地被枪杀。

那就到此为止吧，这次的旅行已然收获巨大，而我也早已身心俱疲，是该找个地方好好休息一下了。

我想是在走出马尔代夫国际机场的瞬间，就已无可救药地爱上了这个岛国。爱上那明媚浩荡的阳光，爱上那游弋于海底的斑斓鱼群。这一刻，多想一头撞死在马尔代夫的温柔水乡！

选择天堂岛是因为喜欢它的名字。喜欢这里的日、夜、晨、昏。喜欢一个人躺在海边，看着阳光和沙滩暧昧地纠缠。可以想，也可以不想。天堂，不过就是一些灵魂自由的人来来往往。

我知道大海的另一边即是刚刚一路走过的印度。走在其间，发现她是那么大，远远地望着，她又变得那么小。我对印度的观察视角再次发生位移，从身处其中到置身物外。这就是那个我曾比作莲花池塘的印度吗？可哪里是池塘？什么又是莲花？

是风景？是佛祖？是瑜伽？是人心？

我一时想不出答案。

还是什么都不想吧。我抬起头，那分明是一片耀眼的蓝，海的蓝与天的蓝，亲密无间又天衣无缝。此时此刻，我看不到云，也感觉不到风。

从印度回国后，我有一种强烈的写作欲望，要把这一路的惊喜、愤怒、感动都记录下来。于是从2007年的2月到5月，每天从起床到睡觉，我都采用同一个姿势，就是人坐在床上，把笔记本架在腿上。要不就做彻头彻尾的宅男，要不就远走高飞，这是我的极端双重生活方式。可时间长了，颈椎出了毛病，有时还会长痔疮。

我曾经做过八份不同的工作，原来我最喜欢最擅长的却只是旅行，然后再把旅行记录和朋友分享。如果这算一种职业，我能做得比任何人都要敬业和出色。

可似乎三百六十行里没有这个职业，怎样才算职业旅行者？

首先没有前人的成功模式可以复制，我已经磕磕绊绊地摸索了五六年，可是靠版税和稿费只能勉强维生。毕竟旅行书只是小众书籍，很难畅销，甚至在旅行书的细分中，攻略书要比游记卖得好。

除此之外，旅行需要巨大投入，虽然能以最节俭的方式旅行，但那样又会错过旅途中的许多精彩。

我知道有许多同样喜欢旅行的人最终都“死”在了半路，那些在丽江、阳朔开客栈的人，后来经营不下去，不得不回到大城市上班。

还有一旦把爱好变成职业，会不会就丢失了许多乐趣？

坚持还是放弃？这个问题我想了好几年，但是仍旧没想明白。直到在写作《莲花之上》收官阶段的一天早晨，收到那条改写我人生的短信。

就像三毛、格瓦拉或某个路人曾给我的支持与鼓励一样。
我所做的，是告诉年轻人，人生不只是房子车子，
应该还有另外一种可能。你未必要成为职业旅行者，
但只要还有梦想，肯为此坚持为此努力，
就一定会在自己的天空中看到彩虹。

第三章

［2007—2010］

看到自己的彩虹

2007 年 6 月［法国，艾克斯］

改写我人生的短信

艾克斯位于普罗旺斯中南部，距离地中海不到三十五公里。这里的地下水资源丰富，中世纪时四处喷涌的泉水几乎泛滥成灾。后来市长英明地决定在城市内广修喷泉，地下水才终被降服。那些或婉约或激进的泉水不仅构成艾克斯主要的城市景观，也给市民和游客带来了一份清凉。

比泉水更让这座城市闻名于世的，是现代艺术创始人保罗·塞尚出生在这里。相比凡·高的命运多舛，塞尚的家境殷实富足，可以一生只画自己喜欢的，而不必为生计发愁。艾克斯城内有许多与塞尚有关的历史遗迹，比如塞尚故居、格拉奈博物馆（Musée Granet）等。在这些地方，既可以了解塞尚的生平故事，也能欣赏到他的多幅杰出画作。

艾克斯城外有一座从罗马时代就开始凿挖的采石场，源源不断地为居住在城市里的贵族阶层提供造房子的原料。对塞尚而言，采石场的意义是提供了一个观察圣维克多山的绝佳角度。在塞尚的一生中，为此山画过的“肖像”足有七八十幅之多。现在这个画场经过整修，游人可以到此感受大师创作时的灵感来源。

正是在这片绿树成荫的山脚下，塞尚在安静思考与观察之后，提出对传统画法的质疑，并尝试进行突破。塞尚发现，传统画法中通过描绘线条和光线明暗，并不能准确把握事物间的空间层次，而只有通过仔细观察色彩的不同变化，并将其在画布上精确呈现，才能展现出事物的立体感觉。

他的独特见解可以这样理解：比如画眼前的圣维克多山，他不是先勾勒轮廓和明调暗调，而是先找出眼中颜色的精确构成，比如山的灰与天空的蓝之间的区别，远景的绿与前景的黄之间的区别。即使是灰，他也能看出其中深灰浅灰青灰的区别。塞尚彻底颠覆了古典主义绘画中顺序轮廓层次的定义，从而获得对自然观察的崭新方式。塞尚的突破也进一步影响了后来的立体派和野兽派，开创了印象主义画派的先河。

塞尚画室距采石场不远。一幢小楼被无数高大梧桐环绕。小楼二层即是塞尚的巨大画室，有温暖光线从窗外射入。画室内仍旧按塞尚在此创作时的格局摆放着各种静物，如干花、骷髅、失去水分的蔬菜水果等。塞尚在他的静物创作中也注入崭新理念。他认为应在静止的画布上展现事物更多层面以及它们运动的趋势。所以在他的静物写生画中我们看到的物体都不是处于同一视觉平面，而是有一种要从画布上滚下来的态势。

此时的塞尚在创作时已不太关心事物的具体样子，通常几个色块就把苹果瓦罐一笔带过。他认为艺术与自然是两个并行不悖的空间。艺术的表现不一定要照搬事物原样，而艺术家应该善于对此时此刻的印象进行主观把握。

塞尚的伟大在于他从已被恪守几个世纪的传统画法中找到新的突破。如同在黑暗中奔突的地下泉水，一旦冲破那层泥土，眼前即是一片光芒万丈的新天地。

2006年年底我把手机号码从神州行换成全球通，之前那个号基本不用了。就在写作《莲花之上》收官阶段的一天早晨，我为了查号码就把旧卡插进手机，刚开机就进来一条短信。“小鹏，6月是否有时间，我想请你去普罗旺斯旅行。”显示的发信人是齐勇，法国旅游局媒体负责人。

我之所以把这条短信看得那么重要，是因为这像中彩票一样是小概率事件。如果我把旧卡扔掉，或者没查号码，齐勇姐肯定找不到我。后来我问过她为什么要找我，她说我第一次从戛纳回国后写了几篇不错的文章，而这次她的御用撰稿人有事情去不了，她就想到了我。但如果联系不上的话，她还有别的选择。

这条短信的另一个意义在于打开了我的思路，原来除了自己花钱旅行之外，还有一条和各个国家旅游局合作的道路。不过这也与时代背景有关，随着中国国力的增强，越来越多的国外旅游局把目光投向中国这片沃土。

现在回头再看，正是那次普罗旺斯之行，为我后来成为职业旅行者奠定了坚实的基础。

2007年6月初，我终于完成《莲花之上》全部初稿的写作。对我而言，印度已经走入一天中的黄昏，就像演出散场后的舞台灯，正慢慢地暗下去。我却并没有任何夕阳无限好之类的感慨和遗憾，因为我知道，新一天的黎明已不遥远。

时隔两年，我再一次回到欧洲，这一次我没有印着CCTV的名片，而名片上唯一的头衔是自由撰稿人，我只代表我自己。

2007 年 6 月［法国，昂蒂布］

与明星为邻

昂蒂布位于戛纳与尼斯之间，从这里开始，地中海岸边的海滩材质正式从戛纳的细碎黄沙过渡为光滑的鹅卵石。

▲ 金色时光

昂蒂布老城已有千年历史，各式各样的老房子沿着岸边崎岖的道路或者蜿蜒或者错落。老城内的古董市场能淘到许多宝贝，比如无名氏的画作、瓷碟瓷碗、单筒望远镜等。如果有耐心和店主讨价还价，有的东西能便宜到一欧元一件。古董市场旁边的农贸集市内有最新鲜的水果、蔬菜、海鱼等售卖。最喜欢法国大樱桃，个个硕大殷红，咬出的汁水能把心脾都浸润。

▲ 小城里的跳蚤集市

每年旅游旺季，昂蒂布当地人大多选择外出度假，而把空出来的老房子租给慕名而来的游客。当然如果是超级富豪也就不用临时租房，一些大牌明星如贝克汉姆、汤姆·克鲁斯、斯皮尔伯格，都在小城附近拥有自己的私人别墅。毕竟在这样安静的小城，既能享受悠闲时光还能远离戛纳尼斯的喧嚣。后来明星们在此安家的消息不胫而走，连当地旅游局都以此为噱头招揽游客。于是兴许能和明星们在街头不期而遇，就成了许多追星族奔赴昂蒂布的主要理由。

其实在昂蒂布还有比小贝们更大牌的明星，他就是毕加索。毕加索曾在昂蒂布的城堡里居住了很长时间。后来城堡干脆被改建成毕加索博物馆，展出他在此地创作的五十多幅作品。毕加索的才华毋庸置疑，这表现在他作画时往往一挥而就，绝不修修补补拖泥带水。他的画风受到塞尚印象主义的影响，同时融合埃及壁画中将重要部位突出的原则，逐渐形成了自己的立体风格。正是这种颠覆传统画法的崭新尝试，让毕加索成为 20 世纪最伟大的画家之一。

在昂蒂布老城闲逛的时候，我看到街道两边有许多来自捷克的学生正在实习采风。个个支起画架，或素描或水粉，用自己的方式记录并重新塑造着小城的美。当我把镜头对向他们的时候，他们的专注又成为我眼中的风景。

此时身边那些开得招摇的鲜花正笑得灿烂。也许，它们才是这里真正的明星。没有它们，怎能吸引来小贝、毕加索这些最狂热的粉丝？

我常想，一座城市究竟靠什么吸引旅行者，是名胜景点还是有风格有特色的生活方式？对我来说是后者。

2007 年 6 月［法国，尼斯］

拒绝比尔·盖茨的酒店

如果城市有颜色，那尼斯的色彩一定是属于地中海的蔚蓝。从 18 世纪中叶开始，尼斯就是欧洲各国富商显贵每年度假的不二之选。高端客户的蜂拥而至必然要求尼斯不断提升接待品质，而那些尊贵客人最关心的就是居住环境的优雅和舒适。

1913 年，一间名为耐格列斯克（Negresco）的顶级度假酒店在地中海岸边开张迎客。酒店由荷兰宫廷设计师负责设计，由精明的罗马尼亚商人负责管理。本来定位如此精准的酒店一定会让老板赚得盆满钵满，可人算不如天算，转年就是世界大战。随着闲云野鹤日渐减少，酒店的生意也一落千丈，还曾一度被军队收编改成战地医院。直到“二战”结束，蔚蓝海岸的旅游业才再度复苏。1957 年，耐格列斯克由奥吉先生和太太接手管理，在他们的精心打理下，终于重振雄风，并于 1974 年被法国政府列为历史纪念性建筑。时至今日，酒店的绿色圆顶已成为尼斯的主要标志之一。

我觉得一间酒店的名气应该由以下几个方面组成。首先它要有流芳于世的良好口碑，而口碑的形成无外乎是重要客人之间的口口相传。曾在此住过的名人不计其数，有明星，比如迈克尔·杰克逊、索菲亚·罗兰；有商人，比如比尔·盖茨；有政客，比如杜鲁门、丘吉尔。据说一位阿拉伯王子曾随身带了一千件行李入住，看来已把酒店当成自己的家了。

▲ 奥吉太太的艺术收藏品

吸引这些名流下榻于此的原因除了这里的服务贵族化、房间宫廷化、餐饮米其林化之外，还有一个重要原因是这里布置得太像一间博物馆了，且无一件赝品。从下至上，几乎每一层楼的每一个角落都被各种来自中国的、埃及的、印度的、罗马时期的、文艺复兴时期的、拿破仑时期的以及当代或者后现代的艺术品填满。位于一层的两间大厅是耐格列斯克的精华所在。一间叫作凡尔赛厅，完全按照法国宫廷原貌设计，使用暗红色和金色营造奢华感觉，繁复的水晶吊灯，重达十吨的壁炉，还有全法仅存三幅的路易十四画像（另外两幅在卢浮宫和凡尔赛宫）都让这间规模宏大的展厅闪耀着低调的华丽光泽。另一间展厅叫作皇家厅，呈椭圆形，比凡尔赛厅明亮许多，四周摆放着各种现代艺术作品，有抽象派，也有现实主义，就连大厅中央的圆毯都有出处。而在我入住的一间海景房中，在墙上悬挂的竟然是一幅《钟馗捉鬼图》！能够照顾到每位客人的喜好和习惯，是让这间酒店名扬天下的法宝。

口碑有了，客人宾至如归的感觉找到了，如果能再增添一两个传奇，那一切就会更加完美。

耐格列斯克的传奇与它的女主人有关。奥吉太太虽然不是艺术家，却拥有艺术家的眼光。酒店内所有艺术品古董都是她花费毕生精力从世界各地搜罗而来的。现在的耐格列斯克在经过那么长时间被那么多艺术精品润泽之后，也已经慢慢变成一件巨大的艺术作品。从这个意义上说，老太太已经是一位了不起的艺术家。

奥吉太太现在已有九十岁高龄，丈夫去世后，一个人住在位于酒店

七层的豪华套房。每天早晨会到酒店周围散步，取回当天的报纸，然后到那间布置得如同旋转木马的餐厅吃早餐。每天傍晚，也会一个人到一层的另一间米其林星级餐厅享用晚餐。我有幸在那家餐厅见到了她。她穿着得体，妆容合宜，根本看不出已经有九十岁，她浑身散发出的那种自信与风韵被优雅的举止彰显得恰到好处。她一个人坐在角落，点了简单的餐食和一杯红酒，还会不时抬头看一眼今天的客人，可目光中却不再有焦点。她吃完后一个人安静离开，并不需要侍者搀扶。此时我注意到一个细节，当她看到那扇通向厨房的暗门被不小心打开时，她皱了一下眉，又小心翼翼地把门关上。像每一位细心严谨的家庭主妇，不允许被客人发现家中的任何瑕疵与不完美。

在入住耐格列斯克之前，我曾听司机说起几年前比尔·盖茨想把这间酒店买下，可无论开价多少，老太太就是不为所动。当了解背后的故事之后，我明白了两件事情，一是没有人愿意把自己的家换成一张支票，二是每一件艺术品都是无价之宝。

2007 年 6 月［法国，圣保罗·德旺斯］

整个小城都在聆听

总觉得那些现代派画家都是趋光性生物。他们集体选择法国南部作为创作灵感源泉，是因为这里的每个海港，每座山谷，每条街道，被上帝赋予的光线和美都不同。于是他们来到这里，追逐光线的变化，捕捉色彩和阴影。

圣保罗·德旺斯就是这样一座被画家们发现的小城。这里虽然不是防御工事，却高居山顶。从天堂泻入人间的阳光覆盖了小城的每一间房、每一棵树、每一口井，并在它们身后留下或长或短的阴影。这简直是上帝的杰作！画家们在心中情不自禁地赞叹。时至今日，小城的性格几乎完全被艺术家们改变。你看，在这人口不足一千人的小城中竟然开设了七十多间画室、美术馆、工作室。无论你是印象派、立体派或者后现代派的拥趸，都能在这里找到让你不忍挪动脚步的艺术精品。

在离小城不远的山坡上有一间乳白色的美术馆，主人马埃是法国最著名的私人收藏家之一。美术馆中收藏了大量米罗的美术与雕塑作品。这位超现实主义巨匠擅长使用红黄蓝三原色作画，线条简单，比毕加索更鲜艳也更抽象。有一间展厅滚动播放着一部关于他的纪录片。我驻足仔细观看，发现他作画使用的不是传统画笔，而是十根手指。他用手指蘸上颜料，然后在画布上毫无规则地随意涂抹。但这种随意却不会让人感觉哗众取宠，因为他的严肃和专注，我相信那是艺术家在复制内心深处的色彩。

在城门旁边看到一间紧靠山崖的饭店。入口处极其狭窄，似乎只是普通民宅。可一走进去便觉豁然开朗，露天的餐桌能容纳百人同时进餐。走入店内，看到不太明亮的厅堂四壁悬挂着许多精美画作。再看画布上的签名，毕加索、米罗、夏加尔的字迹依稀可辨。正疑惑间，餐厅主人微笑着说，你没看错，这些都是真品，那些艺术大师也都曾来过。原来20世纪20年代，那些为了追逐奇异光线而来到圣保罗·德旺斯的艺术家们大多还未成名，囊中羞涩的他们就和饭店老板达成一个约定——用画作交换吃喝。后来画家们有的出了名，留下的作品已可卖出天价。可老板并没有见利起意地把画卖掉，与暂时的财富相比，他更希望人们认可他沙中拣金的眼光。

小城依山势而建，高高低低的宽街窄巷通向未知。终于明白那些画家被这里吸引的原因，因为我每走一步，都能从那些闪着金光的店牌、人们脸上的光彩、地上晃动的树影间看到光的不同变化和影的不同形状。于是在这样的小城里闲逛就变成了和阳光的捉迷藏游戏。

突然听到前面不远处悠悠扬扬地响起大提琴的鸣奏，随后是小提琴、吉他的音色也加入和鸣。这是一支四人弦乐队，正在街心广场合作演奏贝多芬的《欢乐颂》。我注意到身边的游客不约而同地停下脚步，或者倚靠在街角，或者坐在喷泉边，都认真倾听。不光是游客，连小城内的居民也都放下手中的活计，从美术馆里探出头，抹干净洗杯子的手。一曲终了，掌声几乎是从四面八方传来。原来在那一刻，整个小城都在聆听。

▲ 整个小城都在聆听

在法国南部这片被上帝眷顾的土地上，我不仅看到众多斑斓美景，还感受到法国人那种优雅到极致也散漫到极致的生活态度。我想所谓生活的艺术，是指用心去研究生活中的点滴趣味。做鞋可以有上百道工序，葡萄酒可以分出上千种等级，就连阳光，细心观察的人都能区分出闪烁其间的上万种颜色。而所谓艺术的生活，则是那种享受点滴趣味的心情。是否有心情为一幅心仪的油画停下匆忙的脚步，是否有心情去聆听一场邂逅的音乐会，是否有心情去享受那一瞬间照耀在脸上的阳光的味道？

从法国回国后，就忙着《莲花之上》的出版。由于是自己的“孩子”，每项工作都尽可能亲力亲为。排版、校对，甚至跑印厂去看封面是否偏色。

2007 年 10 月，《莲花之上》出版了，这一次收获的赞誉比第一本要多。而且在背包客中获得了不错的口碑，据我所知，现在很多去印度旅行的背包客都会在背包中塞一本《莲花之上》，这是对写作者的最高认可。

2007 年 11 月［菲律宾，忘忧岛］

冬天要去温暖的地方

▲ 螃蟹船

螃蟹船在海面上摇摇晃晃地航行。这种船属于菲律宾特有，顾名思义，船的两侧伸出数条铁爪，爪的末端再用一根横杆连接。妙处是船体可以永远正直不会侧翻，弊病是当船快速行驶时会加大船身阻力。几个水手站在迎风的船头，都倒背双手，那唯我独尊的气势，就像海洋中的无冕之王。

此行的目的地叫作忘忧岛，孔雀蓝的海水辉映着白色的沙滩。大船无法直接靠岸，游客要被转运到另一艘更小的螃蟹船上。船身很小，前后只能坐两个人，如果把螃蟹爪拔掉，就更像一艘皮划艇。海浪上上下下拍打着船身，此时蟹爪的作用得以充分发挥，任凭风大浪高，也一点儿不用担心船会翻沉。

岛上有个渔村，村子由错落的木头房子组成。房子比地面高出一两米。即使涨潮，海水也不容易倒灌。

岛上居民世代以捕鱼为业，途经菲律宾的温暖洋流带来无穷无尽的鲜活鱼虾。吃喝不愁之后，人们就有了娱乐的心情。于是我在村中看到家家户户门前的木桩上都拴了一只色彩斑斓的大公鸡，它们活着的意义是等喙磨锐之后，靠击败其他公鸡为主人赚钱。

忘忧岛上会有不定时的斗鸡表演。通常是两家主人各抱公鸡入场，裁判两手各抓一只鸡脖，然后同时放手。公鸡真是骄傲的动物，容不得更骄傲的同类。此时它们脖颈子下那一撮非常好看的鸡毛会傲然挺立，仿佛开了屏的孔雀。比赛会延续到其中一只再也无法站起为止。裁判倒数三下，然后抓起那只站到最后的公鸡并宣布它的胜利。此时双方主人也大多与自己的爱将有着相同表情。要么趾高气扬，要么垂头丧气。

下大雨了，雨水把一地鸡毛冲刷得干干净净。虽然已到了雨季末期，可每天仍有大雨定时定量从天而降。最兴奋的是村里的孩子们，跑着笑着跳着，让雨水把自己浇成落汤鸡。

▲ 斗鸡

▲ 躲雨的孩子

让我惊讶的是，大雨似乎并没有打乱岛上居民生活的节奏。织网的仍旧穿针引线，采贝壳的仍旧把一个个稀奇古怪的贝壳扔进提篮。除了每家屋檐下那只用来盛接雨水的大桶有了明显变化，不断上升的水位让雨后村庄有了一些不易察觉的不同。

不过这变化也只有像我这样对事事好奇的游客才会注意，对当地人来说，这一切早已司空见惯。这是属于岛居生活的平淡，日子也在平淡中慢慢消磨。

2007年初冬，我一个人来到菲律宾。出发前曾在自己的博客中写道："气温骤降，北京终于进入冬天。每年这个时候，总会想去一些温暖的地方，把冷热交替的刺激进行到底。"

总有朋友询问最佳的旅行时间。我会推荐反季节旅行，就是冬天时去东南亚海岛，夏天时去更北的俄罗斯或者跨越赤道到南半球过冬天。这样每年都会度过几个夏天几个冬天。

另外我不会在过年时旅行。记得2006年春节时我去了泰国，这是除了留学那年之外，第一次没有在家过年。除夕那天给爸妈打电话拜年，他们说家里一切都好，让我自己在外小心。放下电话后我却感到异常内疚，毕竟我是家中独子，哪个家长不希望过年时合家团圆。酸酸甜甜的泰国菜虽然好吃，可我更想念老妈做的年夜饭。后来几年我再也没有在过年时旅行，因为不想让父母在家冷冷清清地过年。

那年选择菲律宾并没有太明确的动机。只是无意间，我的视线落在世界版图上这深入太平洋的国度。她被蓝色环抱，与任何大陆板块都相距遥远。我想自己是被那种隔绝于世的孤傲所吸引。

我是在薄荷岛的沙滩酒吧完成的这篇游记。从身旁走过的菲律宾女孩指着我写的这些洋洋洒洒的方块字，好奇地问，那是什么意思？我笑着说，是在写自己与一个菲律宾漂亮女孩的邂逅。明知是我信口杜撰的恭维，可她仍旧笑得合不拢嘴。

"可我还不知道那个美丽女孩的名字。"我说。

"Mariafe，"她笑着说，"Maria是女神，Fe代表和平。"

"真是好听的名字。"这可不算恭维，而是我的由衷赞美。

2007 年 12 月［中国，凤凰］

生活像一条河

2007 年的圣诞，我在凤凰。沈从文先生的书籍被摆放在古城每一间书店的醒目位置。如果以知名度为索引给千古苗人拉张榜单，那独占鳌头的必是蚩尤，而排行第二的一定是沈从文先生。他二十一岁时放下枪，拿起笔，一生撰写美文无数，在我眼中，他是我国近现代文学群峰中的珠穆朗玛。

之前只看过他的《边城》和与之类似的湘西爱情故事。这次无意中在书摊间发现了一本《湘行散记》，发现它，如同发现一座隐秘的宝藏。

▲ 每个到凤凰的旅行者都会拜访的地方

再然后，无论我走进凤凰的哪间饭馆、哪家酒吧，点单后都会把这本书摊开，就着窗外的灯光看起来。有时完全融入书中，忽略了身边流淌的沱江，眼前浮现的只有那条被无数生命涤荡过的长河。

1934 年初的那个晚冬，刚过而立之年的沈从文回家探望生病的母亲。他的轻舟沿沅水逆流而上，两岸被白雪覆盖的林木，一道道顺流时从不曾注意到的激流险滩，如一幅看不够的画卷，在他身前铺展。

水中行舟二十余日，长久的寂寞也催生了沈从文的创作欲望。可这一次，他却把视线放得很平，不再去描写苗族青年鸳鸯蝴蝶的爱情，而把焦点落在沿途万万千千讨生活的普通人身上。此时独站船头的沈从文发现，刚才还增了几分豪情添了几分酒量的绝色风景竟变得有些模糊，而在命运洪流中始终一往无前的弱小生命却一个个清晰具体起来。

▲ 写意的凤凰古城

那吊脚楼上烈性的风月女子，却能为一个水手等到望眼欲穿。那有些滑头的七十七岁的老纤夫，干起活来却比年轻人还拼命。那当过土匪性格莽撞的水手，却把沈从文给他抽荤烟的赏钱换成几斤橘子送给这体面书生。

无论妓女、纤夫、水手，他们的影子本来渺小得微不足道，他们的故事本来零碎得称不上故事。“他们百年前或百年后的生活可能跟现在一模一样。但他们仍旧忠诚地活着，担负起自己那一份命运，不问所过的是如何贫贱艰难的日子，也从不逃避为求生而应有的一切努力”。(《湘行散记》)

是沈从文把这些细碎片段串连成一条波涛汹涌的长河。这条河，不在北京，不在巴黎，不在世界任何其他地方，她只专属湘西。这条河，会有波涛，会有暗涌，会刮风下雨，也能看到彩虹。

沈从文的轻舟终于穿过沅水回家了，他的文学生涯也因为这次穿越而通达伟大。

沈老最后一次回家是1988年，这次是永久性定居，不再走了。

他的侄子，著名画家黄永玉先生，在叔叔长眠的地方写下这样的话：“一个士兵要不战死沙场，便是回到故乡。”原来河流的最终归宿不是注入大海，而是回到开始的地方。

我也要沿着一条河流行走，去追溯两岸的生命轨迹。

2007年12月［中国，凤凰］

到凤凰旅行的两种人

沈老的墓碑位于听涛山上。山不算高，终年苍翠。墓碑旁伴着五彩石与野菊花，还有沱江水的日夜流淌。来看望他的人不多，有的低着头，努力回忆着边城往事，有的干脆找个地方坐下，摊开书，无声地读。这里真安静，竟形成自发的气场，笼罩着每个人。而这种静，恰好与一里地外凤凰古城的闹形成了对比。

凤凰的闹是有原因的。二百多年前，这里原本是清政府为平定苗疆叛乱而修建的军事基地。枪声与炮火，最先打破了这里的宁静。

▲ 凤凰有一种悲怆感

▼ 这位苗族奶奶年轻时一定是大美人

后来苗汉相争的故事少了，人与人、人与自然学会了和谐相处。军事基地的作用变得名存实亡，却慢慢演化出许多城镇功能。每个月的初一、十五都会有人从乡下到城里赶集，卖炭的、卖水果的、卖米面的，都大声叫卖。人声的快乐喧哗，让这里越发热闹。

凤凰现在的闹还与中外两位作家有关。一位是前文提到的沈从文，凤凰因为沈老家乡的身份而被国内读者熟识。另一位是新西兰作家路易·艾黎，他把凤凰形容为“中国最美丽的城镇”。这毫不吝啬的褒扬也让许多外国读者认识了凤凰。正是这两类中外读者奠定了凤凰最初的辉煌。

不过凤凰之后的命运很像丽江与阳朔，被高密度的旅游经济占据，酒吧、餐馆、客栈和各类工艺品店几乎把古城每一条石板路两侧的空间填满。凤凰变得更热闹了，从早到晚，无止无歇。

来凤凰旅行的，大致可以分成两种人。第一种先看报纸，从花花绿绿的旅游广告中一眼看到一个名称好听、花费又不太昂贵的地方。“凤凰？这地方便宜啊，从北京双飞还不到两千元，走！”于是凤凰古城内外到处都能看到被导游赶着跑的旅行团。另一种人把沈从文当成偶像，把凤凰当成梦想。大概去过沈老墓地的都是第二种人吧。

我应该也算第二种，在凤凰游荡了一周时间，没去任何明码标价的旅游景点，只放任自己的脚步在古城中游荡。在这来来回回的游荡中，我发现：

凤凰女人喜欢打麻将。通常就在露天空地支起牌桌，哗啦啦围起四方阵。这里的麻将没有东南西北中发白，只保留万子筒子条子 108 张。所以起手没有杂牌，看上去齐整，也更容易和牌。

凤凰男人喜欢下象棋。沱江边任何一处空地都能成为战场。往往对战的两人从容不迫，倒是旁边观战的七八个观众成了风景：强闭着嘴，紧皱着眉，个个在心中掐算步数，让活泼思维热闹跟进。

凤凰女人喜欢吃鸭霸王——一种麻辣系数极高的当地小吃，味道有点儿像香辣蟹，只是把螃蟹换成鸭。往往第一口就让人不再感知口舌存在。吃它的最高境界，是明明已经辣到失掉了心跳，却仍义无反顾地往嘴里填鸭。

凤凰男人喜欢喝自酿米酒。糯米、高粱、玉米、猕猴桃都能成为酒中调味的原料。也有当地人把酒售卖给游客，一家叫凤凰红的就非常有名。盛酒容器都用葫芦，满满一葫芦不到两斤，挂在腰间，颇有江湖豪杰风范。这种酒初喝甘甜爽口，如蜜水糖汁，却不堪豪饮。一日约了三五好友畅饮，五个葫芦下肚就让所有人醉得不省人事。

凤凰人知足于这样的生活，日子过得自然比那些拉纤、赶船、卖唱的先祖们更安全也更有趣味。可一旦你适应了这种慢生活，喜欢上这里的安全与趣味，便会有一种不自知的风险悄然生长。这风险只有当你重返都市时才会发现——原来调节心理时差远比调节海外归来的生理时差艰难得多。这也该是许多人还没离开就开始想念，刚一回去就想再来的原因吧。

每晚夜上浓妆，凤凰真正到了一天中的素年锦时。吊脚楼、红灯笼，沱江中顺流而下的纸灯与祝福，一个个远年风景的残存片段尽数复活。吊脚楼里不再有浅吟低唱的风流女子，取而代之的是架子鼓、摇滚乐，或者其他什么都市人喜欢的节奏。

我也点了首歌，在吉他伴奏下，借着酒劲儿，带着点儿兴奋还夹着点儿孤独地唱起来。怎么眼前的景象都不是在凤凰？怎么开始回忆了？怎么老了？

原来凤凰提供了这样一个地方，让人把遗忘的时光重新品尝。

我喜欢写不同地方不同人的生活状态。凤凰的生活已经很慢了，不过一个月之后我又发现了一个活得更慢更舒坦的地方。

2008 年 1 月［突尼斯，突尼斯市］

旅行不需要经济学

突尼斯是个杂糅染缸，论文明，迦太基最早；论古迹，罗马人留下的最多。可如果说到文化传统，那阿拉伯人的信仰、观念和生活习惯则一定是无可争议的主流。

阿拉伯人在突尼斯的主要生活区叫麦地那，建筑格局是以清真寺为核心，再向四周扩散出民宅、商业摊点及各种公共娱乐设施。

游览麦地那通常有两种方式。一种是休闲购物式，这与麦地那的社区功能有关。麦地那在古语中是市场的意思。中世纪时，这里商贩的经

▲ 突尼斯城大巴扎

▼ 悠闲看报纸的摊主

营业态还要符合一定规矩。比如一些与脏乱差打交道的行业，什么卖炭的、打铁的都被集中在外围区域。而卖鲜花、香水、金银饰品等满足上等人生活需要的店铺则大多在清真寺旁边挤得水泄不通。现在麦地那的商铺早已打破传统界限，因为家家户户都只做游客生意，售卖的商品也基本相同，从突尼斯特产的地毯、鸟笼、呢帽，到全世界哪里都有卖的冰箱贴、马克杯、明信片。于是吸引游客驻足购买的决定因素就取决于老板是否能用 N 种语言说“你好”，或者看谁脸上能挤出一丝貌似真心的微笑。

游览麦地那的第二种方式叫作体验式，即把自己想象成安家于此的阿拉伯人，如果我是他，将如何度过一天？

根据我的观察，阿拉伯人除了每天五次固定时间固定方向的礼拜之外，还有三件乐事值得尝试。

第一件是吃。突尼斯人嗜食辣椒，甚至已到无辣不成宴的地步。当地人认为，辣椒代表激情，当突尼斯男人发现自己老婆做饭的口味已经淡出鸟来的时候，他就明白这段婚姻可能已经到头了。在突尼斯，哈里萨辣椒酱几乎是每餐必上的开胃菜，拌上橄榄油用面包蘸着吃，嘴馋的都能吃饱。

第二件是洗澡。在突尼斯有这样一句俗谚，世界上有三样东西不会改变，一是泉水，二是朋友，三是哈曼。哈曼在阿拉伯语中是公共浴室的意思。记得三毛曾在《撒哈拉的故事》中写过沙漠人如何洗澡。哈曼属于她提到的洗外面（洗里面是用海水灌肠）。

好奇心也驱使我走进哈曼，体验了一回纯正突尼斯瑜伽桑拿的滋味。首先进入一间类似桑拿房的地方，那里面简直是个蒸锅，而光溜溜的人就像热锅上的蚂蚁。如果坐着，肚皮上的沟壑很快能贮满一条小河。蒸完之后还有上年纪的搓澡师傅先观察我身上的泥垢是否已完全松脱，然后决定是否可以开始瑜伽式搓澡服务。他们大多高大威猛，也只有这样才有足够力气帮各种体型的人分筋错骨。我发现自己的身体在他老人家强力拉伸后竟然能摆出一整套类似瑜伽修炼的复杂动作，不得不对自身的潜能感到惊讶。

吃完了，洗爽了，就可以找个咖啡馆打发时间了。这里的咖啡馆除了供应原产土耳其的上等咖啡，还有薄荷茶以及各种口味的水烟。烟雾缭绕中，或者看一场电视里转播的足球比赛，或者望着往来行人发呆。体验到了这个时候，我已经开始羡慕突尼斯人的暗爽生活。而当我开始思考人生意义的时候，说明在这里的旅行已经到位并趋向完美。

既然写到体验式旅行，在这里还想说一些我对自助旅行的思考。

很多人一想到自助旅行，就马上联想到吃苦。的确，我在旅行中也会经常挤夜车，睡廉价旅店。但如果说自助旅行就是吃苦，那显然是以偏概全。自助旅行在我看来，应该是增加阅历的个性化体验。该吃苦的地方吃苦，该享受的时候也要充分享受。比如在米兰，我看过那个世界顶级劲旅的主场比赛。比如在维也纳，我会去金色大厅听一场未必能懂的音乐会。如果遇到世界独一无二的豪华酒店，我当然也不会错过。我把这样的旅行叫体验式旅行。即凡是没见过没吃过没玩过的，花再多钱我也不会吝啬，可一旦尝试就浅尝辄止，再好的酒店住第二晚也会让边际效益递减。体验式旅行关于风景、金钱、时间三者的逻辑关系是，首先要去看最好的风景，即看未看过的，吃未吃过的，玩未玩过的。在这样的前提下，花最少的钱与时间。这不同于中国大多数人的旅行观念，他们的观念又可进一步分成截然相反的两种。第一种，吃必须饕餮，住必须五星。而后一种则在最近几年开始流行，标榜自己花很少的钱走很多的地方，把省钱作为旅行目的。

我觉得，旅行应该是美学、建筑学、历史学，而绝对不应该是经济学。如果在巴黎转机就算去过法国，那我绕地球一圈，哪儿用得了三千美元？

这是我的第一次非洲之行。邀请方不是旅游局，而是一本旅游杂志。我和杂志主编在法国南部的旅行中同行，回国后帮他写了一篇从普罗旺斯到蔚蓝海岸的长篇报道，读者和他都很满意，于是向我发出了去突尼斯旅行的邀请。

同行的还有一位摄影老师，他在常规旅行结束后就回国了，而我把机票延期，一个人跑进了撒哈拉。

2008 年 1 月［突尼斯，撒哈拉］

在撒哈拉仰望星空

作为这个星球最大的生命禁区，撒哈拉承载了许多人挑战自身极限的梦想。也是在这里，海市蜃楼、绿洲隐泉、大漠落日圆等种种景象与奇迹才变得触手可及。

北撒哈拉的门户是一个叫作度兹的小镇，这里也是进入撒哈拉之前的最后一站补给地。镇上的各类旅社为游客提供量体裁衣式的一揽子服务。参观线路、时间安排、食宿标准都变成可以排列组合的元素。如果是旺季，还会经常遇到一驼难求的局面，驼主也大多不情愿安排超过一天的沙漠骑行。通常是下午两三点出发，经过四小时骑行后抵达某个看

▲ 在沙漠中行进的驼队

▲ 驼夫把自己包裹得严严实实

日落的地点，日落后还要骑上骆驼再走一段，最终抵达露营地。晚餐由驼夫准备，然后在沙漠中过夜，第二天清晨早餐后返程。当然如果时间充裕还可以预订为期十天到半个月的长途远征。要知道这是跨越生命极限的冒险，出发前一定要对自己的体力、耐力充分评估，否则轻者脱水昏迷，重者就会在沙漠中永远安息。

日光照耀下的沙漠是骇人的。一是因为炎热，在沙漠中克服炎热的方式不是把衣服脱得精光，因为这会加速体内水分蒸发。聪明的办法是和当地人一样把自己包裹得只把眼睛留在外面。骇人的第二个原因是沙漠中的过分安静，无论你用多大力气呼喊，声音都会被空气稀释得无影无踪。如果让骆驼停下脚步，甚至能听到蜥蜴在沙漠上踏沙无痕的簌簌声。

露营地距看日落的地方不远。连排的几个帐篷，里面有简单的床和卧具。

驼夫把篝火点燃，干柴助燃下火苗很快蹿出一米多高，把身体烤得一阵干爽的暖和。一个人躺在沙毯上，仰望星空。一大朵乌云遮隐了月光，却把星星映衬得更加明亮。本以为这样一个撒哈拉之夜会如此平静度过，突然从无边黑暗中射出两道强光，一辆四驱越野车随后驾到。车上下来四个打扮时髦的阿拉伯年轻人，两男两女，看来这个夜晚注定不再寂寞。他们是来这里度假的，几个人都很健谈。其中一个讲起古老的阿拉伯故事。虽然完全听不懂他的语言，但从虚张声势的语调中判定那一定很精彩，说不定就是阿里巴巴和四十大盗的故事。大家安静地听着，篝火的影子在每个人脸上跳舞。

沙漠深处传来一阵低沉的狼嗥，故事停了一下又继续，还有什么比这撒哈拉的夜晚更刺激好玩？

我喜欢这种浩瀚的大景观，即使一个人也不觉得害怕，再说还交到了四个阿拉伯朋友。记得那天晚上其中一个女孩对我说，如果我们不来，那就只有你自己和漫长的夜与沙漠，这需要多么强大的内心与之抗衡啊。就为这一点，他们都把我当成朋友。

我们喝啤酒，喝伏特加，玩真心话大冒险，把衣服脱光围着火堆跳舞。后来为了不让野狼侵入营地，我们还结伴去沙漠中寻找填充火堆的可燃物。

玩了整个通宵，天很快就亮了。随着太阳的热力重新笼罩大地，体力也马上恢复。当我和他们说再见时，已经有点儿依依不舍了。

▲ 撒哈拉的夜晚，我们围着篝火跳舞

2008 年 5 月［中国，成都］

一串钥匙，就是家

今天遇到一个阿坝来的老奶奶，七十六岁。

她讲的土话连四川人听着都费劲。

她的胳膊上打着夹板。她让我摸她的肩头，一个很尖很硬的凸起。

我通过翻译问她疼吗？她笑着摇摇头。

她说她想失散的女儿，那可能是她唯一的亲人了，离开阿坝之后再也没有见过。

我说你想要什么想吃什么，我去给你买。她说什么都不要什么都不吃。

她身上的衣服很杂，都是志愿者送的。只有一条破旧的蓝围裙是她一直穿着的，从没换过。旁边的人告诉我说，那蓝布口袋里面有一串钥匙，是她老家房子的。

虽然可能她自己也清楚，房子没了，门没了，锁也没了。可对她来说，那一串钥匙，就是家啊。

在 5・12 汶川地震发生后不久，我成了一名志愿者。

还记得 5 月 19 日全国哀悼那天，我来到天安门广场。当默哀结束，广场上几万人竟毫无征兆地自发举起右手，所有人齐声高呼，中国万岁！加油中国！可其中并不包括我的声音，因为我已哽咽到发不出声，只是高高地举起拳头。一次又一次，我分明能感受到一种力量，那是团结的力量。

随后买了一张飞往成都的机票，我的行李很少，随身携带的都是同学、朋友托我带过去的心意：奶粉、卫生巾、药品、帐篷。机场工作人员帮我把超重的行李办了免费托运，那个时候，全中国的人都是善良的。

▼ 这是小芝麻的父母托我送到四川灾区的物资

抵达成都后我没去所谓的前线，而是到了成都军区总医院，和另一个北京飞过去的哥们儿一起照顾一名战士。小战士在救灾时腿被房梁压断了，我们的工作就是喂饭喂水，端屎端尿。

小战士隔壁病房住着一个两三岁的小女孩，她的双脚和右手都打着绷带，那种痛苦是大多数人都不曾经历的，可我却经常看到她在微笑。所谓坚强，不是在灾难面前不哭，而是要笑着面对以后。

一个星期后，小战士的面色红润起来。我知道，我也该继续自己的旅行了。

2008年6月［老挝，廊多］

趁着雨季去湄公河

从廊多开往孟威村的渡船，船身瘦长，一副营养不良的模样。顶棚和船帮被漆成淡绿色，与两岸夹江而立的青山相映衬。山都不高，被江面腾起的水雾笼罩，仿佛山与山之间隔着一层柔白色的面纱。江水呈现浑浊的暗黄色，是适合在激流中咆哮的颜色，可在南乌江这条波澜不兴的水路，就显得有点儿英雄迟暮。

刚上船时，掌船人不停调配两边乘客的重量，在他眼里，无论人、猪或是行李，都会被快速换算成公斤。船舱左右两排木凳上坐了二十几个乘客，逼仄空间让相视而坐的两个人只能膝盖抵着膝盖，像几十条蜷缩在一起的螃蟹腿。

乘客可以分成泾渭分明的两种人：本地人和背包客。前者有到城里赶集的村民，各个满载而归；有身上裹着橘黄色袈裟的和尚，个个又黑又瘦；还有几个孩子，依偎在大人身旁。背包客则来自世界各地，英国、法国、中国、以色列……他们也更容易辨识，背着大包，裹着头巾，戴着太阳镜，手捧旅行攻略。

攻略上关于孟威村的介绍只有寥寥数语：抵达孟威村就像梦幻一样的经历，那里与世隔绝，没有电、没有网络、没有手机信号，却保持着纯美的自然风貌和人文景观。

孟威村并不是此次探访湄公河旅程中的一站。但显然，“有些旅行者只想到这里住两天，可收拾行囊时却发现已经待了几个星期”。这句话影响了我的选择与决定。可见旅行攻略的评论部分最考验写作者功力，对一个阅读者从未去过的地方，美丽漂亮之类的形容词往往让人无感，而“那座古塔有看日落的最佳角度”“那里的菜场可是摄影师的最爱”这类侧面的描述却总能点燃旅行者心中那条连着冲动的引线。

渡船开船不久就下起大雨。雨点把江面打出无数奶黄色水泡，又噼噼啪啪地砸在船顶，像非洲鼓手的疯狂表演。

对这样一场突如其来的大雨没人大惊小怪。毕竟已经过了 6 月，进入了雨季。每天时间不固定的大雨成为人们心底固定的预期。这热带的雨与北方不同，后者更像一首关于失恋的情歌，黏稠冰冷，避之唯恐不及。这里的雨却像神的恩赐，裹卷能量和激情。总让我幻想在大雨来临时冲入雨中，昂起头，把双臂伸展成翅膀，任凭那滂沱大雨把自己从上到下淋得通彻透明，也仿佛承接了雨的能量与激情。

没人被大雨影响心情。背包客们继续用比船头马达和瓢泼大雨更高的分贝聊天：从哪里来？到哪里去？打算在孟威村住几天？之后的话题通常会扩展到音乐、书籍和电影。

坐在我身旁的是个六七岁的当地女孩，躺在妈妈用臂窝搭成的枕头里，摇着摇着就睡着了。掠进船舱的雨点舔着女孩浓黑的头发，慢慢在发梢汇聚成晶亮的水滴，待时机成熟就啪嗒一声，落入妈妈的肘心。母女对面是个本地男孩，大约十六七岁年纪，牛仔裤 T 恤衫，还把头发染成黄色，是到了懂得时尚的年龄。他从身前的菜篓里拿出一条冰镇丝瓜，用刀剜着吃。又故意剜出一小块放在女孩唇边，丝丝凉气让她的眉毛在梦中皱了一下又慢慢舒展开来。

大雨来去匆匆，雨霁后的天空没有出现彩虹。我把头后仰到船舱之外，直到头发碰到江面，天地就倒转过来。江边的水牛，水中的湿地，捕鱼的小船，都好像飘浮在空中之城。

一路行船要经过几个江边村落。大多数村庄没有泊船的码头，只用岸边碎石搭起一条通往村口的土路。那母女下船的小村也不例外，停船的位置离岸边还有两三米远。母亲先跳进齐腰深的黄泥汤里，再把女儿和行李抱到岸上。站在岸边的女孩望着远去的渡船，不停挥舞着小手，如同风中摇曳的烛光。

当每个转弯不再有惊喜，当两岸风景不再让视觉兴奋，突然发现视线所及的最远处闪烁着几个彩色斑点，渐渐那些模糊的斑点扩展出房子的轮廓。是十几间建在江边错落分布的竹楼。船行渐近，连房顶的芦苇顶棚都清晰可见，层层向下铺展得整齐顺滑，像水鸟抖擞后的羽翼。马达声渐渐小了，孟威村的码头已近在眼前。

码头边停着十来艘渡船，都以船头抵岸，一下下吻着岸边湿滑的礁石。每艘船的颜色都不一样，混在一起色彩斑斓，却被阳光晒得有点儿浅。船尾则各自散开，像打开的巨大花瓣。

▲ 岸边已是孟威村

马达停转后，掌船人从船舱里抽出一根竹竿，双手交错握着，把竿子一头插入水底，再一拧劲，船身就像圆规一样在水面画了四分之一个圆，和岸夹成直角。船头从散开的花瓣中找到一处缺口，然后笔直插入花心。

当地人先下了船。行李多的扛起大包挎着小包走过船头和码头间临时搭起的踏板。行李少的干脆把并联的船头当成浮桥，一步一跳地抄近路回家。

背包客随后下船，并不是因为谦让，而是得先活动活动被僵住的腿脚，才有力气支撑起背包的重量。

我说过要沿着一条河流旅行，我选择了湄公河。这条河的国内段落叫作澜沧江，源头在青海，一路向南流经云南，出国后叫作湄公河。湄公河灌溉滋养了中南半岛的五个国家，又被称为东南亚的母亲河。

本来在东南亚国家旅行的最佳季节是从每年11月到转年3月，那时日光晴好，也不会热得彻夜难眠。我选择六七月份的雨季是因为湄公河只在这个时候才水量充沛，既然我要写这条河和这里的人，那就要在这时去才有意思。

从成都到昆明，再从云南边境的磨憨出境，我来到老挝北部佛教圣城琅勃拉邦，而孟威村距离琅勃拉邦还有约六个小时的路程。村子不通公路，每天只有一班船进，一班船出，是现实版的世外桃源。原计划只会在这里待两天，可离开时发现已经住了将近一个月。

2008 年 6 月［老挝，孟威村］

流浪者告诉我哪里是家

有些人的出场看起来低调，但也因为过分低调，反倒吸引来更多的目光。意大利人阿莱克斯就是这样，他是光脚从渡船走上孟威村的码头的，直到他离开，我都没见他穿过鞋，他说这样可以吸收大地的能量。他没有背着那种几十升的硕大背包，而是斜挎着一个白布袋子。身穿一袭白色亚麻衫，被风一吹，鼓鼓荡荡，既像古代的侠客，又像巴黎时装周的走秀模特。他的长相也有模特的棱角感，深眼窝，薄嘴唇，嘴唇四周青须须的，下巴中间浅浅一道沟，中国人叫美人沟。一头棕灰色卷发堆在头顶，盘起来像顶着座宝塔，散下来又像鸟巢一样乱糟糟，也深具职业模特的可塑性。

跟阿莱克斯第一次见面时他就说我有一种正能量（good energy），他说："我看人不用眼睛，眼睛里的世界不一定真实，我是用心去看。"他说着用手掌轻拍自己的心窝，"我相信这里的感觉。"在 2008 年，正能量这个词还没开始在国内流行，所以当时我就在心里把 good energy 直译成"好能量"，不管是"正"还是"好"，总之都是 good，心想这老外还挺有眼光——这可能也是人类在被恭维时的普遍心理。

阿莱克斯在意大利的威尼斯出生，妈妈是吉卜赛人，刚生下他就离家出走了，后来在他三岁时死去，所以阿莱克斯从没见过自己的母亲。随后他和三个姐姐被寄养在不同的家庭。阿莱克斯跟我描述起一段童年记忆，细节生动，惟妙惟肖，就像一幅中国工笔画。

“我站在厨房的一角，妻子（他没用妈妈来称呼这个寄养家庭的女主人）在给一家人做饭，她看起来十分开心。丈夫刚下班，正坐在饭桌旁看报纸。她走近丈夫，把胳膊搭在他的肩上。她的心跳动着，迸射出金色的能量，那能量也被丈夫吸收，眼前的画面就像被调色师提高了对比度和饱和度，光线柔和地穿透彼此。这时一个微笑从她灵魂深处诞生，像初升的太阳一样爬到她的脸上。”

随后阿莱克斯话锋一转：“可是她逼我吃肉，那是我最不喜欢的味道。她坚持说如果不吃就带我去看医生。我知道她在胡扯，这就是大人的偏见，以为吃肉就能健康似的。我什么都不说，我的沉默让一家人陷入尴尬。他们总喜欢听到让自己满意的答案，可我偏不说，什么都不说……”

上学时的阿莱克斯仿佛拥有双重人格，既安静又暴躁。学校里有个大男孩喜欢欺负人，阿莱克斯知道自己早晚会被盯上，因为他看起来又瘦小又老实，还总是沉默寡言。当那个大男孩终于对阿莱克斯动手时，他一下子愤怒得像头狮子，双手死死掐住对方的喉咙，四个老师才把他拉开。

阿莱克斯十四岁时就退学了，随后开始在欧洲各地流浪，这一点倒是继承了他妈妈的吉卜赛基因。混黑社会，开酒吧，他说自己二十岁就赚到了三辆跑车。可也是在那一年，他厌倦了喧嚣的生活，就像突然开悟般，一个人来到亚洲流浪，到现在又过去了十二年。算起来他今年三十二岁，比我大两岁。

刚到亚洲那几年，他寄居在泰北一个村庄的农户里。他说妈妈（那个家庭的女主人，也是唯一被他称呼为妈妈的人）对他十分照顾，教会他在村子里谋生的全部技能，包括泰国话。也是在那个村子，阿莱克斯开始接触禅修、瑜伽和一些佛法的道理。

现在他生活在印度果阿，以前那里是葡萄牙的殖民地，现在是嬉皮士在东方世界的大本营。这次来老挝是为了收集当地原生态的花纹和图案，然后印到他自己手绘的衣服上，再到果阿的跳蚤市场上售卖。

阿莱克斯没结过婚，却有一个亲生女儿，女儿跟妈妈一起在荷兰生活。

一天阿莱克斯打算清洗他的白布袋，就把里面的东西一样样掏出来展示给我看。

他有两个厚厚的日记本，封皮一个黑，一个白，黑本子已经写满了，白本子还有很多空白。其中有一半内容是他用意大利语和英语写的日记，另一半是他给旅途中遇到的陌生人画的人物速写。他的日记异常整洁，一点儿涂改的痕迹都没有。可仔细看才发现文章并非毫无瑕疵，只是他用一幅幅小画把需要删改的地方巧妙地遮住。从这个细节可以看出他是个有点儿精神洁癖的人，做任何事都力求完美。

在林林总总的人物速写中，也有属于我的一幅。那天我坐在他对面，不到半个小时他就画好了，眉眼轮廓像个七八分。画画时我能瞄到他正在画鼻子还是嘴，黑铅笔落在哪里，我脸上对应的部位也好像被按摩了一下。这种感觉非常奇妙，就像闭着眼睛用食指戳眉心，即使手指悬空，脑门也会感到麻麻的。这应该是大脑对刺激的一种本能反应，不信你现在就可以自己试试。

▲ 阿莱克斯的作品

日记本里的速写只是阿莱克斯的小试牛刀，布袋里还有一个 A3 幅面的画夹，里面有已经完成的作品，还有一些半成品。每幅画上都充满佛教元素，细节之丰富甚至可以跟唐卡媲美，但还是能看出这是西方人的手笔，因为多了一些几何感，少了一点儿东方的写意。

他随身带着三本书。一本《达摩禅经》，一本《道德经》，一本《论语》，都是英译版。有时他会让我随意翻开其中一页，然后读出一句，他就接着往下背诵。也有卡壳的时候，他通常会让我再多读一句。

布袋里还有一个他自制的万花筒。他说万花筒简单易做，把一块镜子切成三等分，拼成三棱柱，一头留一个小孔作为目镜，另一头隔出一小块空间，放一些彩色透明玻璃。眼睛通过目镜往里看，同时轻转筒身，自然光穿过彩色玻璃再被三块镜面反射，眼中就出现了一个变化无穷又繁花似锦的世界。除了物理学解释，阿莱克斯又向我介绍了一种关于万花筒的超自然解释，这让我听得似懂非懂。他说："光从原点出发，被代表正向的风、负向的火和中立的水（也像三块镜片）传导，就形成了我们眼中千变万化的世界。我们看到的一切，都是光的形变。每个人都是一束光在无穷时间和空间中的反射，每个人都处在彻底的光明和彻底的黑暗之间，处在回忆和梦想之间，处在一无所有之后和包罗万象之前。"小小的万花筒就是阿莱克斯用来解释万物成因的道具，他相信自己是正确的。

阿莱克斯每天早晨五点起床，先做一个小时禅修再做一个小时瑜伽。如果在禅修和瑜伽中获得心灵方面的成长，他通常还会再跳半个小时自创的舞蹈。我见过他跳舞，动作极慢，白衣飘飘，有点儿像打太极。

阿莱克斯跟我说，禅修就是一种专注，让思维只专注于一件事情，风的声音，雨水的声音，心跳的声音……他说有时能感觉自己就是窗外的竹、江中的水。他说我就是一切，一切就是我。

他通常用整个上午写字、画画、做手工。我曾看他用两个小时把一根上方下圆的木筷方头削成宝塔的形状。

下午他有时会跟我一起到江中游泳。脱掉亚麻衫后，我看到他身上

至少有六七处文身。左臂靠近肩头的位置有一匹骆驼，肚脐左侧写着“武士道”三个汉字，右肩上爬着一只蜘蛛，右臂内侧还有一只南洋大兜虫（甲虫的一种）。

晚上熄灯后通常是清谈时间。人们总说三人行必有我师，可跟阿莱克斯在一起，人数还可以再减一个。

我说：“你看这条南乌江，村子里所有人的吃喝拉撒都在里面，上游有人拉屎撒尿，下游就有人淘米做饭。你应该也去过印度的瓦拉纳西，那里更夸张，人们在上游焚烧尸体，再把骨灰扔进恒河，下游不远处就有人用所谓的圣水洗澡刷牙，还灌到瓶子里回家供奉。自从我来到孟威村，心里就一直有种担心，因为每天吃喝的水源都来自这条南乌江，又亲眼看到村民往河水中倾倒粪便，就总怕吃坏肚子。可奇怪的是，无论生活在瓦拉纳西还是孟威村里的居民，看起来都很健康，我在这儿待了半个月，也从没拉过肚子。请问这种现象该怎么解释？”

阿莱克斯说：“我的家乡威尼斯就是个水城，我在泰国生活的村子也挨着一条河流。其实河水都有自我净化能力，比如南乌江，水流速度快，江面宽广，污染物一进去就被稀释了，再加上氧气和微生物的分解，几个小时就能让水质达到未被污染之前的标准。况且这里没有任何工业，污染程度不会太过分，水质就还是有保障的。其实生命也像一条河流，它也有自我净化的能力，等你老了，留在记忆里的一定是那些让你感到愉快的人或事。”

我说：“我的苦恼还来自梦想和现实的矛盾。为了实现梦想，必须远走高飞，但这样就无法在父母跟前尽孝。”

他说：“你的矛盾正说明你爱他们。”

我说："可我不想让他们为我担心。"

他说："担心什么？"

我说："旅途中的意外。"

他说："在家就百分之百安全？也不一定。只要让他们知道你爱他们，无论你在哪里，他们都会开心。其实我很羡慕你，旅行结束后知道哪里是家。旅行就像一根弹簧，走得越远，弹簧绷得越紧，回弹的力量就越大。家对你的意义显然要比那些从来不曾旅行的人珍贵。可对我来说，那根弹簧已经没了弹性，所以我只能流浪。"

没错，我知道哪里是家。

跟阿莱克斯相处几天后我悟出一个道理——没有错误的环境，只有不适应这个环境的个体。就拿孟威村来说，很多旅行者一看这里既没有手机信号也无法上网，马上会感到百无聊赖，待不了几天就打道回府了。但阿莱克斯却没有任何不适的感觉，他的布袋子里一样电子设备都没有，不需要充电，也不用跟任何人保持联络。无论百年前还是百年后，他这种生活方式似乎都没有任何突兀之处。

乌托邦是西方说法，而中国管这种与现实生活隔绝、生活安乐的理想之境叫作世外桃源。每个来孟威村的旅行者，可能都是为了寻找心中的那片桃花源。

2008 年 6 月［老挝，孟威村］

水中的惊魂一刻

▲ 大雨落在村子里

大多数旅行者只在孟威村住两三天，对他们来说，很难察觉出雨季给一座村庄带来的变化，而我已经住了半个月，也就有了点儿发言权。

最大的变化来自于南乌江中的那座孤岛。刚来时那岛屿还分外显眼，岛上有树，树下有草，枝繁叶茂，视线扫过时总要在上面停一停。可半个月后再看，已经缩水到可以视而不见了，树也矮了，草也少了，其实树没矮一厘米，草也一棵都没死掉，只是作为参照物的水平面一直在升高。

雨势也在一天天增大。每一天都像跟前一天较劲似的。最初每天只下一两场，要么白天下，要么晚上下，后来简直不分早晚，想下就下，而且雨量越发充沛。大雨落在村子里，有的直接注入蓄水池，等着旱季用；有的从人字形屋顶唰唰唰滑到院子里，挂成雨帘；落在主路上的大雨先淌进道路两侧的排水沟，再横冲直撞地滚进南乌江。有时沟里容不下，又反溢而出，还卷出一些垃圾，这让雨后的路面总显得脏一些。

充沛雨水加高温环境又成了蚊子的繁殖场。有这样一种说法，吸血的都是母蚊子，它们吸血是为了排卵，雨季又是生命力最旺盛的时节，于是蚊子就变本加厉地疯狂吸血。每次躺在屋外的吊床上看书，总能随手拍死几只，粘在手心上的蚊子就像用书页压扁的标本，挤出的血越多，我越对它恨之入骨。黄昏时的蚊子最恐怖，从草叶间汇聚到一起，黑云一样从天而降，一看那阵势，胆子再大的人也要怕三分。

大雨还影响了村子里所有在建工程的施工进度。房子盖得时断时续，刚浇筑的混凝土最怕大雨，不仅硬度不及格，还容易混进杂质。

大雨也诱发了一次“偷盗”事件。那天晚上我被一阵狂暴密集的雨声惊醒，雨点像子弹一样“砰砰砰”地射到屋顶。半梦半醒之间，我看到窗外有不正常的光芒闪烁，因为在这黑云压境的雨夜，应当是星月无光一团漆黑的，所以那一闪一闪的光芒显得怪异而突兀。我赶忙趴到窗口，看到岸边正有人晃着手电，不一会儿见他从一艘船里扛出来一样东西，天太黑只能看见个影子。我心里一惊，想报警手机没信号，想冲出去却又不敢。再次躺回床上时，仍旧慌得睡不着。两种矛盾心情同时从心底崛起，既恨自己没有见义勇为的胆量，又暗自庆幸刚才没冲动，否则在这天高皇帝远的地方，真把小偷惹急了，我可能就从这个世界上永远消失了。第二天一睁眼我就把这件事告诉了当地一个朋友，他却淡定地笑着说：“一定是有人捕完鱼忘了卸马达，也没想到半夜雨下那么大，马达不能泡的，一泡就打不着火了，这是常有的事。”

大雨倒是对孟威村人的生活影响不大，该捕鱼的捕鱼，该耕田的耕田，日复一日，有条不紊。那艘每日往返于孟威村和廊多镇的渡船，也并未因大雨而缺席一次。

村子与小岛之间，最近的两点大约相距五六十米，相当于一条标准泳道的长度，没事时我会去游几个来回。第一次上岛时我差点儿被一股腥臭气味扑倒，那是搁浅在岛上的死鱼烂虾被阳光暴晒后发出来的味道，四周还飞着一群逐臭而来的苍蝇。岛上都是从上游冲下来的泥沙，再被草木根系固定，草头都很硬，踩上去总是一扎一扎地疼。

一天下午，我又一个人去游泳，刚下水雨点就零零星星地飘下来，等我在小岛登陆后，雨已经大得让人睁不开眼，只好等雨停再折返。好在大雨也把那阴魂不散的臭味盖住了，湿润的空气闻起来似乎还有一点儿清爽。我只穿了一条短裤，刚开始被雨淋还觉得特别痛快，可连续两个小时的风吹雨打之后就只剩下浑身上下的湿冷。将近黄昏时，天上的大洞才渐渐收了口。我朝对岸望去，一个人都没有，这也难怪，下雨天谁不在自己家里待着啊，尤其又到了快吃晚饭的时候。

我决定马上往回游，可刚一下水就感到水流速度比平常快了很多，山里的雨，村里的雨，河上的雨，汇聚成一股股激流，南乌江已经被大雨灌饱。为了抵消流速的冲击，我加快了摆臂的频率，可还是被往下游冲出了四五米。本来选择的登陆点一直历历在目，偏离航道之后，岸就一下子看不清了。

我也慌了神，大脑马上指挥四肢做出拼命蹬腿划水的动作，这样一来，正常的游泳节奏也被打乱，简直欲速则不达。我也不敢往回游，怕转身时被水流一冲，更摸不准方向了。很多想法一股脑涌上来：脚被水草缠住怎么办？水温那么低，会不会抽筋？怎么游了半天却好像原地不动……越想脑子越乱，突然我的头一沉，一口气没憋住，咕噜噜呛进一口水。这时什么想法都没有了，只剩下一个字——死。

我失去了思考的能力，唯一能做的，就是机械地摆动四肢，体力也渐渐离我而去。突然肌肉一紧，原本横在水面上的身体，慢慢垂了下去……

转机往往就藏在危机之中。就在头顶刚被水面没过时，我的一只脚却突然碰到水底的石块，我像抓住救命稻草一样拼尽全力一蹬腿，脑袋又重新探出水面，我赶忙吐出嘴里的水，又吸进来半口空气，身体也跟着往前推进了半米。当我的脚再次触底时，这次没有蹦起来，而是试着把另一只脚也踩到底，双脚一生根，我就不慌了，憋足一口气，一步步从河底走到岸边。

一上岸，整个人马上瘫倒在地，浑身哪儿都动不了，除了心脏在飞快地跳，刚才那几分钟像把这一生的力气都用光了。随后我又嘲笑起自己，那么浅的水肯定淹不死人，完全是被自己的慌张乱了手脚。可那种绝望感又无比真实，一想起来心脏仍旧狂跳不止。

俗话说，人在河边走，难免不湿鞋。毕竟旅行时间越久，发生类似事件的概率越高，在马尔代夫旅行时，我还差点儿被海中的旋涡卷走。不过这不应成为阻挡我们迈出第一步的羁绊，毕竟万物皆有阴影。

2008 年 6 月［老挝，孟威村］

第一次看到自己照片的孩子

孟威村不是泰姬陵或金字塔，不会给旅行者带来那种预期的震撼与感动。但与孟威人接触日久，我发现他们的性格质朴无华，就像未曾雕琢的水晶。当然只有朝夕相处，才能慢慢融入这种“跳出三界外”的生活，而要融入这种生活，与当地人交朋友显然是最简单快捷的方式。

村里能讲英文的人不多，除了导游就是客栈老板。如果想和更多村民交朋友，我总结出几个办法。

第一是帮他们干活。城市长大的我向来四体不勤，能做的也仅限于搬砖、铲土、扛竹子之类的粗笨活。每天工作结束，收获的不仅是被汗水浸臭的 T 恤，一顿免费的晚餐和一壶烧酒是一定少不了的。

除了干体力活，我还有另外一个交朋友的独门秘籍。

我在孟威村生活的一个多月中，有两次因为换汇和延期签证而返回琅勃拉邦。当我在一家柯达店把数码照片刻成光盘时，听见老板一边看我拍摄的照片一边自言自语地感叹，这些孩子可能一辈子都走不出那个村子，他们天天被别人拍，却未必拥有一张属于自己的照片。

的确，拍照是旅行者记录旅程的重要方式之一，不论自拍还是拍风景，多数人只会把拍摄的照片存进自家电脑作为旅行记忆。我想自己反正还要返回孟威村，为什么不把照片冲洗出来，回去送给那些孩子呢？当老板把洗好的一本相册交到我的手上时，我发现自己的笑脸映着照片中孩子们的笑脸。

回到孟威村后，不用说你也能想象挨家挨户发照片是件多么快乐的事情。在街上随便叫住一个孩子，只要让他看一眼照片，他就会兴奋地拉住我的手去照片中那个孩子的家里。当家中的老人看到自己的儿子或者孙子的照片时，我注意到那些树根一样的手在微微颤抖。

接下来我身后孩子的数量从一个变成两个，他们跟着我再一起到下一家。不到一小时的工夫，身后就多出十几个孩子，刚才还在照片上的他们——卖菠萝的，背着书包上学的，踢藤球的——突然一下子就活了起来，跟在我身后又跳又叫。

走在最前面的我回头看到身后的浩浩荡荡，那感觉就像是个等待加冕的国王。

▲ 哥哥抱着妹妹，身后站着弟弟

在旅游圈中流行一句话，除了脚印，什么都不留下；除了照片，什么都不带走。

可这就足够了吗？那些天天被拍的孩子们付出了笑容，他们得到了什么？

有的人会留下一支铅笔或者一块钱，但长此以往，会让孩子们的笑容变得不再纯真。

即使你不能像我一样留下照片，也要让孩子们看到镜头背后有一张温暖的笑脸。这样，他们下次还会笑的。

2008 年 6 月［老挝，孟威村］

独臂阿仔的故事

孟威村虽小，却也五脏俱全，竟然还有间小型图书馆。

这是一间二层砖房，图书馆在一楼。走进图书馆，看到左边墙面的一半被一张巨幅英文字母表占去。房间中央是张低矮木桌，桌上摆着文具和画笔。右边是书架，上下三层。最上面是佛教书籍，下面两层摆满英文小说。

图书馆的主人名叫阿仔，二十多岁的年纪却满脸沧桑。其实来到孟威村的第一天我就注意到他了，那条缺失的臂膀实在让人过目难忘。后来跟他成为朋友，才知道在他十二岁那年，有一天上山砍竹子时发现一个黑色的圆盘，刚要拾起来看个究竟，那圆盘就砰的一声炸得粉碎。原来是秘密战争时美军扔下的炸弹。阿仔在这次意外中失去了左臂，一只眼睛也近乎失明，可毕竟命保住了。

事故刚发生那几年，阿仔曾自暴自弃，甚至一度想结束生命。可看到妈妈因操劳而生出的白发，他说他想要更好地活下去。后来他开始努力学习英语，慢慢变成当地最好的导游。他对生命的执着以及周到的服务感动了许多外国游客，这也让他获得了丰厚的小费。眼前的这间图书馆就完全是用他自己攒下的钱建造的。

在这里借阅图书不收取任何费用，特别适合我这类长期居住的游客。当然，作为回报，我有时也会去图书馆做几天义工，教当地儿童最基本的英语词汇。

我问阿仔对于未来有什么想法，他只简单地说，孩子是村庄的未来，没有知识就没有一切。

后来我和几个背包客聊天。大家都说到在东南亚国家旅行时有过被偷被骗的经历。这时一个来自加拿大的女孩竟然毫无征兆地哭起来。我们连忙劝她，问她哭泣的原因。她止住抽噎，红着脸说道，我觉得十分内疚，正是我们这些游客的到来，让当地人变得贪婪起来。

听到这里，我给她讲了孟威村阿仔的故事。其实人生是可以靠自己的努力改变的。

2008年7月［泰国，清迈］

在清迈学泰拳

与泰国餐馆开遍世界各地不同，泰拳手与人妖一样，只在泰国这片土壤中才能生存。这也是泰国贫苦出身的男孩改变人生的两条出路。泰拳手从童年开始就要接受严格乃至残酷的训练，这样才能获得更快的速度，学会更凶狠地攻击和更顽强地抵抗。只有击败对手，那些曾喷溅青春的鲜血才会变得有价值。

清迈的泰拳学校考虑到学员大多是老外，课程设置灵活多样，并不关注实战格斗，只教授基本技法。当然这只是入门课程，如果希望成为真正的拳手站到聚光灯下，则至少需要五年苦功。

拳击学校所占空间不大。一方拳台，几个沙袋（训练肌肉爆发力），几个轮胎（站在有弹性的内胎上前后左右跳跃，练习步法）。课程分成几部分：热身与步法训练，单项攻击与防御训练，一对一格斗训练。每项训练都会有专业拳师现场指点。

▲ 泰拳学校的彩绘墙

热身通常是十分钟不间断跳绳。注意关键词是“不间断”，能在短时间内消耗脂肪并且让筋骨得到充分伸展。步法训练的目的是为了自由调控身体的重心位置，在真实格斗中就可以声东击西，通过灵活步法打乱对方阵脚。

由于泰拳没有规则，没有招式，击打任何部位都有效，所以也是最凶悍并且观赏性十足的拳法。与世界其他格斗术相比，泰拳中最有效的攻击不是拳脚，而是膝与肘。后者往往能带来致命伤害。

基本招式掌握后，就要到拳台上和拳师进行一对一格斗。我打他时用了全力，但在拳师看来，那也仿佛慢动作。有时还故意让我，笑着在我的拳或肘碰到他身体的刹那假摔出去。他打我自然假打，点到即止，否则只一下，我就不知要断掉几根肋骨。

在我的诸多老师中，有一个相貌英俊，配上精瘦身材和那满身伤疤，很像冷血杀手。他还有一个花名，叫作蝙蝠侠。当天训练课结束之后，蝙蝠侠将代表这家泰拳学校参加清迈拳王争霸赛。所有学员自然前去捧场。

卡拉威拳击场距清迈城门不远。场地四周早已人山人海。当晚共有十一组选手捉对厮杀。蝙蝠侠在第五组出场，他的对手是个爱尔兰人。比赛开始前，地下赌场已为这场比赛开出盘口。蝙蝠侠的赔率是 1.3，也就是下注 1000，赢了赚 300，而对方是下注 1000，赢了赚 3000，从盘口看蝙蝠侠的实力应该是对方的十倍。

▲ 我的门票

比赛开始。第一局双方互有攻守，通过快速移动试探对方虚实，有效攻击并不多。第二局，蝙蝠侠很快占据主动，以一记凶狠肘击把对方逼到死角，再一拳，打到爱尔兰人额头，撕掉一块皮肤，顿时爱尔兰人血流满面。与赛前赔率预测一样，蝙蝠侠已胜券在握。所有人都变得歇斯底里，荷尔蒙的气息充斥拳场的每个角落。

简单治疗后，爱尔兰人示意比赛继续。本来以为这场比赛会以他被打倒而很快结束。没想到从第三局开始，涅槃的爱尔兰人就像失去控制的野兽，凭借体能优势，一阵暴雨般的拳点逼得蝙蝠侠节节败退。蝙蝠侠由于体力急剧下降，被赶到拳台一角，只能以手护头，却无法阻挡对方的膝盖一下下顶到胸前。第三局结束的铃声暂时救了蝙蝠侠的命，可泰拳比赛不是柔道，还有两局等在后面。

此时场内的观众早已倒戈，他们更愿看到反败为胜的戏码。只有我们这些蝙蝠侠的忠实拥趸依旧不遗余力地为他加油呐喊。

第四局开始。当裁判的手势刚落，爱尔兰人就冲到蝙蝠侠跟前，拳脚相加，膝肘并用，招架不住的蝙蝠侠轰然倒地。裁判在旁边计数，1，2……8！ 9！ 10！比赛结束，场内瞬间沸腾！

离场时，担架上的蝙蝠侠已经不省人事。暗自庆幸自己的旅行生涯不需要拿命赌明天，也默默祝福蝙蝠侠早日康复。

离开孟威村后，我继续沿湄公河旅行。坐船到泰国，船速很慢，开了两天两夜，两天中看完一本半小说。

清迈是个清幽小城，张国荣生前常来这里度假。我发现在这里有许多事情可以做，比如学泰拳、学禅修、学做泰国菜等。有时候这种不必应付考试的学习也是一种美妙的旅行体验。

2008 年 7 月 [泰国，清迈]

自己动手做泰餐

清迈是美食天堂，关于这个说法，相信所有到过清迈的人都能会心而笑。

泰国菜由于咖喱的大量使用，味道更近似于印度菜。但印度素食者居多，而泰国人却少有这方面的禁忌，于是各种生鲜都成为餐桌上的珍馐美味。同时泰国菜不像法餐那样漫长到天荒地老，所以比较而言，泰国菜更对中国人的肠胃。

清迈有许多烹饪学校。每家课程设置基本相同：早晨由大厨带队到当地市场采购食材；然后到私家厨房一边听课一边烹饪；最后大家把自己的作品端上餐桌，尽情享用。

早晨的菜场分外热闹。当地主妇在菜摊间来回穿梭，脑子里飞快地为家人设计一天的菜单。第一堂课讲解基本常识。老师是个泰国美女，头发扎成马尾，笑起来两个酒窝。她从菜摊间捡起各种蔬菜让我们辨认。对那些从没见过木耳、迷你茄子的老外来说，只剩下连按快门的惊喜与兴奋。老师像幼儿园大班的阿姨一样柔声问道，大家猜，红辣椒和绿辣椒哪个更辣？是大辣椒辣还是小辣椒辣？

众所周知，咖喱是泰国菜最主要的调味料，可说来惭愧，之前一直以为咖喱是某种植物的提取物。经过讲解才知道，合成上好咖喱至少需要混合七八种香料，比如豆蔻、香草、胡椒等。最后来到一家加工椰浆的作坊。看到店主人把厚厚椰青塞入压汁机，轰隆几声过后，黏稠的乳

白浆汁就源源不断冒出。椰浆也是泰国菜的重要佐料之一。

私厨在近郊一处豪华别墅之内。爬满藤蔓植物的别墅被绿水环绕。入口处假山掩映，穿过一扇石门，左边是二三十个灶台，擦拭一新的厨具，还有干净的围裙，都在安静等待着今天的主人。中间是个阶梯教室，厨工忙着帮主厨加工各种食材。右边有一张棕色木桌，四周围着几把藤条座椅。

今天菜谱上共有六道菜，前菜是青木瓜沙拉和椰汁蘑菇汤，主菜是红咖喱鱼、蒜蓉鸡块和清炒竹笋，甜点是香蕉派。

学员先在教室内集中，主厨详细讲解每道菜的做法、佐料的添加顺序及用量。总体感觉泰国菜和中国北方的炒菜类似。先热油，后放食材，出锅后勾芡汤汁。不同处在于泰国菜将辣椒、咖喱、椰汁的泛滥使用推向极致。只要能在做菜过程中创意十足地将这三样扔进炒锅，就一定是地道的泰国美味了。

▲ 加工椰浆的作坊

一道菜讲完，学员各回灶台把刚刚所学付诸实践。切、蒸、炸、煮，不一会儿就大汗淋漓。最让我头痛的是不知如何把裹好椰汁的鸡块平稳扔进油锅，为了不让滚烫热油溅到身上，不得不和油锅保持一米距离。

做完就该吃了，这是最开心的时刻。大家一边对自己的作品赞不绝口，一边议论这样一顿大餐在餐馆得多少钱。结论是自己做菜性价比极高。难怪一个德国先生已是第四次来到这儿，照他的说法，其实他早就学会每道菜的做法，只是在这里吃一天要比在酒店便宜多了。

虽然我在旅行中也会去品尝各地特色美食，但毕竟长着一个亚洲胃，因此泰国菜非常对我胃口。每次到曼谷，要做的第一件事就是找家地道泰餐馆，点上常吃的老四样：冬阴功汤、绿咖喱鸡、帕泰（炒米粉）和一杯加了好多碎冰的泰式冻奶茶。只有吃完这一顿，我的泰国之旅才算正式开始。

▲ 享用自己刚刚烹调的美味

2008 年 9 月［加拿大，金斯顿］

闹鬼的房间

1867 年 10 月 9 日，深夜，一团乌云将英军要塞亨利堡完全笼罩。突然，云层间冒出一道奇异的红色光线，那城堡大门仿佛被一股超自然力死死锁住。紧接着尖锐的呼救声从城堡中远远传来，仿佛被鞭笞的灵魂发出的绝望呼喊。从那之后，没人敢靠近这座堡垒……

作为加拿大曾经的首都，拿历史说事自然是金斯顿人的最爱。可单靠泛黄的历史簿还不足以成为吸引游客的卖点。当地人就顺时就势给历史罩上一层阴森鬼气。夜游金斯顿的“见鬼游”项目也就应运而生。不过亨利堡毕竟只有一个，寻常百姓若也想沾染一些鬼气，就得想办法在自己家里做文章。这不，在金斯顿入住的 Frontenac Club 家庭旅馆就阴气森然。

这是一家三层旧式楼房，古老得就像加拿大的历史。据说在改成旅馆之前，本是一家小型信贷银行，而在银行之前竟然是一家牙医诊所。

办完简单入住手续，旅馆内的工作人员竟然全部消失不见。不光看不到工作人员，也没看到任何其他住客的身影。

黄昏之后，我穿着白色睡衣在偌大的房间里闲逛，发现这里简直是拍摄鬼片的完美场所。你看，所有的灯都开着，却照不到一个人影。那刻着牙医名字的铁牌在风中摇摆不定。暗门分布在房间的各个角落，虽然打开之后，不过是冰箱或者微波炉，但开门瞬间脑子里想的却是，莫非这个入

▼ 总感觉有人坐在壁炉前的沙发里

口通往纳尼亚世界？

最恐怖的还是卧室。壁炉里的火光忽隐忽现，映着紧挨着的两个黑皮沙发若有所动，仿佛两个人正窃窃絮语。就在这神情紧张的时刻，突然看到巨大落地窗外有人影一晃而过，恍然间醒悟，我住的可是二楼！

转天醒来，当阳光重新照耀大地，昨晚的恐怖感觉也蒸发得无影无踪。不知从哪儿冒出来的主人夫妇已在餐厅里忙碌着准备早餐。那自摘的蓝莓浆果和煎得软硬适中的炒蛋，让人胃口大开。

和女主人聊起昨晚的见鬼经历，她微笑着不置可否，却煞有介事地讲了一个故事。她说刚搬进这座古宅的时候，一天晚上到顶层打扫房间，突然听到有人按响门铃，她就下楼开门。下楼之前她清楚地记得已经把房间的灯关上。等她再次回到楼上，却发现门被反锁，最让她感到不安的是，竟然从门缝中看到隐隐烛光。

说到这里，老太太轻拍我一下，吓了我一大跳。她继续微笑着说，这样的事后来还发生过三四次，但我从没觉得害怕。三个月后，房子里的鬼就再也没有出现。可能原来的主人已经接纳了我们。

受加拿大旅游局的邀请，我作为团队中唯一的自由撰稿人，和申雪、赵宏博夫妇一起到加拿大旅行。行程一共十五天，从安大略省到阿尔伯塔省，每天都被安排得满满当当。

2008 年 9 月［加拿大，渥太华］

希望马拉松

渥太华景点众多，无论是维多利亚岛上的原住民村庄，还是逶迤流转的城市运河，都是客流密度最大的地方。但在我的参观清单中，这些并没有被排在首位，取而代之的是一尊青铜雕塑。找到它并没费什么周折，几乎每个渥太华人都能说出雕塑的准确位置。

雕塑位于国会大厦正对面，赭红色大理石基座上是一个正在奔跑的人。他一头卷发，穿着 T 恤和短裤，身体微微前倾，保持着奔跑的姿势。让我触目惊心的是他的右腿——那分明只是一根钢架结构的假肢。他叫泰瑞·福克斯，是曾经鼓舞千百万加拿大人奋勇向前的长跑英雄。

▲ 戴着假肢奔跑的泰瑞·福克斯

泰瑞十八岁那年被确诊右腿患上恶性肿瘤，必须截肢才能保住生命。这突如其来的打击对从小热爱长跑运动的泰瑞来说无异于晴天霹雳。当他的右腿被从根部截肢后，那种从健全人到残疾人的巨大身心落差让他一度想结束自己年轻的生命。

转机发生在泰瑞一次卧床期间的阅读。当时他正随意翻看着同学带来的运动杂志，当他读到一个同样被截去右腿的人康复后竟然可以借助假肢跑了二十六公里时，他仿佛重新找到了活下去的意义。同时一个计划正在他的心中酝酿成形：我要从加拿大的东海岸跑到西海岸，我要让人们知道意志远比身体更有力量，我要把这次长跑叫作“希望马拉松”！

即使对健全人来说，完成这样的长跑都需要付出极大勇气和毅力，更不用说对泰瑞这样用假肢奔跑的人。为了这个目标，泰瑞开始刻苦训练。刚刚装上假肢的泰瑞就像是个蹒跚学步的孩子，是的，他得先学会走，才能慢慢通过假肢与左腿的配合产生跳跃动作，进而才能向前跑动。慢慢地，他的身影成为家乡人眼中最熟悉的一道风景。

1980 年 4 月 12 日，泰瑞的长跑计划正式启动。他先在加拿大最东边大西洋的海水中把假肢浸了一下水。然后穿上跑鞋，按照计划，在他横跨加拿大十个省之后，再把假肢浸入太平洋。无论风霜雨雪，无论酷热严寒，他那孤独的身影就像电影中的阿甘，成为穿过丛林的一阵风。这一年的 7 月，泰瑞抵达渥太华，当他在城市中穿行而过时，那夹道欢迎的人群呼喊的都是同一个名字。

就在他更换了九条假肢和十二双跑鞋之后，意志坚强的泰瑞终于被自己的身体打败，不得不重新住进医院。扩散的癌细胞在转年 6 月 28 日夺走了泰瑞的生命，此时距离他二十三岁生日只差一个月。

可是，泰瑞发起的“希望马拉松”并没有结束。越来越多的人跑在泰瑞身后，此时的他早已不再是夕阳下丛林旁那个孤独的身影，他应该可以欣慰地看到，他的希望和梦想正被一代又一代的后来者接力。

有的人为了梦想而奔跑，虽然未抵达终点却了无遗憾。

有的人没有理想地活着，虽然活满一生却也不值得骄傲。

2008 年 12 月［大溪地，帕皮提］

诺阿诺阿

即使在飞机往来繁忙的现代，抵达大溪地仍旧不算舒适的旅行体验。先从北京飞东京，再转乘大溪地航空，前后十六个小时的空中飞行让人感觉非常疲惫。可当我走下飞机舷梯，立刻被眼前的风景惊艳。那是十来个身穿白色沙龙（类似裙子的布）的女人，她们的皮肤呈现出一种耀眼的金褐色，腰身圆润，耳畔招摇的栀子花与她们脸上的微笑一样明媚耀眼。她们给每个乘客戴上白色花环和一串珠贝项链。当高更第一次来到这座天堂岛国时，是否也曾遇见过这些白衣使者的祖先，是否也曾被那花香与微笑惊艳？

▲ 风情万种的大溪地女人

高更来到大溪地时已经进入创作中晚期。为了逃离所谓的文明世界，他托朋友搞到一个派驻大溪地文化交流特使的身份，这样既可以免费获得船票，还不用和大兵们挤腥臭不堪的三等舱。

经过六十三天的漂漂荡荡，高更终于抵达这座位于太平洋中心的天堂小岛。可他的失望也溢于言表，他说，这儿还不如里约热内卢。更让他沮丧的是时机选得也不对，岛上国王已病入膏肓，法国总督也把他当成被雇佣的间谍。

但一切初来乍到的阴霾都在他觐见王后时烟消云散。王后叫作马鲁，是犹太人与毛利人混血。显然她身上的毛利血统占据上风，虽然她的相貌与神采都不算出众，但却流露出一种高贵的品性。她身上的沙龙布用无数鲜花装饰，仿佛被她接触的东西无一不是艺术品。当然这种美好的气质在艺术家眼中还有另一种读解方式："一座岛屿从海洋中涌现，花木迎着第一缕阳光发芽。"

国王驾崩的噩耗让全岛肃然，但天性乐观的大溪地居民很快就从悲伤中复原。高更注意到为国王送葬之后回家的路上，有一个毛利女人蹲在溪水中，把裙子撩到腰际，用清泉为走得发热的双腿降温。清凉之后，她挺起胸脯，奶头上的两片黑色贝壳在纱裙下竖起，身上发出混合了动物与檀香的气息，"诺阿诺阿（好香啊）！"她悠然说道。

高更被大溪地女人散发出的自然香气迷醉，决定住下潜心绘画。他没有选择住在繁华市集，而是独自来到另一个人烟稀少的小岛。对于动手能力极差的艺术家来说，吃饭成了每天需要解决的棘手问题。虽然自然赋予岛国居民丰厚的食物，但高更却没有能力下海捕鱼上树摘果。很快邻居们发现了他的窘境，一天高更在门外发现一串烤熟的香蕉，同时发现给他送香蕉的是个像鹿一样蹦跳着跑开的少女。这也是他画的第一个大溪地女人。

一天这个好心的女邻居又来给他送午饭，她瞥见画架旁一张马奈的《奥林匹亚》照片，由衷地说，诺阿诺阿，那么美。高更于是问她是否能给她画像，她先是犹豫着拒绝，随后竟然回家换了一条十分美丽的沙龙。高更说，你这么美，我甚至能听到你耳畔鲜花的香味。诺阿诺阿，他自言自语地重复。

随着岛居生活的继续，高更自觉已经远离文明世界，同时也越发觉得，相比那些天性淳朴的原住民，自己可能更像是个野蛮人。

▲ 高更的作品

高更遇到的第四个大溪地女人是他未来的妻子，一个十三岁的毛利族女孩。她虽然年纪小，但身材丰硕结实，透过近乎透明的纱裙，可以看到她肩上和手臂上金黄色的皮肤以及胸前两只凸起的奶头。经过简单的婚礼仪式，高更与她正式生活在一起。后来的日子变得简单起来，他们彼此缠绕，像两棵并生的树木，已经无法分开。与大多数到大溪地探险的欧洲人那种浅尝辄止的态度不同，高更的生命之火是在大溪地烧到最旺后渐渐熄灭的。他把全部才情都交付这一片自然天堂，以及天堂中像精灵一样的女人们。

大溪地与夏威夷处于同一时区，在太平洋中心，与欧洲等大。无论来自哪个大洲，无论采用怎样的交通方式，都要经过漫长跋涉。只有内心至纯至净，才会心甘情愿赶赴这场天堂开设的华美盛宴。一旦抵达，你会发现一切都值得。那里的海水清澈，那里的人民好客，那里的鱼群斑斓得像一首儿歌。

凡·高和高更曾在同一间画室切磋画技，后来因为意见不同而分道扬镳。我因为对凡·高的热爱于是就对高更不太感冒，并恨屋及乌地因为不喜欢他的人而对他的画作视而不见。但是后来我发现在每一家世界顶级博物馆中，有凡·高的地方必有高更。这对原先的画友、后来的冤家现在又以自画像的形式在同一屋檐下聚首。凡·高的作品拥有强烈的地中海风格，向日葵、橄榄树、咖啡馆、星空都以夸张的笔法和丰富的色调铺展出艺术家内心的狂乱。而高更的作品却不同，那显然是另一个世界的风景：拥有棕色皮肤且棱角分明的女人，自然地袒露着饱满的乳房，身上只裹着一块色彩鲜艳的沙龙，旁边是各种热带水果。这些画旁的注解只有一行小字：大溪地的女人们。

总有人让我比较马尔代夫和大溪地的区别，因为两者都是顶级海岛度假地，我想我更喜欢大溪地吧。因为在这里生活着许多质朴实在的大溪地女人，从她们口中发出的诺阿诺阿清香让我们这些外来客如沐春风。

2008年12月［大溪地，波拉波拉岛］

日落太平洋

在大溪地的旅行又是与以往截然不同的旅行体验。我住的水上屋如同长在海面上，房间里有一块巨大的玻璃地板，趴在地板上往下看，能看到许多把珊瑚当成迷宫的热带鱼群。

每天早上，我那拍摄日出的微茫冲动都被坚强的睡意抵消得一干二净。南太平洋的日出实在太早，早到彻夜狂欢的我没睡几个小时就已经感觉天光大亮。不过也用不着沮丧，因为没过多久，一阵早餐的清香已从海面上遥遥飘来。送早餐的侍者划着独木舟，一个头戴鲜花的美女微

▲ 椰林沙海，碧水蓝天

笑着走上水上屋的码头阶梯，把放在餐篮中烤得焦黄的吐司与南太平洋水果摆在餐桌上。

吃完早点，此时的太阳已经足够刺眼，如果不想被晒成焦炭，最好就在房间里安静阅读。关上空调，头顶还有悠悠转动的风扇，不仅节能而且环保。

看书看得累了，那就打开窗，眺望远处平静的水面，又或者只看脚下那自在游弋的鱼群。它们也是很聪明的生物，先是慢慢从房屋投射的阴影里游到阳光下，那炽热光线让鱼群犹豫了一下就退回到阴影里。等下一次再靠近明暗交界线时，有了经验的鱼儿就不会再越雷池半步。

下午太阳的光线已经不像正午时那般彪悍，此时可以换上泳装，戴上蛙镜跳进大海。不远处一个邻居竟然穿着全套潜水衣站在湖水里，这身打扮在这深不足一米的湖中显得有点儿多余。

黄昏将至，一个人站在连接水上屋的木桥上等候日落。到各个房间打扫卫生的大溪地女孩骑着自行车从身前经过，她耳鬓的白花留下一阵

▲ 我住的水上屋

清香。我问她，自行车能借我骑一下吗？她笑着答应。木桥很窄，两边又没有护栏，挂在胸前的相机让我差点儿失去平衡落入水中。我把车骑到木桥的最远处，一个人坐在桥边安静地看日落太平洋的景象。那最后一缕光线柔和地打在脸上。我不想笑，却又发现忍不住。

这一次仍旧是和国外旅游局合作。与旅游局多次合作之后，我也发现其中的一些问题。比如这种旅行大多为媒体考察团，虽然吃住行都是顶级，但行程被安排得十分紧张，每日自由活动时间有限。而且基本无法与当地人接触，少了那种原生态的生活体验，就很难被称为一次有价值有意义的旅行。因而这种媒体团并不是最佳的旅行方式。

看来参加媒体团只是成为职业旅行者的过渡阶段，将来还是要一个人旅行。

2008 年 12 月［突尼斯，西迪布赛］

蓝白组合的小镇

突尼斯北部有一座平静祥和的小镇，叫作西迪布赛，站在这里远眺，如果天气晴好，甚至能看到西西里和科西嘉。由于她过分显眼的位置，千百年来，一直是欧洲列强必争之地。无论是罗马人还是法国人都把这里看作打开非洲宝藏的第一道大门。现在的小城早已丧失曾经的军事功能，但她的今生今世也并不寂寞，仍凭借自身的审美价值让世界各地的游客趋之若鹜。而构成这种审美情结的手段只是蓝与白这两种最纯粹的颜色，于是这里也被叫作蓝白小镇。

▲ 一位提着菜篮的阿拉伯老人

小镇中央是一条主路，两边就是那让人目眩的蓝色门窗。虽然这里也不能免俗地与大多数旅游城镇一样拥有售卖各式工艺品的商贩，但他们都自觉集中在山脚处的一小块区域。一旦踏上石板路，属于集市的喧嚣则自动消失。沿着主路朝山顶走去，道路两旁的白房蓝窗无疑是这场流动影像的绝对主角。当然，与满目蓝白交相辉映的，还有各家窗台上开得面红耳

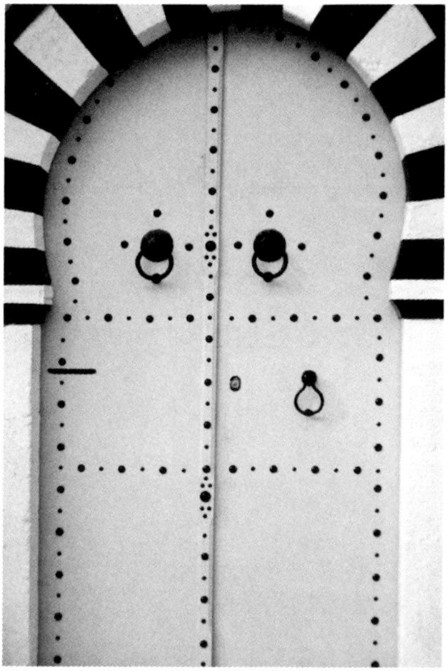

▼ 大门上用铜钉镶嵌出图案

赤的鲜艳花朵、几只毛色纯正的野猫和在路边奔跑打闹的孩子们。

石板路两边的民宅都不过三层，最吸引游客眼球和相机镜头的则是那一扇扇最具北非风情的蓝色大门。对称的木门上用铜钉镶嵌出充满寓意的阿拉伯民族图案，星星代表平静，月亮代表和谐。或许还能在有些大户人家门口看到阿拉伯宫殿造型的白色鸟笼，即使里面没有金丝雀或者会说话的鹦鹉，却同样让人感觉仿佛一脚踏入《天方夜谭》中的阿拉伯时空。

在当地有这么一种有趣的说法，只要你卖蓝色油漆和白色石灰，就永远不会失业。这满目蓝白不仅让游客心情舒爽，其实更是出于生活上的考虑。因为地中海夏日炎热，白色是最好的散热器，用这种颜色涂抹外墙，可以保持室内如空调吹拂一样的凉爽。而这一地区又是优质石灰的主要产地，所以选择白色就更加理所当然。

小镇中一间介绍当地人生活的民宅博物馆吸引了我的注意。与艺术作品相比，可能当地人的原生态生活更像艺术。这家博物馆应该是当地官员的一所豪宅，广袤的占地面积，还有装修的豪华程度，都足以与一间真正的博物馆媲美。走进大门，里面的房屋格局错综复杂，起居室、会客厅、厨房、阁楼分布在任意一处出其不意的空间。中堂还有一口古井，井边摆满各种取水器皿，一棵华冠巨树给整个院落带来一丝夏天的清凉。

古宅里的家具全为木质，主要房间中放置了许多蜡像，是突尼斯人日常生活的昔日重现。男人一边抽水烟一边聊天，女人则坐在内室互相比拼缝纫实力。

虽然这里看不到白墙蓝门，却被更多的蓝白组合填满。比如白色桌子配上蓝色座椅，白色瓷砖与蓝色地毯的搭配，又或者蓝色花瓶里插满白色茉莉。

我沿着旋转楼梯走到二层露台，这里的观景平台虽然不高，却可以恰到好处地把整座小城尽收眼底。此时的蓝白又一次成为视线主体，与不远处的地中海完美对接。

这是一年中第二次来到北非小国突尼斯，因为年初我在这儿拍的一幅照片获了奖，于是被突尼斯旅游局邀请。

喜欢旅行的人大多都是好“色”之徒，我们总能被旅行中邂逅的缤纷色彩打动。无论是印度的粉城金城还是希腊小岛和突尼斯的蓝白，无论是人工色还是自然色，总会让相机自动把焦点对向那些炫目的色块。

我觉得摄影应该像写作一样，是对一瞬间所见所感的记录，是对一个人成长的记录，永远不要追求被大多数人认可。当一个人的自信心足够强大，强大到可以建立自己的审美体系和价值标准的时候，还有谁会在意别人怎么评价？正所谓走自己的路，让别人跟着走。而在这样的时候，你的信念你的坚持你的特立独行已足以把别人感动。

2009年3月［美国，纽约］

比职业旅行更棒的工作

在纽约的八天，去时代广场成了一种习惯。由于去的次数太多，竟发现被摩天大楼合围的时代广场连日出日落都比别的地方来得更晚去得更早。不过这里不是寻常人家，不需要日光灯照明。这里是舞台，那一块块硕大广告牌上的灯箱、霓虹、LED屏足以把一切照得比白天还耀眼。

49街的Ambassador剧院，八点整，舞台与观众席的灯光瞬间转换。鸦雀无声，是暴雨将至的前奏。随着指挥一个由静到动的手势，音乐刹那响起。而比音乐更响亮的，是观众席上的掌声轰鸣。各位主演在掌声中微笑着走上舞台，站好自己的位置，随即笑容陡然收敛，各自进入角色，正式开始今晚的音乐旅程。

她是希望改变平淡生活的酒吧歌女，却因为杀人事件而成为阶下囚；他是神通广大的律师，处理与女人有关的案件色利全收；还有他们和她们，是狱卒是明星是记者是经纪人。或者是追光灯下的独角戏，或者是载歌载舞的群戏，《芝加哥》的繁华与悲凉就这样一幕幕上演。

平均两天一场戏的高密度让我对百老汇音乐剧有了更多感性的体验，也渐渐明白这种传统演出形式何以长盛不衰地占据着世界经济心脏的中央舞台。

一台成功的音乐剧究竟需要哪些要素支撑？在我看来，表演、主题、音乐、灯光、舞台布景及高潮段落一样都不能少。

表演。这是整场演出的核心。曾经一直坚定地认为一边旅行一边赚

▼ 有人把《39级台阶》的广告背在了身上

钱是世界上最棒的工作，可看到舞台上那些演员脸上光芒四射的时候，我的坚定打了折扣。是的，这些每天在不同人物不同性格之间穿梭往来的音乐精灵，不仅能体验绝不雷同的人生，还能在演出结束后回归自己并且收获观众最诚挚的掌声，还有什么比这更完美？但真正站在舞台中央的毕竟凤毛麟角，是实力与运气让他们在金字塔顶端笑傲。实力当然是要具备唱歌、跳舞、演戏的全面能力，但这只是门槛。若想登堂入室，还必须有个人特色，这才是区分刘邦和项羽的关键。而运气就在制片人的闪念之间。不过由此也可反证所有能在百老汇叱咤风云的明星都绝非等闲之辈。

主题。音乐剧主题由于卖票看戏的商业模式而约定俗成，一定要快乐、光明、大团圆。说白了，观众花钱进场是来找乐的。所以在这种潜规则约束下，爱情与励志成为音乐剧创作者最拿手的两大主题。但也不是整场演出都花开向上其乐融融，聪明的编剧不会让进场观众审美疲劳哈欠连天，而一定会在情节中放进曲折、波澜和胡椒面儿。或者加入一个反角（比如《狮子王》），或者让主角之间冲突不断（比如《美女与野兽》），或者让主人公有一个不太愉快的童年（比如《跳出我天地》），但结尾一定是正义战胜邪恶，矛盾圆满化解以及梦想最终实现。

音乐。所谓经典音乐剧，它的成功不在于当晚演出收获多少掌声，而在于事隔经年当观众早已忘记情节、演员和舞台设计，却能在不经意

▲《狮子王》的票最抢手

间哼唱起其中一段旋律。这要属《音乐之声》中的《雪绒花》最为经典，当然还有《歌剧魅影》的同名歌曲以及《猫》里面的《回忆》。除了这些经典旋律，现场音乐伴奏也能让观众收获惊喜。不论是钢琴独奏、四人乐队，抑或搬出整个交响乐团，现场感十足的变奏与演员丰富的表情配合总能让观众眼前一亮。

灯光。在我看来，音乐剧中灯光师的作用与电影中摄影师的功能类似。前者通过追光、全景灯的灵活运用达到后者光圈变化的效果。当追光投射到主角身上时，观众的视线也会自然追踪到那里。

舞台布景。这也是创意的舞台。通过对有限空间的无限利用，让演员的表演更加立体丰满。就像直到现在仍被粉丝们津津乐道的一个场景，在《西贡小姐》的最后段落，舞台上竟然真的出现一架直升机。

高潮段落。惯常的处理手法是这样：舞台灯变暗，一束追光打在角落处的一个演员身上。演员先独白，然后开始小声歌唱，慢慢他的声音越来越大，舞台灯也次第点亮。同时会有更多伴舞伴唱出现在背景中，随后观众情绪被充分调动，随着最后一个高音的弦停音止，以及演员最后一个颇具爆发力的定格手势，全场起立鼓掌。

曾经在大陆火得一塌糊涂的费翔毅然抛下一切到百老汇闯荡，硬实力如他在起始阶段也只能扮演《西贡小姐》里的美兵甲。要知道身怀绝技在纽约租着公寓等待机会上位的追梦人大有人在。或者坚持到观众、制片人认可，或者梦想被现实的权杖击碎，没有任何中间路径。

当然费翔还是成功了，作为主角全世界巡演，风光一时无两。虽然序曲有点儿悲凉，却最终流淌成宏大交响。而更多的小配角，甲或者乙，A 或者 B，则只能退而求其次，在另外的舞台上追逐自己的音乐剧梦想。

杰克是个矮胖子，认识他是在一个排队买票的下午。胖子杰克在大声推销着一台叫作《八个永远不多》的音乐剧的票。我知道这不是百老汇正戏，而是外百老汇演出剧目之一。所谓外百老汇是指在传统三十九家百老汇剧院之外的小剧场进行演出。小剧场座位大约只有二百多个，剧目题材更加诡异多变，表演形式包含更多实验性质，更关注现场与观

▲ 一场即兴的外百老汇演出

众互动，票价也相对便宜许多。

当天想买的戏票提前售罄，而我不打算浪费一个晚上无聊地躺在酒店里看电视，于是就朝杰克走去。胖子杰克递给我的戏票上印着主要演员，他自己竟然也是其中之一。

演出场地不大，也没有太多灯光效果。观众来自世界各地。这场实验性质的演出几乎没有剧情，看点完全在于与观众的互动。

演员角色全部由观众设置，兔子邦尼、奥巴马、小红帽，然后分配不同演员。他们要在把角色模仿得惟妙惟肖的前提下，还能让角色之间发生符合逻辑的故事。兔子总是豁着牙，小红帽总是眨眼睛，每次奥巴马都说“我们能”！如果观众对台词不满，还有权利起哄，演员就要现场修改。八个自成段落的故事在笑声中谢幕，此时才理解名字的含义，八个真的一点儿不多。虽然胖杰克们演出的场地不是顶级，但其艺术性绝对无可挑剔。

从受到纽约旅游局邀请到买好机票、办完签证再到登机只用了十天时间。住在曼哈顿上城54街，八天八夜，一个人漫无目的地行走。

在纽约时，一个从毕业后就来到美国打拼的大学同学请我吃饭。他说虽然他身在美国，却能深刻感受到这两年在中国发生的巨大变化。之前大家都觉得美国是天堂，削尖了脑袋往这儿挤，可现在许多人都有了回国的打算。我说我也特别感谢这个时代，让我的职业旅行之路成为可能。

2009 年 6 月［法国，吉维尼］

莫奈的两座花园

莫奈作为印象主义画家中最杰出的代表，他的两座花园一直被后人津津乐道。一座是现实中的花园，由莫奈亲自采种亲自栽培，就在法国小镇吉维尼，那出淤泥而不染的水莲、黄色的金盏花和蓝色鸢尾每年都会吸引大约五十万游客。2008 年，莫奈《水莲》系列作品中的一幅竟卖出八千八百万美元的天价。

我坐上从巴黎往西行驶的火车，一阵淅沥小雨，如同场景之间的转换幕布。开合之间，巴黎的繁华已完全被法国乡村的沉静取代。

▲ 莫奈故居

1883 年，刚过不惑之年的莫奈也在从巴黎开往西部的火车上被小镇的明媚光线、纷繁色彩和田园风光吸引，于是决定在这里住下。正是这看似偶然的决定标志着那两座花园的正式诞生，但一切来得并非偶然。

莫奈出生于 1840 年，幼年读书时就对学校学习表现出强烈的厌恶，他的反抗方式是在课本边角空白处给老师画肖像。他的绘画才华实在突出，于是父亲请来画师教他画画。启蒙老师建议他从对事物的精致描摹转向对色彩和光线的捕捉。莫奈在阿尔及尔的军旅生涯让他对色彩和光线的理解更加深入，北非浓烈的阳光和穆斯林浓厚的宗教色彩让他回到法国后也希望能找到一个色彩丰富光线饱满的地方潜心作画，而吉维尼小镇显然是最好的选择。

当我走进莫奈的花园，发现这里简直是花世界的联合国大会。莫奈并没有把花园装扮得像传统法式园林般一丝不苟，而是任由各种花木自由生长。因为他非常明确自己对色彩的需要，就是要在粉色郁金香后用

▲ 给莫奈带来很多灵感的池塘

橘色桃花做背景，让黄色雏菊后长满更加金黄的向日葵，只有这样才能获得饱满丰富的色彩。

后来莫奈觉得一座花园已很难满足自己的绘画需求，于是又买下紧邻的一处空地，开凿出池塘，岸边种上高大乔木，墨绿色的池塘里种满水莲。在池塘两岸最窄处又建了一座日本桥。按照莫奈的说法，每天日夜晨昏不同时段的光线在莲花上都会雕刻出完全不同的质感和纹理，而这种在普通人眼中微小但在画家眼里却十分巨大的差异成为莫奈在美术史上留名的根本原因。莫奈晚年足不出户，每天就在自己的花园里随意找个地方支起画架，把色彩和光线映进心中的第一感觉在画布上涂抹。此时莫奈专注于系列作品的创作，光《水莲》就有二十二幅之多。按照他自己的说法，时间不同，季节不同，所以阴影不同，色彩不同。而莲花究竟开出多少瓣花朵，荷尖上又停了几只蜻蜓，则不是他笔下的重点。

据说后来莫奈的作品在巴黎沙龙展出，一个批评家刻薄地说，这完全是印象派！完全没有价值！可后人却用这评语的前半句为无数杰出画家盖棺定论。这包括毕加索、凡·高、高更，他们的作品究竟是否有价值，看看这几个印象派兄弟在世界各大博物馆、美术馆中所占的位置就可见一斑了。而且人们看这些作品的目光无一例外都是仰视。

花园正对着莫奈老宅，一座精致的淡黄色小楼，被翠绿色的爬山虎藤蔓缠绕。走进老宅发现室内装饰的颜色也炫目好看，孔雀蓝色的卧房，鹅黄色的客厅。当年莫奈站在二楼窗台，看着室内室外两座花园，艺术家的成就感是否会油然而生？

莫奈曾说过一句耐人寻味的话：人们都在讨论我的画并且争先恐后地说他们看懂了，好像看懂是多么重要多么彰显身份的事一样。其实我作画时只是凭着对那一瞬间的光线和色彩的热爱。

写完莫奈，我的印象派画家之旅也要告一段落了。我看到凡·高的偏执、塞尚的突破、莫奈的色彩，还有高更和他的大溪地女人。与他们邂逅，是在旅行前不曾预料的惊喜。

2009年的年度旅行持续了七十天。坐火车从巴黎到北京，穿越十五个国家。

记得2003年2月，我住在巴黎市中心的青年旅舍。下铺是个比利时青年。聊天后得知，他刚刚完成从北京穿越西伯利亚再到欧洲的长途旅行，而采用的交通工具竟然不是飞机而是火车。听着他的侃侃而谈，我羡慕不已。

后来几次乘飞机往返于北京与欧洲之间，显示屏上的飞行轨迹总要经过俄罗斯、波罗的海。每一次都对这轨迹经过的苍茫大地浮想联翩。如果有机会，能够坐火车一步一停地慢慢行走，应该又是一段非凡的体验。

促成这次旅行的还有一个客观因素，就是中国人获得签证越来越容易了。比如这次我只需拿到申根签证和俄罗斯签证，就能完成穿越十五个国家的旅行。如果把时间回调到2004年，一到东欧就会寸步难行。

这次选择的路线以自然风光为主，同时兼顾人文风情。阿尔卑斯的风景，托斯卡纳的阳光，布拉格的查理桥，还有俄罗斯的洋葱头教堂，都为旅途的调色板添加了饱满的色彩。

2009 年 6 月 [法国，安纳西]

就着阳光吃法餐

每周二、五、日上午，安纳西老城会比平时提前几个小时迎来一天中的高潮时段，各家店铺也知趣地从下午开始营业，把所有空间都交给从阿尔卑斯山区远道来赶集的农民。

如果你是摄影师，那一定会被这里丰富的色彩迷得晕头转向。火红的番茄，乳白的大蒜，绛紫的樱桃，五颜六色的橄榄，你会一边疯狂按动快门，一边思忖存储卡是否够用。如果你像我一样对美食缺乏抵抗，那很快就会为准备一顿丰盛午餐而不得不在各种美味诱惑之间做出艰难取舍。

▲ 卖樱桃的女孩和玛丽亚·凯莉简直就像孪生姐妹

卖樱桃的女孩很漂亮，背带裤外面套着黑夹克，这朴素的打扮让她看起来更显清纯。我问她是否有个姐姐叫玛利亚·凯莉，她马上开心得合不拢嘴。除了相貌甜美，她家的樱桃个儿大而且实惠，同样的个头放到尼斯、戛纳要二十欧元一公斤，而这里的价钱只是那里的五分之一。

奶酪是因人而异的重口味食物，但是在法国，奶酪其实像我们的味精一样每日必不可少。集市奶酪店中经营的奶酪不下百种，品质有软有硬，有表面平滑的，也有孔孔相连的。其中最地道的是羊奶奶酪，由阿尔卑斯山上放养的牛羊产出的鲜奶精制而成。

在法国吃饭又怎能缺了长棍面包。当地人管这种外脆里绵的面包叫作“巴盖”，是主食中的主食。经常能看到法国人背包里斜斜地插着一根巴盖，就像背着一把激光剑。

地中海气候栽培的优质橄榄也不能错过，当然还不能放弃熏肠和沙拉。本来干瘪的背包很快就鼓胀成孕妇的肚子。

陆陆续续买了一条巴盖、一小块奶酪、五十片熏肠、一斤大樱桃、一盒沙拉、一盒橄榄，加在一起不到二十欧元。来到安纳西湖边，把午餐一样一样铺在草地上，光看着绿色上的五彩缤纷，就已然心情大好，再就着阳光一口一口把它们吃掉。恐怕只有这种方式才能把摄影师眼中的鲜活色彩过渡到美食家口中的淋漓畅快。

美食是旅行的重要组成部分之一。从路边摊到顶级餐厅，我向来来者不拒。记得在印度旅行时，即使每天吃着火车上用报纸裹着的咖喱三角饼，也没有一次感到肠胃不适。可如果你问我最喜欢哪个欧洲国家的美食，我会毫不犹豫地说法餐，因为它总能给我惊喜。

每次点法餐时菜单上只有主料和配料，就拿羊排来说，由于不同地区出产的羊排品质不同，厨师做法也不同，端上餐桌时就会变化出成百上千种花样。

▲ 把樱桃、法棍、熏肠等摆在安纳西湖边的草地上

当然像在安纳西湖边午餐那样的吃法也十分惬意，无论奶酪、熏肠、橄榄，在入口瞬间总能让人联想到法国农民在制作它们时的精心与精致。这就像用舌头欣赏一门艺术，会让人感到回味无穷。

2009 年 7 月［斯洛文尼亚，卢布尔雅那］

东欧也有 798

马特库瓦艺术村与卢布尔雅那火车站隔街相望。它的前身是南斯拉夫一所兵营。南斯拉夫解体后，这里被城市艺术家接管，它很像北京的 798 或者纽约的 SOHO，自由和激情是他们在这里创作的两大元素。

▲ 超级搞怪的艺术品

世间艺术家可以大体分为两种。第一种专门负责制造真善美，比如法国的调香师和意大利的鞋匠，他们更接近匠人。另一种只遵循自己内心的表达，不管是否被接受，无论是否真善美，他们只用画笔、音乐及一切破铜烂铁渲染生命中压制不住的色彩。

如果你喜欢后一种艺术，那你也一定会对这里着魔。这里无一物不设计，无一物不诡异。原来的兵营被改造成酒吧，露天空地成为造型奇特的舞台，一切都按照反传统的方式。

比如入口处的一面刻满乳白色怪物浮雕的墙壁，让艺术村一下子从四周单调的建筑群中脱颖而出；比如在这里可以看到世界上最大的涂鸦老鼠，光尾巴就比一辆汽车还长；最夺人眼球的一组设计是几个长着大脑袋表情夸张的精灵，莫非《指环王》的导演就是从此处汲取的艺术灵感？

政府里的保守派和挑事闹事的光头党都把这里看作眼中钉，但艺术家们却一次次用生命捍卫着这一方自由天地。

直到今天，这里仍旧吸引着无数艺术圣徒赶来朝圣，但他们信仰的不是耶稣，而是内心的那一点儿纯净。

▲ 虽然酒吧白天没开门，但不妨碍大家先喝起来

2009 年 7 月［捷克，布拉格］

人骨吊灯

波希米亚本来只是个地名，专指捷克境内包括布拉格在内的广大区域，可现在这个词却被潜移默化地当作形容词用。波希米亚服装、波希米亚啤酒、波希米亚生活方式，仿佛只要与波希米亚沾边儿就和特立独行、离经叛道差不多了。而这个词的核心卖点就是怪诞，捷克政府自然不会错过这天赐良机来炒作自己的旅游生意。

骷髅教堂位于小镇昆塔霍拉郊外，与布拉格相距九十公里。从外面看这里与一般教堂无异，浅灰色外墙，头上顶着十字架，建筑规模也不算大。可一旦走进教堂，就好像走进了白骨精的洞穴。数以万计人骨排

▲ 骷髅教堂的皇冠

列组合成视线所及的全部。中世纪时一场瘟疫让周围村民死伤过半，教堂里积骨如山，坟茔几乎把教堂围得水泄不通。一个教士为了化解这场人骨危机想出了一个办法，他让工匠先把尸骨分门别类，再用这些骨头制作成教堂里的所有装饰摆设，这样既可以让往生者的灵魂与上帝同在，又能让教堂与众不同。其中最有代表性的是一盏位于教堂正中的人骨吊灯。灯架是粗壮的大腿骨，吊坠是互相勾连的下颌骨，头颅充当烛台，这种噬魂的华丽让每一个慕名而来的参观者都会仰视至少半分钟。

最近几年，刑具馆和蜡像馆在捷克境内如雨后春笋般开成了连锁店。它们也不负众望地多次在好莱坞恐怖电影里出镜。无论是《客栈》里把几个年轻人折磨得魂飞魄散的屠宰场，还是把真人扔进蜡油锅的《恐怖蜡像馆》，都让我在参观前心里预支了一份恐怖。在布拉格查理大桥旁边的一幢四层楼里，有一座捷克最大的刑具博物馆，里面用实物、图片及影像展示了中世纪刑罚创造者的丰富想象力。原来那些砍头分尸的斩立决刑具并不可怕，真正的恐怖来自意识尚存时的身心折磨。所谓生不如死，就是不知道还有什么痛苦等在后面。

▲ 牵线木偶自带一种恐怖气息

与世界其他蜡像馆明快的光线设计不同，布拉格蜡像馆的调子都偏黑偏暗，而且看上去每尊蜡像脸上都挂着一丝诡异的微笑。当然现在最火的蜡像属于刚刚过世的流行音乐天王迈克尔·杰克逊，他被安排在蜡像馆的压轴位置。他的一生不就是波希米亚的最佳注脚吗？

还记得那天早晨，我在里昂的酒店洗澡。听到CNN新闻中传来迈克尔·杰克逊的名字，以为那五十场音乐会又加场了，赶忙裹着浴巾跑出来。没想到看到的却是担架、直升机，脚标还挂着LIVE（直播）的字样。随后噩耗传来，流行音乐天王的心脏已经停止跳动。我对着电视的面孔一时不知该摆出怎样的表情，因为这一切都像玩笑，就像几年前那个愚人节一样。

随后我又走了许多地方，发现他从未在眼前消失。无论是捷克小城的蜡像馆，还是戛纳街头的艺人表演，他永远是主题，永远是让人停下脚步的理由。他用他的舞步、他的歌声、他的极致、他的独行，把自己的传说变成传奇，把传奇变成神话。

2009 年 7 月［捷克，布拉格］

查理大桥走九遍

坊间流传着这样一种说法，只有把查理大桥走过九遍才算来过布拉格。初听此言我嗤之以鼻，来来回回不过是座大桥，走一遍和走九遍能有多大差别？但机缘巧合，由于所住客栈位于老城，而布拉格古堡在沃尔塔瓦河对面，查理大桥是连接两地的捷径，每天从老城到古堡散步，不知不觉就把这座桥走了九遍。走过之后，发现每次过桥看到的风景竟然都不一样。

清晨过桥时，阳光正好把河对岸的古堡照得熠熠生辉，如同高高在上的君主正在接受整座城市的朝拜。傍晚过桥时，光线又把老城照个亮

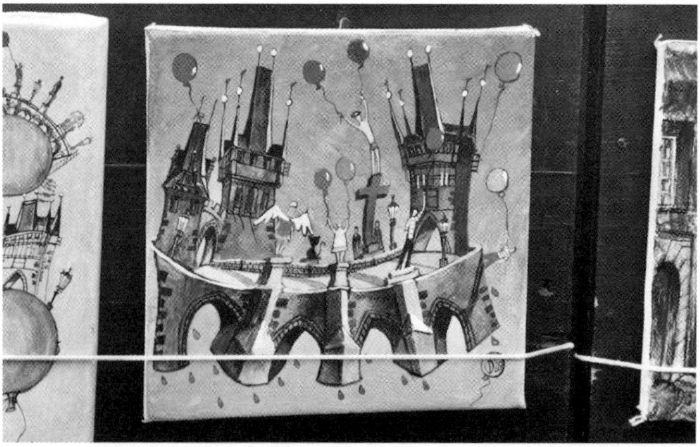

▲ 画笔下的查理大桥

堂，市井的喧嚣成为布拉格夜生活的主流。而逆光下的古堡也仿佛困了倦了，不知从哪里扯来一条黑毯披在身上，打个哈欠，沉沉睡了过去。

出太阳的时候桥上最热闹，商贩和游客的密集程度让我只能以龟速慢行。而下雨时的查理大桥一下安静下来，从淅沥雨声中我却听到另一种更加磅礴大气的乐音，那是沃尔塔瓦河流淌的节奏，正是这节奏给了许多捷克艺术家以灵感，让卡夫卡写出《变形记》，让斯梅塔那写出《我的祖国》。

一天中除了早晚，其他时段过桥时的风景也不尽相同。如同商量好了似的，查理桥上的街头艺人都不在同一时段出现，这应该是出于良性竞争考量。他们也知道游客如果把硬币扔给第一个，那后面的除非技艺炉火纯青，否则被青睐的可能性就会大打折扣。上午堵住大桥的是个四人乐队，三个老人弹爵士，另一个老人用低哑的嗓音吟唱着什么，仿佛是在诉说大桥的历史。下午通常是几个从交响乐队跑出来赚外快的演奏者，他们只弹不唱，吸金能力有所下滑。一天中最精彩的表演来自一个谢顶老人，黄昏时分，只见他把所有乐器都“穿”在身上，双手双脚和嘴同时发力，滴滴答答，一个人组成了一个乐队，难怪此时查理桥总是水泄不通。

▲ 吹拉弹唱样样精通

一来一回总是双数，那九遍之说从何而来？开始我也被这个数字游戏迷惑，但随后豁然开朗：最后一遍过桥后我没有从原路返回，而是沿河走到另一座跨河大桥之上。没想到从这里远眺查理大桥，却无意中获得一个全景视角。古堡、大桥、老

城构成了一个完整的布拉格，看到这里，我终于对查理大桥走九遍的说法深信不疑。

在查理大桥旁看到一对年轻情侣。女孩拿着相机拍风景，而她自己又成为男孩镜头中的风景。其实查理大桥不用走九遍，只要你在看它第一眼时就确认它就是你眼中最美丽的风景。

2009 年 7 月［斯洛伐克，布拉迪斯拉发］

六个人，十二种血统，六十种观点

结束了一整天在布拉迪斯拉发的游览，我拖着疲惫的身子走回酒店。一摸口袋，房卡不在，应该是在背包里吧，于是坐在酒店大堂沙发上翻包找卡。这时值班经理走到我面前，带着职业性的微笑问我，请问先生是不是使用黑莓手机？我回了一句，不是，又继续翻腾我的背包。他不屈不挠地继续问，您在找房卡？这时我才看了一眼这个能未卜先知的人，心想，我用的虽然不是黑莓，但与黑莓一样都是全键盘。也忘了回答他的第二个问题，只用期待的眼神等着答案。

▲ 在布拉迪斯拉发，有很多充满创意的街头雕塑

经理没再继续说话，而是像魔术师一样从制服口袋里“变”出了我的手机和房卡，托在掌心，问，这是您的？

简直不能再是了！房卡上写着我的房间号，手机是中文界面，许多按键都已被磨得模糊不清。我的幸运并不是失物复得，而是在此之前竟一无所知，省去了许多因为号码簿完全丢失而产生的焦虑。

经理看见我疲惫的脸上闪过亮光，也笑起来说，你把它们都丢在了老城的喷泉广场，被一位先生捡到，他在原地等了你二十分钟没见你回去，就按照房卡上的地址按图索骥地送到酒店了。对了，我记下了那位先生的手机号码，他现在应该还在老城喝酒，如果你有时间，可以去当面谢他。

再次回到老城，竟然感到身体已经不再那么疲惫。拨通手机号码，听筒那头传来一声沙哑的斯洛伐克语问候。当他知道我就是那个马大哈后，赶忙笑着说不用谢，又说正在和朋友们聚会，要不要一起喝酒？

那是一间传统的斯洛伐克酒吧，褐色木料架构的屋顶呈人字形，下面已经高朋满座。捡到我手机的先生叫劳尔，看样子有五十多岁，身材高大，面庞红润，不过可能是喝过酒的缘故。劳尔旁边还有五个跟他年纪相仿的先生，而主座上坐着一位年近古稀的老者，大家都对他十分尊敬。

劳尔告诉我，那些跟他年纪差不多的都是他的高中同学，而主座上的老先生是他们的高中物理老师。今天老师正式退休，所以几个平时关系不错的同学一起为老师庆祝。说着拿过一份摆在桌上的红皮证书，我看到里面写的全是斯洛伐克文，他指着那些句子逐字翻译：提姆，斯洛伐克 21 世纪最伟大的物理老师。下面是六位同学龙飞凤舞的签名。他让我也把名字签在下面，这种礼遇让我受宠若惊。

随后劳尔帮我叫了一杯啤酒，他抢着付费，并说，别客气，就像在自己家里一样。

我们大声聊天，为了照顾我，大家都说着不太熟练的英语。他们说起自己的祖籍，其中一个说他爸爸是法国人妈妈是波兰人，另一个说爸爸来自俄罗斯妈妈来自克罗地亚。大家竞相报出自己的祖籍，竟没有一个土生土长的斯洛伐克人。这时已经喝得有点儿神色呆滞的劳尔站起来对着酒吧里的所有人大声宣布，这是一个没有根的国家！

当说起究竟苏共时代和欧盟时代哪种社会制度更加优越时，他们竟自发分成两派争论起来。当然再激烈的争吵，也在碰杯之后烟消云散。

坐在我旁边的物理老师对我说，这六个孩子到现在一点儿都没变，六个人，十二个国家的血统，六十种完全不同的观点。只是他们长大了，我也老了。

和他们一起畅饮到酒吧打烊，在回酒店的路上我惊讶地发现，那原本稀疏的路灯竟也变得温暖起来。

斯洛伐克首都初看上去是个没有太多生机的城市。公交车上没几个人影，即使已经进入城市中心，马路上所见的人数总和也超不过十个。

本来以为布拉迪斯拉发是漫漫旅程中最平静的一站，可这几位偶遇的先生让它变得不再普通。

其实我们对一座城市的印象并不在于她能提供多少让人过目不忘的景点，而只是一种非常个人化的体验。天气、心情、一场邂逅的音乐会，或是一两个曾经帮助过我们的人，都能让这座城市在记忆中变得不再普通。

▲ 东欧生活的闲适和惬意

2009 年 8 月［俄罗斯，贝加尔湖］

开客栈的苏联乒乓球冠军

“我们不到甲板上去了，风太大了！”伊万的声音从我身后传来，差点儿被风声稀释得无影无踪。伊万和女朋友卡琳娜都金发碧眼，在圣彼得堡大学读地理系研究生，这次一起来奥尔洪岛（Olkhon）度假。我和他们在开往奥尔洪岛的中巴车上相识。当中巴在西伯利亚平原奔驰了四个多小时之后，终于抵达贝加尔湖岸边。岸边停着一艘铁皮渡轮，排在岸上的一辆辆大卡车、中巴车、私家车都在等着爬进渡轮的肚子。车上只留下司机，乘客得步行走上渡船。

我一个人走上甲板，贝加尔湖的风彪悍凶猛，吹得眼睛都不敢完全睁开。那片湖水像海洋一样辽阔，呈现出浓郁的蓝色。虽然贝加尔湖面积不是世界第一，但是水容量却超过了北美五大湖总和，这得益于它那超过一千六百米的平均水深。科学家们预言，贝加尔湖的面积还将进一步扩大并最终成为地球上的第五大海洋，不过那又是千万年之后的事情了。

渡轮只在每年 5 月到 10 月运行。西伯利亚的冬天来得早去得晚，当冰面足够厚实了，汽车就可以直接开到冰面上。只在每年的 4 月和 11 月，奥尔洪岛就完全与世隔绝，因为在冰层消融和形成的间隙，任何渡轮、汽车都没有用武之地了。

奥尔洪岛，英语发音很像 Our Home（我们的家）。作为贝加尔湖中面积最大的岛屿，旅游手册上说那里有世界上最美的日出和日落，有摄影师梦寐以求的瑰丽色彩，那里民风淳朴，到处都能见到笑脸。渡轮靠岸后，每个来自异乡的游客要先交纳每天二十五卢布的岛屿资源保护费。如果离岛时能把私人垃圾打包带走，还能获得一份由岛上居民送出的礼物。

重新上了中巴车，还要再行驶四十多分钟才能抵达今晚过夜的村庄。伊万告诉我，岛上的常驻居民不到一千人，跟圣彼得堡比起来，实在是荒凉得过分。不过在我看来，把这一千个人放在人烟稀少的西伯利亚，也完全可以称为繁华了。

奥尔洪岛面积很大，当我们在道路上疾驰时，甚至看不到湖水的踪迹。两旁是一望无际的原野，牛羊悠然地啃着初夏的青草。一些村落的轮廓出现了又消失了，看来已经很久没有人烟，几只大狗在废弃的木门前发出一声声吠叫，似乎在呼唤曾经的主人。司机突然停下车，径直走向路边的一座石塔，那石塔一人多高，三棱锥形状。司机从口袋里掏出一张五十卢布的票子，然后毕恭毕敬地把钱压在一块石头下面。伊万小声跟我说："这是当地人的习俗，他们信仰万物有灵的萨满教，一块石头、一棵树、一座山都是有灵魂的，都是被神庇佑的，所以他们会沿途拜祭。你看司机长得是不是很像蒙古人？"我仔细看了一眼司机，他长着方方的面庞，细细的眼睛，黑黑的头发，淡淡的黄皮肤，与身边金发碧眼的伊万和卡琳娜截然不同。伊万继续说道："据说他们的祖先就是大名鼎鼎的成吉思汗。"

汽车继续前行，接下来的沿途祭拜就随意多了，在经过一些小型石塔的时候，司机就不再停车，而是把车窗摇下，把硬币直接抛过去。

上坡、下坡，我在海浪般的颠簸中昏然欲睡。终于，奥尔洪岛上唯一的村庄出现在眼前。远远看去，简直是一座木屋博物馆，教堂、民宅、篱笆全是木头做的，看不到任何砖石痕迹，那高低错落的木房子就像手牵手的兄弟姐妹。

伊万告诉我，"西伯利亚的房子基本都是木头做的。有两个好处，首先可以就地取材，这里到处都是高大结实的杉树。第二是可以保证房间的冬暖夏凉，因为木头的保温性能很好。”汽车驶进村庄，在木屋博物馆中迂回穿梭，最终在一扇巨大的木门前停下。门上用俄文和英文双语写着“尼基塔客栈”。客栈里马上跑出两个义工，帮我们把行李背进接待室。客栈实行全餐制，就是房费中包含一日三餐。早点有煎蛋和茶，午餐和晚餐有鱼有肉。所谓靠水吃水，贝加尔湖的欧姆鱼味道十分鲜美，而尼基塔客栈的欧姆烤鱼更是一流。

其实我选择住在尼基塔客栈还有另外一个原因，就是为了拜会客栈主人尼基塔先生。据说在十几年前，奥尔洪岛还只是一个默默无闻的岛屿，岛上村民过着打渔放牧的传统生活，而尼基塔先生的到来让这里发生了翻天覆地的变化。

“尼基塔先生在这里是不是很有名？”我只开了个头，前面带路的义工就滔滔不绝地说起来，看来在当地，尼基塔先生的故事已经家喻户晓。“尼基塔先生是苏联乒乓球冠军，退役后的那年夏天，他来奥尔洪

▲ 尼基塔客栈外景

岛看望老朋友，住下后就再也没有离开，后来尼基塔先生还把全家接到岛上居住。这家客栈是他在 1994 年创办的，到现在已经十五年了，是我们这里最出名的客栈。”的确，正如旅行手册的善意提醒，每年夏天，尼基塔客栈就像电影节时的戛纳一样人满为患，所以一定要提前一个月预订，提前半个月再次确认。

义工继续说道：“每年夏天过后，尼基塔先生会带着岛上的孩子们到各地旅行，当然采用的是最节俭的方式。虽然路途艰苦，但是孩子们回来后无论对学习还是生活都更有自信了。我也曾跟他一起出过远门，我的英语就是他教的。我们全村都很感激他。”我知道这话已经被眼前的义工重复过千百次，但是我仍然看到了他眼中的真诚和感恩之情。

住在尼基塔客栈的几天中，有两次我看到尼基塔先生坐在庭院的长凳上晒太阳。他看上去个头不高，年纪在五十岁上下，稀疏的金发贴在额头上。我主动跟他打招呼，当他知道我来自中国后，用中文对我说“你好”，并告诉我在每年冬天客栈停业期间，他都会沿着西伯利亚铁路到中国旅行。

在客栈林林总总的各式木屋中，人气最旺的地方一定是那间圆形的客栈酒吧。从二层的镂空阳台可以看到村庄全貌，也是岛上最佳观景点之一。许多游客一边喝着咖啡，一边在本子上写着画着，是在思念远方的亲人还是沉迷于眼前的风景？又看到几个长发瘦脸的画家在木屋的外壁上搞创作，一问得知他们也是这里的房客，也像尼基塔先生一样，住下之后就不想走了。

▼ 听得入神的背包客

客栈中的住客数量每天呈现潮汐一样的规律变化。早餐之后，人群会像鱼群一样散去，去岛屿尽头徒步，或者乘坐快艇到附近岛屿观光。傍晚时分，客栈也迎来一天中最热闹的时段。归来的旅行者们在走廊上畅饮聊天，还可以去尼基塔家的私人餐厅聆听一场音乐会。演奏者都是左邻右舍的村民，无论服饰还是乐器都很朴实传统。难怪几个背包客听得入神，脸上露出发自内心的微笑。

2009年8月［俄罗斯，贝加尔湖］

泛岛徒步

为了与贝加尔湖的第一缕曙光邂逅，我心甘情愿地改变了日常固定的作息习惯。尼基塔客栈后门有条小路与湖岸相连。湖中有块凸出的山石，被旅行者叫作冥想石，据说每天黎明和傍晚来此屏息冥想，总会有一些全新的想法从混沌中诞生。虽然湖边聚拢的看客越来越多，却听不到人声喧杂，大家都面朝东方。随着朝霞的颜色从鸢尾紫过渡到胭脂红，旭日已把东方映成一片炭火。看到远方那些隐现的星星亮了一下，随后它们就把吸走的日月光华全部释放。你看，它们越暗，天就越亮，而这光亮又把贝加尔湖边的村庄裁成剪影。说不定正是这些色彩的变化让那些在冥想石上打坐的人有了奇思妙想。

泛岛徒步是游客最喜欢的旅行项目。早晨十点整，和其他七位来自世界各地的游客一起坐上一辆中巴车准时出发。车内游客大多在沿着西伯利亚大铁路旅行，或者从莫斯科到北京，又或者反向而行。来自英国的小伙子劳恩说："两个月前我从爱丁堡登上南下的火车，一路只坐火车。奥尔洪岛是我经停的第二十五站，到了北京后我还要继续南下，一直到越南西贡。我想知道这条铁轨究竟能到达哪里。"

汽车沿着岛屿东侧一路向北开行。车轮驶过，烟尘飞卷，随后路就不见了，取而代之的是一望无际的树林。穿过树林后就只有前车驶过的车痕可以作为方向参照。车在颠簸的路面上蹦跳着前行，路边总有一些动物与我们并肩而行。一会儿飞过来一只海鸥，一会儿是被招惹了的蜂群，又或者是不知从哪里跑出来的野猪。突然，道路前方出现一群野马，它们看到有车开来，就开始发力狂奔，那矫健的肌肉，骄傲的神情，是在自由奔跑时才会展现的完美姿态。

司机安德烈会在一些沙滩景点边把车停下。当地人根据他们的想象为每一处景致都起了名字。比如把三块并列的山岩叫作“三兄弟”，把分立两边的山岩叫作“夫妻石”。然后又在这名字上做起文章，添油加醋地衍生出许多神话和传说。夫妻如果想生男孩，就在男人石那边扔一块石头，如果石头能掉进湖水而不是落在岸边，那么生男孩的概率就会大大增加。如果想生女孩，就去女人石那边扔石头。“我跑到左右两边各扔了一块。虽然我现在还没有女朋友呢。”劳恩一边擦着汗水一边笑着对我说道。

终于抵达小岛尽头。登绝壁而四望，无遮无拦的贝加尔湖像大海一样辽阔。在海之尽头依稀可见白色的雪山，如一座座连绵的浮城。

虽然已经进入夏天，但贝加尔湖的水温却远远没有达到可以畅游的标准。只有当地人不在乎湖水冰冷，纷纷跳入水中。其中一个人在下水前用双手做出一套复杂的手势，同时口中念念有词，完成仪式后才敢跃入水中。“你看他们会先把双手的食指拇指分别掐成一个圆圈，再把两个圆圈套在一起，其余三根手指自然并拢，再大喊三声，嘿！嘿！嘿！拜了神湖之后就不感到冷了。”安德烈对我解释着那一套规定动作，然后笑着问我，

▲ 湖边悬崖

“你敢不敢试试？”

回客栈时已近黄昏，日落的余晖把我的影子拖得很长。此时的光线几近完美，随便找个地方坐下，安静地看或者听，你会发现时光有了痕迹，建筑也有了呼吸。

当晚我又来到贝加尔湖的岸边，看到有人搭好帐篷，生起篝火。我在篝火旁又遇见了伊万和卡琳娜。他们相拥在一起，抬着头，看头顶的星星一点点把夜空点亮。我们一起喝啤酒。卡琳娜现场表演了一段在俄罗斯非常流行的 Techtonic 舞。这种舞只用灵动的双手就变幻出各种效果，就像吉他的华彩炫技表演。我的表演是用伊万刚刚教会我的俄语说：“啤酒好喝！”“你真棒！”

在贝加尔湖边，我看到几个穿连体衣跳舞的人。他们看上去都已年纪不轻，穿在他们身上的连体衣只有三种颜色，白色是天空，黑色是大地，蓝色是湖水，与自然浑然一体。与他们灵动身体互动的只有轻风与潮声。我觉得这才是自娱自乐的最高境界，与其在世间忙忙碌碌，不如在湖边跳支舞，管别人怎么说，此时此刻，我最快乐。

▲ 不如跳舞

2009 年 8 月［俄罗斯，伊尔库茨克］

她们只是去找丈夫

你好，我叫瓦迪姆，是个啤酒销售员。坐在我旁边的大块头可以讲一口地道的英语。还没等我反应过来，他那长满毛的大手就像刀一样把我身前的空气劈开，我也赶忙握上去。此时我们乘坐的大巴已经离开奥尔洪岛开往伊尔库茨克。

握手之后就算认识了，瓦迪姆那张大嘴就像机关枪一样开了火。我卖的是荷兰啤酒，可我把远东跑了个遍，还没去过荷兰总部。我相信普京两年后会再次上台，虽然有些俄罗斯人不喜欢他，但是他的许多政策还是不错的。我妈妈是个会计，可退休后的工资只有不到一万卢布……他的话题从政治到经济，从生活到气候，过渡得自然流畅。这让我相信他一定是个出色的销售员，因为他的语速快得刀扎不进水泼不入。

瓦迪姆绝对是个热心肠，当得知我还没有预订酒店，他就打电话让老婆把汽车开到车站，拉着我到处找酒店。许多当地酒店不接待外宾，碰壁了两次之后他就用他的俄罗斯身份证帮我订下房间。然后发现酒店不能刷卡而我的现金不够了，他又拉我去找自动取款机。总算交费入住，他还帮我细心查看电视是否有信号，澡盆是否有热水。一切安排妥当，我对他说，谢谢你，救了我的命！

伊尔库茨克是个已经没落的城市。它一定曾经繁华过，市中心矗立的庞大建筑就是证明。但这一切却因为年久失修而显得异常破旧。

我来伊尔库茨克只是为了看一座两层的蓝色建筑，找到它却颇费周折。先要搭有轨电车。车上无人售票，乘客要把纸片一样的车票塞进打票机中，再按一下像订书器一样的长柄，就印上了日期。开车的俄罗斯大妈戴着硕大的迪奥墨镜，一边抽着烟卷一边把着方向盘，显得十分帅气。电车行驶时发出咣当咣当的声响，看样子并不比大妈年轻多少。

伊尔库茨克的两条最繁华的大街一条叫马克思，另一条叫列宁。而我要找的那座两层小楼曾经是一群理想主义者的居所。

下了电车后又在像丛林一样的老式建筑间步行了大约十分钟，才遥遥地看见它。显然它的样子比我想象的要华丽许多，那蓝白相间的墙面和雕梁画栋的装饰让这里少了一分荒凉而多了一分优雅。

关于住在这里的人，我是有所了解的。那是 1825 年的 12 月，一群反抗沙皇政策的贵族军官发动了起义，后来起义被血腥镇压，其中一些人被当场处死，剩下的被流放西伯利亚。由于他们是在 12 月起义，所以被叫作“十二月党人”。在普希金的《致西伯利亚的囚徒》中有四句

▲ 伊尔库茨克的有轨电车

这样写道：

沉重的枷锁会掉下，
阴暗的牢狱会覆亡，
自由会在门口欢欣地迎接你们，
弟兄们会把利剑交到你们手上。

当时就被那种理想主义化的赞美感动。不过在这次长达几千公里的流放中，最值得尊重的却是十二月党人的妻子们。

原来，在下达流放的命令之后，沙皇为了让这些革命者彻底死心，又马上撤销了禁止离婚的法令。他以为贵族军官的妻子们为了继续留在

▲ 十二月党人的妻子们（1）

▲ 十二月党人的妻子们（2）

锦衣玉食的圣彼得堡一定会马上选择离婚，要知道当时的西伯利亚可是个野兽比人还多的地方。可出乎沙皇的预料，这些伟大的妻子只是回家默默收拾好行李，然后就来到西伯利亚陪伴自己的丈夫。如果用世俗价值观来看，一定会觉得她们傻透了，竟然放弃奢华的生活去追随那看似不可能完成的理想。但是这些曾经的贵妇不仅像男人一样抡起锄镐，开荒种地，还组织了读书会，发展当地的教育和医疗事业，在最寒冷的西伯利亚播撒下最灿烂的文明之花。直到现在，伊尔库茨克人提起这些被流放的美丽贵妇仍旧充满感激之情。

在这些妇人之中，伊万诺芙娜活得最久。她曾经说过，诗人们把我们赞颂成女英雄，我们哪儿是什么女英雄，我们只是去找自己的丈夫罢了……

半年后的隆冬时节，瓦迪姆来到北京。我成了他的全陪导游，陪他到百脑汇买数码相机，请他去簋街吃麻辣火锅，还到秀水街帮他给嫂子买裘皮大衣。我做这些不仅是因为他曾经对我的帮助，更是因为已经把他当成了远方的兄弟，希望他回北京像回家一样。

他回国时对我说，兄弟，以后来伊尔库茨克，我开车带你绕着贝加尔湖转一圈，去看看西伯利亚真正的风景。我说，一言为定。

背包十年，我发现自己的朋友已经遍布天下，走到哪里都不再陌生，走到哪里都是家。而那些走过的城市与国家，正是因为朋友的存在，而变得与众不同。

2009 年 12 月 [柬埔寨，暹粒]

我不羞愧

暹粒国际机场如同一个巨大的身份转换机，无论你之前的身份是绝望的主妇还是贪婪的证券商，一到这里，都会自动脱掉晚礼服、制服而换上一身清凉装扮。没错，这是为游客量身定做的机场，因为大家都是为吴哥而来。

一下飞机，我也马上脱掉厚重棉衣，换上短裤 T 恤，准备迎接这一年中的第二个夏天。当我推着行李车走向机场接机大厅时，一眼就看到那个举着我名牌的接机人，他的白衣黑鞋、洁净面孔，一下子就和那些赤脚油面的突突车司机区分开来。他看见我点头示意后马上递上一张笑脸，那脸仿佛被咧开的嘴撑大了，这应该是我在安缦萨拉酒店收获的第一件礼物。

黑色奔驰在高速路上开得并不快，司机仿佛故意拉长了机场与酒店之间的距离，好让满眼好奇的我透过车窗慢慢欣赏这个被雨林覆盖的国度。司机也像接机人一样穿着黑白两色制服，后来发现这种低调简明的设计其实是安缦萨拉的基本配色原则。比如它的白色院墙和黑色大门，也同样低调内敛。

欢迎回家。刚一进酒店大门，就听见经理像老朋友一样热情地跟我打招呼。本以为“回家”两个字只是随口而出的客套，没想到接下来几天的住宿体验竟真的让我感受到一种像回家一样的温暖舒适。

安缦萨拉酒店的前身是西哈努克亲王的行宫，戴高乐、肯尼迪都曾下榻于此。被安缦集团收购后经过改建扩建，才成为今天的模样。虽然现在这里只有二十四间客房，却配备了由一百多名员工组成的庞大服务团队。

总经理亲自引领我参观酒店内各处设施，包括餐厅、泳池、水疗中心等。这种参观有时更像一种探险，因为总有不期而遇的惊喜在角落等着你，比如某间客房的屋顶竟是一间可以一边烧烤一边欣赏月色的露天餐吧，又比如在一排客房背后竟然隐藏着一条二十五米的标准泳道。

总经理的工作完成后，再由高级经理带我进入房间，同时办理入住手续。每间客房棕褐色的木门外都铺着地毯，地毯正中摆放的香炉中冒出缕缕白烟。推开房门，室内的冷气马上让人神清气爽。房间呈流线型布局，从后往前分别为写字台、King Size（特大号）大床、摆着时令水果的原木桌、软皮沙发、纯白色浴缸，纵深能摆下那么多东西，可见空间之大。浴缸里已经放好半池温水，水面上漂着几片花瓣。落地门外还有一个院子，迫不及待地推开院门，发现院子里除了种植高大椰树外，竟还有一个私人泳池！池水清澈透明，让人跃跃欲试。院子的三面被白色墙壁包裹，因而私密性极佳。

▲ 房间自带的泳池

再次回到房间，经理递给我一条格子围巾，说这是酒店送给每位客人的礼物，又补充道，当地人出门都会戴一条这样的围巾，擦汗、防风、装东西，用途很多。随后又拿出一本装帧精美的黑皮书，翻开第一页，是安缦事先与我沟通后量体裁衣制订的完整行程，后面是吴哥地图及行程所列庙宇的详细介绍，还附有不同庙宇的最佳游览时间。

工作细致到这种程度，让人不禁感动，看来安缦的确是把每位客人都当成来自远方的亲人，所做的一切只为让他们能够获得回家的舒适体验。其实真正的奢华并不仅仅指硬件设施的品牌与造价，更是一种精益求精的服务态度。后者虽然看不见，却能让人感受得到。

我在博客上发了安缦萨拉酒店的照片之后，竟在留言中看到许多触目惊心的字眼儿。

有的人，口气类似长者的劝诫，他们说，年纪轻轻就贪图吃喝玩乐，活得那么消极，不觉得羞愧吗？我笑。

有的人，口气类似只知道传播家长里短的小市民，他们说，你有那么多钱天天旅行，一定是富二代，一定继承了遗产。就差说天上掉下金砖还不偏不倚地砸到我脚边了。我大笑。

还有的人，口气类似黑社会，他们说，哼，小心点，你已经被盯死！我狂笑。

我想告诉你们的是，我不羞愧，一点儿都不！

我不羞愧，因为我的所得是我努力将近十年的结果。我不是富二代，也不是什么遗产继承人。我只是天生喜欢旅行，喜欢用好奇心打量世界，希望每天过不同的生活。我写游记发照片，只是告诉你另外一种生活方式的可能。

我不羞愧，因为我得到的和失去的一样多。当你朝九晚五上班回家，老婆孩子热炕头的时候，我可能在世界的某个角落风餐露宿。没有什么事情完美无缺，我为了梦想放弃安逸，并不是所有人都有勇气做出这样的选择。

如果说我也会有一丝羞愧，我只是觉得特别对不起我的父母。他们是传统的人，也希望我能过上传统的生活，而我的奔波流离一直让他们很操心。尤其每次回家看到妈妈鬓角的白发，我总是羞愧得无地自容。

其实有更多的年轻人被我的经历鼓舞，为了自己的梦想付出坚持与努力，人生不只是房子车子，应该还有另外一种可能。你未必要成为职业旅行者，但只要还有梦想，肯为此坚持为此努力，就一定会在自己的天空中看到彩虹。

所以我不羞愧！我问心无愧！

2009 年 12 月［柬埔寨，暹粒］

艺术家的人生苦旅

安缦萨拉酒店餐厅旁有间图书馆，布局简洁的书架上摆满各种与柬埔寨吴哥窟有关的历史文化书籍。每天晚上，这里还会为下榻客人安排一场座谈会，主讲人都是在吴哥研究领域颇有建树的专家学者。我也曾两次去聆听，这让我在平面化的参观游览之余，还能从深度和广度上扩充对吴哥的了解。

▲ 丹尼斯女士和她的书

第一天晚上的主讲人丹尼斯女士是大英博物馆东方艺术研究员，刚刚完成一本与柬埔寨舞蹈有关的书籍，叫作《吴哥的舞蹈，众神的狂欢》。她讲到柬埔寨舞蹈艺术虽然脱胎于印度神话故事，却在一代代的传承中加入了许多本土化改造，现在已成为特点鲜明的艺术形式，通过艺人的灵动手指和流转眼波来讲故事。早期舞蹈只在祭祀仪式上演出，是国王在向诸神展示功绩，从而获得让神开心、让国王高兴、舞蹈艺人的社会地位也跟着水涨船高的三赢结果。

说到这里，丹尼斯话锋一转，可

舞蹈艺人真的获得荣耀与尊重了吗?

14 世纪的泰柬之战以泰王大胜而告终，胜利者把吴哥城内的舞蹈艺人悉数掠走，但背井离乡并不是他们最悲惨的命运。20 世纪 70 年代红色高棉当政，暴徒一样的独裁者视艺术如粪土，竟然把超过百分之九十的舞蹈艺人野蛮杀害，侥幸活下来的也不得不隐姓埋名到乡下以种田为生。此时丹尼斯用已经明显颤抖的语调继续说道，对真正的艺术家来说，这种把艺术阉割的痛苦要远远大于肉体的陨灭。

如果丹尼斯还只是从局外人的视角去阐述吴哥艺术在传承中所经受的磨难，那第二天座谈会上的故事却是讲述者的亲身经历。提姆出生于演艺世家，父母都是著名滑稽剧演员，他也继承了家族的演艺天赋，从小能把笛子吹得又响又亮，五岁时就开始登台表演。可随着红色高棉掌控全国政权，提姆经历了人生中最黑暗的一段旅程。全家被惨绝人寰地杀害，他靠装死才逃过一劫。后来被抓走当了游击队员，曾经杀过人，也看过战友在身前一米倒下。他说，那时候所做的一切，只是为了活着。后来他越境逃到泰国，遇到一位美国神父，美国人成了他的继父，把他带回家。再后来红色高棉倒台，提姆才敢再度回到家乡，并且在联合国教科文组织的资助下寻找劫后余生的老艺人，并用高保真录音设备把他们的艺术留存下来。

他说，当那些花甲老人谈到自己的人生经历时，无不潸然泪下，可一说起自己的艺术，就又变得目光炯炯，神情中充满骄傲。

▲ 路边音乐会的演奏者

这两次聆听也影响了我之后几天在吴哥的旅行。我不再仰视那些高高在上的神佛，而是把视角放得很低很平，会为在墙角发现几尊描绘婆娑舞姿的精美雕塑而兴奋不已，也会停下脚步去欣赏一场路边的音乐会。演奏者大多是那场浩劫的幸存者，有的断腿，有的盲目。总能在那高一声低一声的悠扬笛音中，想起提姆的故事。

提姆在他的讲座最后总结道，希望更多旅行者来吴哥是因为这里的文化和艺术，而不是它的战争与苦难。

听过了笛音看过了舞姿之后，我在想，是什么原因让这些饱受战争苦难的人继续选择坚强？我在巴戎寺找到了答案。

2009 年 12 月［柬埔寨，吴哥］

佛塔上的笑脸

“你脚下的落叶已积攒百年，一层层垒成了厚实的地毯。”米恩一边在丛林中带路，一边回头跟我说道。他是我的导游，可以讲流利英文。此行目的地是塔布隆寺，也被当地人称作雨林中的庙宇。因为这里的周边环境没有像其他庙宇一样被整饬一新，仍旧保持了一百多年前法国探险家发现它时的原貌。

此时除了我们两人踩在“地毯”上发出的咯吱咯吱脚步声外，只能听到几声停在树梢的小鸟鸣叫。我问米恩为什么看不到其他游客，他转头笑着对我说，塔布隆寺有东南西北四个门，大多数游客都走东门或者西门，因为那边路况好，不容易迷路。但我知道游客来这里是想体验一种探险的乐趣，所以会尽量带你到人迹罕至的地方。

说话间北门已经到了，门口立着一尊慈眉善目的四面佛，可雕刻佛祖嘴唇的石块已经龟裂，从里面探出绿色的植物根茎。一个农夫正赶着牛车从佛像下的石门中经过，刚砍的新柴装了满满一车。

塔布隆寺如同被雨林植物包裹的珍珠内核，那黑褐色的石块构成了它的坚硬。这场巨树与古寺之间的战争已经绵延了几百年，胜负输赢已基本可以预判：高大丝棉树从天空汲取养料以构建庞大的地下王国，或者用像蛇皮一样光滑的树枝将庙宇死死缠住，或者从地下石缝里伸出毒蛇的引线，里应外合的结果就是寺庙的骨骼早晚将土崩瓦解。可能正是这种缠斗所形成的强烈视觉震撼让《古墓丽影》这部卖座大片把外景地

选在了这里。

与吴哥城内这座近乎坍塌的废墟相比，距离吴哥四十公里的崩密列已完全被雨林吞没，这是被旅游指南评价为最难抵达却又最值得一去的吴哥庙宇。在高棉文明鼎盛时期，崩密列与吴哥寺不仅面积相仿，同样也有护城河环绕，并且可以通过曲折河道与洞里萨湖连通。

当我走进崩密列，发现这里已经完全是丝棉树的天下，它们的茂密树冠连成一片，连阳光想要透进来都有点困难，只能见缝插针地刺下一缕缕光剑。巨大的黑色石块像积木一样随意码放，而它们曾经组合而成的佛塔、图书馆、庙堂早已在时光的流逝中灰飞烟灭。只剩下一堆残骸，看不到任何成形建筑的轮廓，甚至动用了我的想象力都不能将它们复原。

▲ 废墟上的崩密列

“巴戎寺是我最喜欢的一座寺庙。”已经来吴哥不下千次的导游米恩第一千次对我重复着心中的感触。我们在黄昏时来到这里，逆光下的巴戎寺整体看很像一头沉睡的巨兽，而寺内一座座塔峰的轮廓则像巨兽脊梁上凸起的纹路，在逆光中成为黑色的剪影。

可一旦走入庙宇，第一印象的压抑感觉就被从心底腾出的温暖驱散，因为我看到太多的笑脸。寺内一共五十四座佛塔，每座塔分四面，每面都刻着一张笑脸。那四方的脸庞，微垂的眼睑，宽厚的嘴唇，上扬的唇角，会马上让人心神宁静。

可笑脸看多了，也容易审美疲劳，并心生疑问，这些笑容是不是有点儿虚伪？战火屠城时，他们在笑；杀戮漫天时，他们仍然在笑。我把疑惑抛给米恩，他若有所思地想了想，然后说，其实这是一种关于人生的智慧。当苦难来临时，难道我们不该用乐观面对？你看，只要足够乐观与坚定，就像他们一样，坚定了一千年，就总有一天能看到乌云散尽。

在女王宫外的莲花池塘所见的一幕让我坚信了微笑的力量。虽然女王宫以红色砂岩和精美雕刻而在吴哥诸寺中木秀于林，但给我留下深刻印象的却是一个女孩。当时她赤裸着身子，从池塘中摘了一朵莲花，然后跑向妈妈。她奔跑的样子让我想起在西贡战争博物馆中看到的那张让越战提前结束的照片。照片上也是一个赤裸女孩，也在奔跑。可她的身后战云密布，她的脸上写满恐惧。而眼前的女孩却手中握着莲花，嘴角挂着微笑。

2009 年 12 月［柬埔寨，吴哥］

日出后的掌声

越野吉普车在茫茫夜色中疾驰，晨风从四面八方吹来，这热带的风竟然也有丝丝凉意，让我下意识地紧了紧脖子上的围巾。

汽车停在吴哥寺的后门，导游米恩打着手电走在前面。从这里步行五分钟即可抵达看日出的最佳地点：在一片莲花池塘旁边，能看到两个太阳从天上和水中同时升起。此时天色仍旧黑得像块烧焦的炭，而满天星辉仿佛炭火未烬时燃出的火星。

先是从吴哥寺五峰塔后冒出一道微茫的白光，随后那白光仿佛来者不拒地把月华星光吞吃得一干二净。此时的吴哥寺更像是用千年石块搭起的宏大舞台，而真正的主角就是那每日照常升起的太阳。

▲ 等待日出的人们

所有人都屏息凝神，注视着朝阳一点点把云朵染成玫瑰的紫色。此时天地间静得只剩快门咔嚓作响，还有池塘中几声不连贯的蛙鸣勉强与之应和。等到太阳费尽全力才把那肥胖的脸庞完全从嶙峋塔峰后挪出时，突然不知是谁带头鼓起掌来。随后这掌声也像情景喜剧里的笑声一样迅速蔓延，刚才的沉寂一下子被石破天惊般打破，掌声、叫好声、口哨声，此起彼伏，如同一场演出谢幕时经常能听到看到的情景。所有人的脸上都罩着一层淡淡的红光，比那红光更炫目的是他们的笑容。

旅行时听到的掌声一定都是发自真心，这不是领导讲话后的应付，而是最隆重的礼貌，也是对生命的喝彩。

2010 年 1 月［南非，开普敦］

小海豹的守护者

豪特湾在开普敦的名气不输好望角，因为几乎所有游客都会从这里乘快艇前往海豹岛。海风巨大，把快艇吹得像断线的风筝，也让船上的我们东摇西荡，惊声尖叫。

海豹岛面积不大，或躺或卧了几千只海豹，几只公海豹在为争地盘或者争女友兀自厮杀，母海豹则在旁边懒洋洋地观望着。似乎在它们眼中，重要的不是男伴的输赢，而是阳光是否灿烂。

▲ 马特先生，小海豹的守护者

从海豹岛上岸后，看到岸边停着一辆汽车，车的主人是一位女艺术家，她在海边空地上售卖用鸵鸟蛋壳制作的灯罩。她对我说，卖蛋钱其实是用来维持她丈夫的拯救海豹中心的运转。她又指给我看她的汽车，车窗上贴满呼吁人们停止猎杀海豹的标志。一个个血红色的“Stop Killing Seal”（停止猎杀海豹）的标语触目惊心。我问她是否可以参观海豹中心，她点头同意。

那是一个凸在港口外的双层建筑，马特先生已经站在门口等我。他长得高大健壮，一头凌乱的金发随风飞舞。

▲ 一脸萌态的小海豹

他带我去看海豹保护区，几百只小海豹有的躺在岩石上晒太阳，有的正在浅海中洗澡嬉戏。这里的海水不太蓝，却能保护小海豹自由成长。马特先生让我不要靠近小海豹，是怕人类的气味影响了它们的野性。

他说小海豹的皮毛在国际市场售价极高，而一旦长大了，海豹皮毛就失去了利用价值，所以这个拯救中心的任务就是发现小海豹并把它们喂养到成年。他又给我看了一部纪录片。纪录片里详细记录了猎人的捕猎过程。他们先把小海豹圈在一起，然后利用它们的恐惧让它们自相残杀，随后为了不损伤皮毛，绝对不会用子弹一击毙命，而是用乱棒打死。他已经在这里工作了十年，靠妻子售卖工艺品的收入和一些国际组织的援助维持，每年都会有一千多只小海豹在他的保护下幸免于难。

2009 年一部叫作《海豚湾》的纪录片获得了奥斯卡金像奖，人类的贪婪再次昭然若揭。但是有多少人能像马特夫妇一样为了这个星球的未来拼尽全力？我不能，我相信大多数人都不能。我们能做的只是向他们致敬。

2010年1月［南非，茨瓦内］

世界上最慢的火车

非洲之傲列车像条身形细长的青蛇，缓缓爬过大地母亲的胸膛。它行进的速度很慢，从茨瓦内到德班不过六百公里的路途却要开整整五十五个小时，这不到十一公里的时速让它荣登世界上开得最慢的火车榜首。火车的确开得很慢，因为我们要让乘客看清车窗外的风景。列车长Joe对我说道，他制服笔挺，面容和善，是非洲之傲运行二十年来第一位黑人列车长。你看，跟那些全封闭的快速火车不同，非洲之傲的每扇车窗都可以打开，不仅能让乘客与窗外的风景亲密接触，还能呼吸到最清新的空气，那青草的气息、奶牛的气息、天空的气息……此时我和Joe正并肩坐在火车最后一节观景车厢里，手中各自端着一杯南非著名的阿玛茹拉酒。Joe说这酒连大象喝了都站不起来，所以又叫“大象酒”。

由于火车开得不快，经常能看到黑人男孩沿着铁轨追着火车奔跑，一个跑不动了，下一个再继续，就像在进行一场接力比赛。经过一个村庄时，几个正在玩足球的少年唰地涌过来，抱着足球追跑了很长时间。

这时眼前出现了一道彩虹，一道完完整整贯穿天际的彩虹。两条虹臂间距足有几十公里，恐怕只有在南非草原才能看到如此巨大的彩虹。

南非前总统曼德拉把南非称为彩虹之国，一是因为这里空气清新，折射率高，经常能看到彩虹高悬，一道、两道，甚至三道一起出现都不算稀奇；二是因为自从种族隔离制度的藩篱被冲破后，不同肤色的人们可以在同一片天空下和平共处。

“没错，我是白人，但我生在非洲，也在这里长大，我认为自己骨子里就是个南非土著，所以请叫我白祖鲁。”自称白祖鲁的费女士出生在坦桑尼亚，她的身份是阿德摩尔瓷器作坊的主人。这个作坊是非洲之傲抵达终点前经停的最后一站。

费女士戴着一条用动物牙齿穿成的项链，像地道的祖鲁女人一样笑得慈祥爽朗。瓷器作坊正中摆着一个原木桌子，桌上摆满了她的宝贝。比如一个瓷盘边缘一前一后奔跑着猎豹和斑马，这是有关祖鲁人狩猎的主题；一群妇人正用陶罐取水，这是有关祖鲁人生活的主题；几个黑人把一个头戴高帽的英国士兵逼到死角，这是有关殖民战争的主题。动物、原生态生活、土著与殖民者的战争都是她的设计主题，不过在她的版本中，获胜者永远是非洲土著。

这些作品让我不禁感动，也更加钦佩曼德拉的伟大，正是他，让黑与白这两种互斥色彩也融进了彩虹。记得 Beyond 乐队曾以一首《光辉岁月》为曼德拉高歌，歌中唱道：

可否不分肤色的界线
愿这土地里
不分你我高低
今天只有残留的躯壳
迎接光辉岁月
风雨中抱紧自由
一生经过彷徨的挣扎
自信可改变未来
问谁又能做到

非洲之傲是世界七大豪华火车之一。这不仅由于每节车厢只有三间包厢，每间包厢中还有大床和浴缸，更在于非洲之傲创始人 Rohan 先生倾心营造的那种怀旧氛围：地面铺着厚重的地毯，台灯散发出淡黄色光晕，火车运行时甚至能听到吱扭吱扭的声音。而且在公共车厢（包括餐车、走廊、休息室）中严格禁用手机和笔记本电脑。

除此之外，我还能明显地感到空气中发酵着一种变化：记得刚上车时乘客之间碰面时虽然也在微笑，但却是出于客气与礼貌，只在眼神交错时能看到，过了那一瞬就陡然收敛。可最后一天情况就不一样了，大家见面时已经如同老友，笑容也更持久更灿烂。于是我在留言簿上写下：Life is short，but thanks for this slow train，which makes my life longer.（人生短暂，但要感谢这辆开得很慢的火车，让我感觉生命被延长了。）真希望铁轨没有尽头，火车永远不要进站。

2010年4月［荷兰，库肯霍夫］

如何成为职业旅行者

去库肯霍夫春天公园之前，总觉得无论这座公园的风景如何精雅别致，安排一天的游览时间也绰绰有余了。可很快我就发现，春天公园只是被万众瞩目的焦点，包裹它的是无数巨大的长条形的花田。如果时间充裕，在花田间穿行也能把春天的脚步变慢。而花田漫漫，最好的代步工具就是自行车了。

众所周知，荷兰是个骑在自行车上的王国。浅灰色公路旁总伴着紫红色的单车道。周末的时候，经常能看到鹤发童颜的老夫妇，相伴相随地骑着单车在大街小巷间穿行。他们不是在赶路，而是在享受生活。由于荷兰人喜欢单车旅行，所以汽车尾气与噪声问题在这个欧洲后花园不会像德国法国那样严重，并保持着一份难得的清净。

在荷兰随处都有出租自行车的小店，只要交点儿押金，就能在花田间自由驰骋。我的骑行路线是以库肯霍夫公园为起点，沿着自行车道和弯曲的田间小路穿越里兹镇面积广大的球茎花田。公园中的郁金香性格独立，适合用

▲ 租辆自行车，畅游花田间

特写镜头捕捉瞬间。而花田中几万株花束连在一起，虽然缺少个性，却让人感到一种写意的惊奇。或者是单一的纯色，或者如彩虹般多姿。一阵风吹过，花田里就滚过一阵彩浪，就像天地间的巨型调色板。

在花田中骑行不必担心迷路，因为到处都有路牌。沿途还能看到一排排昂然的风车，四片巨大的风叶缓慢转动。这是中世纪时用来灌溉的工具，现在已经退休，只用作游览展示。走进风车，看到被风力拉动的木质齿轮缓缓咬合，再把能量传递出去，让荷兰这个比海平面还低的国家有了纯净的能源。

2010 年低碳出行成为一种负责任的旅行方式。放眼全球，无疑荷兰人做得最好。

从 2010 年 4 月到 6 月，我一个人在荷兰、法国和西班牙这三个国家进行深度旅行。想起八年前第一次在欧洲旅行时，最初去的也是这三个国家。区别在于之前是夜行巴士和青年旅舍的组合，而这次却获得了来自旅游局、欧铁公司及酒店的各种赞助。

旅行进入第十个年头，经过兜转轮回，我又恢复到最初的状态。就是一个人，一个背包，想去哪儿就去哪儿。而此时既能获得让旅行继续的赞助，还能通过写稿、拍片获得不错的收入。最早的那个个人网站也升级为传播率更广的博客，这样做的目的是希望和更多朋友分享人在旅途时的所思所想和快乐感动。所谓最幸福的工作就是不用朝九晚五，每天只做自己喜欢的事情，并能从中获益。之前总有人说我的生活“不靠谱”，可正是因为一直都“不靠谱”，所以才越来越“靠谱”。

此时的我终于成为一名职业旅行者。究竟怎样才算职业旅行者？我也有了自己的理解和定义。

关于旅行方式：体验式

体验式旅行是指在旅行过程中对所有从未见过从未尝过从未玩过的事物都去努力尝试。我既住过超五星的酒店也曾经露宿街头，我既品尝过顶级大餐也对路边摊情有独钟。从吃苦到享乐，职业旅行者都要充分体验。了解了人生百态，流转在笔下的文字和拍摄的照片才会有内涵有深度。

职业技能：能写能拍，视角独特

写字拍照只是成为职业旅行者的基本技能，这是换取旅费的筹码，而视角独特才是成为顶尖旅行者的那张底牌。如何从千篇一律的游记中脱颖而出，如何在第一时间打动你的读者，这最难也最有趣味。简单地说，就是写下拍下那一瞬间的感动。

职业素质：苦中作乐，喜新厌旧，持之以恒

苦中作乐，就是在被偷被骗或者孤独无聊时还能享受当时的每一分每一秒，享受生活是热爱生命的另一种形式，也就是所谓的乐观主义精神。

喜新厌旧，几乎所有旅行者都希望每天过得不一样，希望日子像彩虹一样色彩纷呈。这是旅行的动力所在。一旦丧失了这种动力，也就不想再出发了。

持之以恒，职业旅行之路的开头几年必定艰辛，毕竟我们不是富二代，不是遗产继承人，背后没有金山银山任意挥霍，我们必须通过自己的努力获得多方认可才能让自己的旅行事业良性循环起来。而这种认可一定是厚积薄发的过程，所以一定要坚持坚持再坚持。任何事坚持了十年，那本身就是一种无与伦比的美丽。

职业道德：环保低碳，客观公正

环保低碳，在旅行中我们要做负责任的旅行者，不去破坏环境，尽量采用低碳的交通工具（比如自行车）旅行。

客观公正，旅行归来后在撰写关于旅行的文章时一定要客观公正，不为外物诱惑，如此职业生命力才能持久。

职业生涯规划：成为梦想的传递者

之前我把走遍全世界作为职业的终极目标，但现在看来这种“走遍”多少显得有点儿荒诞和可笑。在世界地图上进行插旗表演是没有任何意义的，除了满足自己的虚荣心，那其实无法感动任何人。

现在我对职业生涯的规划是希望自己能够成为一个梦想的传递者，我从许多前辈旅行家那里获得关于旅行的梦想。我想告诉走在我身后的年轻人，自由与梦想，虽然看似遥不可及，但是只要坚持，就不是空中楼阁。我希望自己能够成为一种介质，将关于旅行的梦想传递。年轻人，大胆地往前走吧，我在前面等着你。

我们不求走遍，但求走过，而且要把每一步都走得认真精彩。

职业信仰：发现爱，传递爱

回望十年旅程，在一些时间与空间，我曾获得过许多人的帮助，在另一些时间与空间，我也曾用心用力地去帮助别人。每一个旅行者都应该在旅行过程中发现爱，传递爱。因为 Love is a circle（爱是一个圆），因为帮助别人就是帮助自己。这应该成为每一个旅行者的信仰。

2010 年 5 月［法国，戛纳］

生命中最重要的事

在戛纳看电影有几个未知。

首先片单上只有看不出国籍的导演和演员姓名，至多三言两语的介绍，没有剧透，没有影评，在观众走进影院之前，一切全然未知。这是最纯粹的观影体验，当散场的灯光亮起，悲也好，喜也好，怒也好，乐也好，如同一次不带攻略不看游记的旅行，一切都是新鲜。

在十字大道那些顶级酒店前总能看到一层又一层密不透风的影迷队伍和保安屏障。挤到里面问大家在等哪位巨星，连问四五个，都笑着说不知。只是看其他人在等，就过来凑热闹。可能是汤姆·克鲁斯，也可

▲ 等待入场的观众

能是某个无名的小明星，但都等得兴高采烈，心甘情愿。这也如同到一个陌生城市旅行，心中有预期的意外发生。

戛纳是中国影人向世界展示自己的舞台。这次也不例外，贾樟柯来了，王小帅来了，还有秦昊。

我冒充娱记混进秦昊的公寓，来自全国的媒体记者正在对他进行专访。

这已是秦昊第三次走红毯了。不滥接电视剧，小众，文艺，有自己的分寸与原则。他说，这座城市成就了他，走红毯的那一刻是他一生中最闪耀的瞬间。他说，他来戛纳许多次，发现这座城市没有一丝一毫变化，变化的只有自己。

戛纳也是成就了我职业旅行之路的城市。十年来我多次来到这里。身份从背包客到记者，从自由撰稿人到职业旅行者，戛纳也见证了我的成长。

旅行与电影，一直是我生命中最重要的事情。正是戛纳，把它们融合在一起。

2010 年 6 月［西班牙，拉曼恰］

追梦无悔

你好，我叫费尔南多，是您在拉曼恰大区的导游。走到我面前的这个人，个头不高，身材微胖，腮帮上的胡茬儿泛着青光，感觉似曾相识，就像从《堂吉诃德》里蹦出来的桑丘。

随后几天费尔南多先生陪我在拉曼恰大区的若干城市旅行。我们的行走路线刚好是几百年前那位瘦高骑士和他的矮胖随从的冒险地图。那骑士战斗过的风车，下榻的大车店，心仪姑娘居住的村庄到今天仍然存在。

拉曼恰大区位于西班牙南部平原地带，这里既无高山也无峡谷，如果从高处望去，橄榄树、葡萄藤、麦田和点缀其间的罂粟就是这里的全部。你看到了吗？这就是拉曼恰。费尔南多从不解释拉曼恰究竟是什么，只把目光投向远方的天地，神色间飞起一缕自豪。

▲ 挑战风车的堂吉诃德

既然走的是堂吉诃德之路，《堂吉诃德》这本书就成了一路上我俩谈论最多的话题。

我说，在中国，大多数人认为堂吉诃德与桑丘一个是疯子，一个是傻子。

他说，其实他俩代表了两种极端相反的性格特征，一个是理想主义者，一个是现实主义者。挂在堂吉诃德嘴边的永远是自由、梦想、荣誉，而桑丘整天想的却是下顿饭吃什么，晚上去哪里睡觉。其实没有人可以活得像堂吉诃德或者桑丘那样纯粹，大多数人只是活在两者之间。

我喃喃自语，追逐梦想难道有错吗？

没想到这句话被费尔南多听到，从那以后，他总笑说我是堂吉诃德，又自嘲是桑丘，不仅长得胖，还成天只想回老家看望妈妈。

我和费尔南多一起走了四天。之前一直怀疑，在这样同吃同住的长途旅行中，会不会产生矛盾，毕竟我是一个人走惯了的。终于到了要说再见的时候，想起他一路对我的照顾，竟有点儿依依不舍。他总在我感到饿了之前走进餐馆，在我觉得困了之前走进酒店，也总能帮我找到拍照的最佳光线和角度，还劝我在饱食之后喝两杯烈酒消食。当他知道我想要几首经典西班牙歌曲时，就把我拉到当地最大的一间酒吧，让酒保从电脑里拷了几百首给我。

按照导游惯例，费尔南多把我送到火车站就算完成任务，可他却执意陪我走进候车厅，又等了一个小时。当我走进检票口，回头看到他一边挥手，一边拍着自己圆滚滚的肚子。我明白他的意思，那是桑丘在祝他的骑士一路顺风呢。

▲ 在拉曼恰的土地上，到处都能看到那位骑士和他的随从

时间回拨到半年前，2010 年温哥华冬奥会的双人滑决赛。那天我很早就守在电视前，等着申雪、赵宏博第四次出征奥运。可

那天的冰场仿佛被施了魔咒，上一个摔一个，连中国队老三张丹、张昊也没能幸免。随后出场的选手也难逃一摔的噩梦，区别就是先摔还是后摔，跳摔还是飞摔。

倒数第二个出场的是庞清、佟健组合，中国队里的“千年老二”，大众关注度甚至不如三号组合，总觉得他们的动作虽然难度大却没什么美感。可这次他俩的表现实在太惊艳了，他们每完成一个跳转动作，我都好像是被一股强大磁力吸引，会不由自主地喝彩。而整套动作完成后，我也像场内观众一样从椅子上站起来为他们鼓掌。

回忆那场比赛，最让我感动的不是庞清、佟健的完美发挥，不是申雪、赵宏博的终成正果，也不是颁奖仪式上的国旗飘扬，而是在庞清、佟健比赛结束后解说员朗诵的一段音乐剧歌词。

她说庞清、佟健选用的背景音乐叫作《追梦无悔》(*The Impossible Dream*)，是百老汇经典音乐剧《梦幻骑士堂吉诃德》的主题音乐。

To dream
对抗无法打败的对手
承受难以承受的伤痛
去勇士都不敢去的地方
不管多么绝望，不管多么遥远
毫不犹豫，为梦想而战

当主持人朗诵到这里时，我已经热泪盈眶，因为我看到了梦想的力量。

To dream
为了年华老去时不鄙视自己

尾 声

2010年。七年后重返丽江，我住在Lucy和Tony合开的客栈。一天晚上一个人逛到四方街，夜色中看到几个年轻人背着大包抹着汗水正在寻找住宿的地方。看到他们，我仿佛看见了曾经的自己。

2010年。又是夏天，姑姑问，小鹏，夏天去哪儿玩？

荷兰、法国、西班牙……又是一长串地名脱口而出，就像报菜名一样。

姑姑笑了，因为她知道我已经可以去想去的任何地方。